10
18

12, AVENUE D'ITALIE. PARIS XIIIᵉ

Sur l'auteur

Né en 1962, Nicolas Bouchard vit dans la région de Limoges. Il a écrit plusieurs romans de science-fiction dont *L'Empire de poussière*, une trilogie très remarquée aux éditions Mnémos. Son roman policier, *La Ville Noire*, publié chez Flammarion, a reçu le Prix des Incorruptibles 2004. Passionné d'histoire, Nicolas Bouchard a également publié des thrillers historiques. Après *La Sibylle de la Révolution* et *Le Traité des supplices*, il signe *La Sibylle et le marquis* (éditions Belfond, 2012), la suite des aventures de Marie-Adélaïde Lenormand dans le Paris de la Terreur.

NICOLAS BOUCHARD

LE TRAITÉ DES SUPPLICES

10
18

Grands détectives

créé par Jean-Claude Zylberstein

BELFOND

Du même auteur
aux Éditions 10/18

La Sibylle de la Révolution, n° 4454

ISBN : 978-2-264-05203-2

Ma vraie forme est cachée en moi,
car je suis l'Inconnaissable…

Extrait du *Livre des morts*

1

La terreur n'est autre chose
que la justice prompte sévère, inflexible ;
elle est donc une émanation de la vertu…

Maximilien de ROBESPIERRE

Demandez, même dix ans, même vingt ans après, à n'importe quel habitant de Lyon, la Ville affranchie, quelles étaient ses occupations le 18 thermidor, an II – 5 août 1794 dans l'ancien calendrier –, il y a de fortes chances qu'il se souvienne parfaitement de ses faits et gestes au moment où il apprit la nouvelle.

« Je me trouvais au chevet de mon frère, blessé par balle et dissimulé depuis de longs mois dans la soupente de notre maison, lorsque j'entendis les premiers cris dans la rue. »

« Je me rendais au palais de justice afin d'intervenir en faveur d'un de mes voisins. Un courrier à cheval fit irruption sur la place en poussant des exclamations que la distance me rendait inaudibles mais dont de nombreux témoins me transmirent bientôt la teneur. »

« Je me promenais tout simplement, méditant sur les façades éventrées, les familles meurtries, tous ces noms de proches disparus et emportés par la tourmente, lorsque j'entendis des rires de joie : les premiers depuis de longs mois. »

Ou alors, comme le citoyen Chalais d'Ornoi :

« Je me rendais aux Recluses. Quelques amis – c'est ainsi que j'appelle mes malheureux clients, moi, un des rares avocats épargnés par la justice expéditive des Jacobins et qui ne soient pas à leur honteux service –, toujours prisonniers malgré nos nombreuses demandes à la Convention, y croupissaient encore sans qu'on daigne nous préciser quelles étaient les causes de leur mise aux fers. Le vent de la liberté parcourait les rues de notre pauvre ville, balayant en quelques heures seulement les remugles odieux de la mort et de la tyrannie qui y régnaient sans partage depuis de si longs mois. Il me fallut du temps pour comprendre : l'âme tourmentée que l'on sort de sa caverne ne distingue pas toujours le soleil qui se présente à elle. Au contraire, la lumière du jour éblouit d'abord, elle accable, et ce n'est qu'au bout d'un long moment que l'âme peut enfin s'envoler et la joie laisser éclater son exubérance. »

« Robespierre est mort ! »

Ce cri, poussé par des centaines, par des milliers de gorges éraillées, monta par-dessus les ruines de la Ville affranchie, parcourut les rues encombrées de débris, de pans de mur effondrés, de colonnes renversées, franchit les portes des maisons, noircies par la fumée et transpercées par la mitraille, survola les façades de la place Bellecour détruites par décret du 22 vendémiaire de l'an II, roula au-delà du fleuve, jusqu'aux jardins des Brotteaux, ce lieu funeste où tant de jeunes Lyonnais avaient péri de la plus cruelle manière et où, quelques semaines plus tôt, sous les ordres du tyran, on avait célébré l'Être suprême en un simulacre de fête populaire.

On n'y croyait pas encore. « C'est une ruse des Jacobins », se disait-on. Une nouvelle astuce pour obliger les réticents à se dévoiler. Un de ces diables d'enragés, accompagné d'une dizaine de sbires en bleu, allait surgir d'une impasse et faire arrêter les Lyonnais trop crédules, inconscients de laisser éclater leur joie.

Chalais hésita, mais bientôt la foule dans les rues gonfla. On s'embrassait, on dansait sur les ruines laissées par Fouché et Collot d'Herbois. Lui restait immobile, hébété, lorsqu'une jeune fille qui avait revêtu sa plus jolie robe lui prit la main :

— Allons, monsieur, dansez donc avec nous ! Le tyran est mort, c'est un grand jour.

La joie la rendait belle, mais il eut un mouvement de recul : en ces temps, être un « monsieur » vous classait déjà dans la catégorie des suspects. Dans l'esprit de ces maudits Jacobins, derrière les « messieurs » se dissimulaient muscadins, Girondins, fédéralistes, émigrés : tous des contre-révolutionnaires, des cous à trancher pour le rasoir national, des chairs à transpercer par la mitraille.

— Taisez-vous donc, petite imprudente. On nous écoute peut-être !

Elle rit.

— Mais non, monsieur, regardez donc la proclamation qui vient d'être distribuée, l'encre n'est pas encore sèche !

Elle lui fourra un papier chiffonné dans la main. Il le déplia en regardant par-dessus son épaule. Et si quelqu'un l'observait ?

Le document portait l'en-tête familier des décrets iniques des persécuteurs de Lyon : « Au nom du peuple français, les représentants du peuple envoyés dans la Commune affranchie pour y assurer le bonheur du peuple avec le triomphe de la République. » Mais le texte, recopié à la hâte d'une main fébrile, portait en en-tête le mot « Proclamation » et commençait ainsi : « Citoyens, le traître qui osait aspirer à la dictature et ses complices ne sont plus. La Convention en masse, le peuple de Paris les ont terrassés, et la République entière applaudit à ce grand acte de justice. Ainsi passeront tous les ambitieux, les dominateurs, les intrigants, et la liberté restera... » Le texte continuait sur ce ton quelques lignes. Il était signé de Jacques Reverchon, représentant du peuple.

Ainsi donc, il n'y avait pas de doute. Le tyran venait de mourir. Chalais ne s'en sentit pas plus joyeux pour autant. De tous ces mois d'horreur, de massacres, d'arrestations, de jugements expéditifs, d'exécutions sanglantes, il ne lui restait qu'une immense impression de gâchis. La peur qui le taraudait disparut, comme si on lui enlevait une chape de plomb de son dos. Et il s'accroupit dans un recoin pour pleurer.

Combien de temps resta-t-il prostré ainsi, recroquevillé sur lui-même ? Tout autour, la foule courait, s'interpellait. On se lançait des compliments, on riait du soi-disant incorruptible dont l'âme, sans aucun doute, grillait en enfer. On embrassait des inconnus. On vivait enfin. Il semblait que toute la douleur et les chagrins accumulés depuis tant de mois donnaient libre cours à une nouvelle force, à la fois destructrice et apaisante. L'avocat, comme submergé par une vague immense, tremblait de tous ses membres et ne pouvait calmer ses sanglots.

Quelqu'un poussa un cri :

— Aux Recluses !

Et des centaines de voix lui répondirent :

— Aux Recluses, aux Recluses !

Le grondement du peuple qui s'ébattait dans les rues en ruine changea soudain. Maintenant, il avait un but.

Les Recluses, oui, bien sûr. La prison. Cette pensée soulagea l'homme un instant. Les prisonniers allaient enfin être délivrés et les bourreaux…

Il se redressa, inquiet : la foule joyeuse allait se transformer petit à petit en meute hurlante et vengeresse. Il y avait trop de rancœur, trop de haine. Ils paieraient, tous. Les juges révolutionnaires, les sbires, les geôliers, les appariteurs. Ceux qui avaient tué, mais aussi les autres, ceux qui, malgré les ordres des représentants de la Convention, avaient tenté de maintenir un peu d'humanité dans les prisons. À des massacres sans nom allaient succéder d'autres morts, d'autres exécutions.

Et de cela il ne voulait pas.

Se relevant, il regarda autour de lui. Tous se précipitaient vers la rue Saint-Joseph. Des dizaines, des centaines de Lyonnais sortaient de leurs maisons, d'autres surgissaient des ruelles adjacentes, des impasses, des auberges…

— Aux Recluses, aux Recluses !

Chalais avisa un homme plus âgé qui avançait, circonspect, dans la même direction. Le juge Pilar. Les Jacobins lui avaient enlevé sa charge car sa réputation d'humanité le rendait cher aux yeux des Lyonnais. Le jeune homme s'élança à sa rencontre.

— Juge, il faut empêcher cela !

L'homme reconnut l'avocat et secoua sa perruque dans une expression d'impuissance résignée.

— Je le sais bien, mon cher Chalais, mais que pouvons-nous y faire ?

— Allons-y, vous, ils vous écouteront. Le sang n'a que trop coulé dans notre ville.

Le magistrat leva les bras au ciel. Il était homme de cœur mais pas homme d'action. Néanmoins, il suivit le jeune avocat. Les deux compagnons tentèrent de se frayer un chemin à travers la foule.

Maintenant de nouveaux cris résonnaient :

— À mort, les assassins !

— Tuons-les comme ils ont tué les nôtres !

L'avocat et le juge avaient bien du mal à progresser le long de l'étroite rue Saint-Joseph. Déjà, on apercevait les murs disgracieux de l'ancien couvent transformé en prison. Le jeune homme ne vit pas de flammes ni de fumée, ce qui était plutôt bon signe.

La multitude semblait avoir arrêté son mouvement.

— Que se passe-t-il donc ? grommela le juge.

— Je ne sais pas, répliqua Chalais. Attendez.

Il prit appui sur une borne de pierre et parvint à se hisser jusqu'à pouvoir attraper la potence métallique qui soutenait l'enseigne d'un estaminet. De là-haut, il distingua un homme, vêtu de noir, qui haranguait la foule. À cause de la distance et du tumulte, on percevait mal ses paroles, mais son intervention paraissait apaiser les plus fébriles. Le jeune homme redescendit, soulagé.

— Alors, qu'avez-vous vu ?

— L'abbé La Madelle.

Le juge souleva sa perruque pour s'éponger le crâne avec son mouchoir.

— La Madelle. Ils sont sauvés !

Le prêtre, qui avait refusé de prêter serment à la République, jouissait d'une grande considération chez les Lyonnais. Pendant le règne de Collet et de Fouché, les habitants de la ville, même ceux qui ne partageaient pas sa foi, l'avaient aidé à se dissimuler et à poursuivre en secret le culte fidèle à l'Église catholique.

— Allons lui prêter main-forte.

Ils se glissèrent à travers la meute maintenant apaisée. On entendait plus distinctement la voix de l'abbé :

— Mes enfants, je comprends votre colère. Elle est bien compréhensible, mais, je vous en conjure, ne vous conduisez pas comme ces bêtes sauvages qui tiraient vos maris, vos frères, vos enfants des prisons où elles les avaient jetés pour leur arracher la vie de la plus cruelle manière. Montrez que vous êtes meilleurs qu'eux. Il ne reste dans ces prisons que des concierges terrifiés, des femmes que les thuriféraires de Collot d'Herbois et de Fouché avaient enchaînées à leurs appétits brutaux. Hélas, elles sont toutes autant victimes que vous. Ne les sacrifiez pas à votre fureur.

Soudain, il vit les deux hommes qui se frayaient un chemin jusqu'à lui.

— Ah, mais j'aperçois le juge Pilar et, mais oui, c'est maître Chalais ! Avec leur aide, je retournerai dans ces murs et délivrerai ceux qui subissent encore maintenant une injuste captivité. Les autres, je les remettrai aux autorités de la ville, qui statueront sur leur sort. Êtes-vous d'accord ?

Les nombreux Lyonnais massés rue Saint-Joseph hochèrent la tête, approuvant la modération tranquille de ces remontrances.

— Vive l'abbé ! cria-t-on.

— Vive l'abbé ! s'exclama à son tour Chalais en se plaçant à ses côtés.

Et la foule, calmée, commença à se disperser lentement.

L'abbé rejoignit l'avocat et le juge.

— Mes amis, c'est la Providence qui vous envoie. Il reste tellement à faire ici. Tellement d'âmes en peine à soulager. Seul, je n'y parviendrai pas.

— Nous sommes avec vous, l'abbé, déclara Pilar, qui avait repris son assurance.

— Et moi aussi ! s'enflamma l'avocat. Si vous n'aviez pas été là, de quelles nouvelles exactions aurions-nous été témoins ?

Les trois hommes se retournèrent vers la porte bardée de fer de la prison dont, il y a quelques heures à peine, l'aspect sévère terrifiait encore tous les passants.

— Bonhomme, ouvrez-nous ! Vous n'avez plus rien à craindre.

L'huis s'entrouvrit timidement. Le concierge hébété sortit la tête au-dehors, incrédule.

— Et enlevez donc cela ! Vous tenez vraiment à vous faire tuer ?

Le prêtre enleva précipitamment le bonnet phrygien de la tête de l'homme.

— Oh oui, excusez-moi, monsieur le curé. Ils me forçaient à le mettre…

— Je le sais bien, allons-y ! Il nous reste tant de travail.

— Si vous me le permettez…

Un jeune homme venait de surgir derrière eux. Il portait des vêtements de belle étoffe, une fine perruque qui avait nécessité tous les soins d'un coiffeur.

D'une main, il tenait une canne au pommeau d'or et de l'autre, une sacoche de cuir.

— J'ai assisté à la scène, continua le nouveau venu. Je ne suis revenu qu'hier dans cette ville qui m'a vu naître, après avoir moi aussi appris la mort du tyran. Je n'y ai trouvé que ruines et morts. Vos paroles, l'abbé, sont les premières sensées que j'ai entendues depuis bien longtemps. Peut-être pourrais-je vous être utile. Je suis médecin.

La Madelle approuva gravement :

— Si vous êtes émigré, comme je le pense, je comprends et compatis à votre douleur. Nous ne serons pas trop de quatre pour remettre de l'ordre dans cette antichambre de l'enfer. Venez.

L'émigré les salua tour à tour en enlevant son chapeau :

— Je me nomme Müller, Héphaïstos Müller. Docteur en médecine. J'ai passé les dernières années en Alsace.

— Mon ami, laissa échapper le juge en lui serrant chaleureusement la main, je crains que votre office ne soit en ces lieux tout aussi utile que celui de ce saint homme et sans doute bien plus que le mien.

Enfin, tous les quatre pénétrèrent dans les Recluses.

Chalais jeta un coup d'œil derrière lui, lorsque les portes se refermèrent.

Il y avait encore beaucoup de monde dans la rue : des familles venues prendre des nouvelles d'un proche, mais aussi des curieux. Peut-être des provocateurs. La situation restait explosive malgré l'intervention de l'abbé.

— Cette prison était autrefois un couvent, expliqua La Madelle. Les hommes en ont fait d'abord un établissement pour filles de mauvaises mœurs, puis la plus honteuse des institutions engendrées par la République.

Un hall sinistre, qui avait dû être élégant à l'origine mais dont les peintures écaillées, les plâtres arrachés et les carreaux brisés montraient bien la décrépitude de l'établissement, desservait le rez-de-chaussée.

Les quatre compagnons trouvèrent là plusieurs groupes d'hommes et de femmes apeurés. La famille du concierge, les employés chargés des tâches les plus viles, des prostituées aussi. Il ne restait plus aucun enragé, plus de Jacobins au visage hautain et à la moue cruelle, plus de sans-culottes armés de piques. Non, il ne restait que les malheureux, serviteurs malgré eux, abandonnés par la République.

— Mes amis, nous avons du travail. Aidez-nous et vous serez pardonnés.

— Oui, monsieur l'abbé, pleurnicha la femme du concierge. Vous savez, nous avons toujours désapprouvé ce qui se passait ici.

— Cette catin pue l'hypocrisie, chuchota Müller à l'intention de Chalais.

— Alors, l'abbé, par où commençons-nous ? lança le juge.

L'ecclésiastique réfléchit.

— Il y a de nombreuses cellules sans doute encore occupées à l'étage. Vous allez avoir du travail, docteur Müller.

Le jeune médecin souleva sa sacoche.

— Je suis ici pour cela, saint homme.

Rapidement, sur les injonctions des quatre compagnons, les secours s'organisèrent. Comme l'avait prévu La Madelle, il restait de nombreux prisonniers. Principalement des mal-en-point ou des nécessiteux jetés là au hasard, parfois depuis plusieurs mois.

L'abbé fit cuisiner plusieurs marmites de bouillon qui furent distribuées à toutes les pauvres âmes réfugiées ici. Müller, accompagné de Chalais, passait d'une cellule à l'autre. Il examinait les plus malades ou les blessés, tirait des pansements ou un flacon de poudre de sa sacoche. Recousait les blessés.

— Malheureusement, je ne peux pas grand-chose pour eux, glissa-t-il à son compagnon. Ils sont trop nombreux et voilà trop longtemps qu'ils n'ont reçu de soins.

— Votre seule présence suffira à redonner de l'espoir à beaucoup.

— J'aimerais vous croire…

Leur mission, commencée le matin, se prolongea dans l'après-midi. Grâce aux efforts incessants des quatre nouveaux venus, un semblant d'organisation reprit vigueur. On nourrissait les affamés, les plus malades étaient débarrassés de la vermine accumulée par de longs mois de captivité et couchés le plus confortablement possible. Pilar prenait les noms des malheureux. On allait quérir les familles. Müller, malgré son pessimisme, faisait merveille et l'abbé édifiait tout le monde par sa simplicité et sa compassion.

Lorsque la soirée s'avança, faisant remonter jusque dans ces quartiers populaires l'humidité du Rhône qui coulait à seulement quelques centaines de pas, le père La Madelle rassembla ses acolytes.

— Messieurs, malgré les efforts et les soins que vous venez de déployer, je crains que le travail ne soit pas encore achevé.

— Nous avons visité toutes les cellules et tous les dortoirs, protesta Müller.

— Certes, mais je crains que d'urgentes considérations ne nous imposent de visiter les lieux les plus sombres de ce bâtiment.

Chalais approuva :

— Vous voulez parler de la mauvaise cave ?

— C'est cela même.

— Quelle est donc cette mauvaise cave ? s'enquit Müller, interloqué.

C'est le jeune avocat qui lui répondit :

— On pratiquait une sorte de tri dans cette prison, du temps où celle-ci était occupée par des milliers de Lyonnais. Ils s'entassaient dans les dortoirs de l'étage ou dans les cellules du rez-de-chaussée. Mais lorsqu'il y avait trop de monde, et cela arrivait souvent, on en descendait à la cave.

— La bonne cave ! compléta Pilar.

— Il y avait donc une bonne cave et une mauvaise ? Et quelle était la différence entre les deux ?

Le juge continua :

— Celui qui arrivait à la bonne cave était sûr d'y trouver un peu de chaleur. On y partageait le peu qu'on avait. Certains disent qu'il valait mieux se trouver à l'abri de ses voûtes que dehors, dans les rues hantées par les sans-culottes. Quant à la mauvaise cave… C'est là que croupissaient les malheureux dont le sort était scellé et qui n'avaient d'autre ressource que d'attendre une mort certaine.

Il fit signe au jeune médecin de le suivre dans la cour de l'établissement, où vaquaient désormais les prisonniers les plus valides, libérés de leurs chaînes. Il désigna un mur au bas duquel s'ouvraient plusieurs soupiraux.

— Regardez comme la pierre est abîmée et les barreaux tordus.

Le médecin passa sa main sur les moellons, véritablement criblés de trous.

— Voilà qui est bien extraordinaire. Qu'est-ce qui a fait cela ?

— La mitraille, cher docteur.

Il désigna l'autre côté de la cour.

— Les bourreaux se plaçaient là-bas et déchargeaient leurs armes sur les malheureux. Ceux qui attendaient de subir le même sort, derrière ces barreaux, recevaient parfois une balle perdue ou un éclat de pierre, mais personne n'en avait cure. Jusqu'à ce que l'un des geôliers ait l'épaule brisée.

— Alors, on est allé les tuer plus loin ; sur la plaine des Brotteaux, de l'autre côté du Rhône, compléta Chalais. Mais toujours, ceux qui devaient mourir passaient par la mauvaise cave.

Le médecin approuva :

— Il est donc urgent de s'y rendre et de soulager les douleurs qui peuvent encore s'en exhaler !

Pendant cette conversation, l'abbé avait fait déverrouiller la porte par le concierge. Elle s'ouvrit sur un escalier de pierre humide qui descendait dans l'obscurité.

— Donnez-moi une lampe, mon ami.

Le bonhomme obtempéra mais secoua la tête avec inquiétude.

— N'y allez pas, monsieur l'abbé.

— Il y a encore sans doute des prisonniers qui attendent nos soins.

— Je ne crois pas. Du moins plus de vivants. Et s'ils ne sont pas morts, il vaudrait mieux qu'ils le soient.

Chalais, Pilar et Müller s'entre-regardèrent.

— Et pourquoi cela, mon ami ? demanda doucement l'ecclésiastique.

Son interlocuteur haussa les épaules.

— Ce que j'ai vu, personne n'y a cru lorsque j'en ai parlé. Tout ce que je peux dire, c'est que tous ces sans-culottes, aussi méchants soient-ils, n'étaient que de petits garçons au regard de celui qui régnait sur ces souterrains. Je ne l'ai jamais vu. Personne ne l'a vu. Mais on sait bien qu'il existe. C'est tout ce que je dirai. Pour le reste, descendez et faites-vous votre idée, mais ne manquez pas de prier pour le salut de votre âme.

Il ne fut pas possible d'en tirer un mot de plus. Après s'être équipés de lanternes, les quatre amis descendirent dans les profondeurs de la mauvaise cave.

En bas, après une vingtaine de marches irrégulières et érodées, les attendaient une succession de salles voûtées, de la paille, des chaînes, des monceaux de déchets.

— Il n'y a personne !

La cave avait été vidée de ses occupants. Pourtant, ils s'arrêtèrent, suffoqués par l'odeur qui les atteignit brutalement.

— Quelqu'un est mort ici ! s'écria le jeune médecin.

Les autres approuvèrent : depuis le début du siège, l'odeur de la mort et de la putréfaction était devenue familière à tous les Lyonnais.

— Trouvons les corps de ces malheureux, suggéra l'abbé, et, si nous ne pouvons pas les sauver, donnons-leur au moins une sépulture chrétienne.

Ils parcoururent la cave, éclairée par les lanternes sourdes et par la lumière qui descendait faiblement des soupiraux. Rien, pas une trace ; l'endroit avait été débarrassé de toute présence humaine.

— Il faut bien qu'il y ait des morts quelque part, grommela le juge.

Chalais s'attardait parfois sur les graffitis qui ornaient les murs.

« Sainte Vierge Marie, viens à mon secours. » « La liberté ou la mort ! » Ou encore : « Que périsse le tyran, qu'il s'étouffe avec ses propres entrailles. » « Ma petite maman chérie, je pense à toi, je vais mourir… » Autant de témoignages des drames qui s'étaient déroulés sous ces voûtes.

— Mais d'où peut donc bien venir cette odeur ? s'exclama Müller, qui fouillait le sol recouvert de paille à l'aide de sa canne.

— Je ne sais pas, mais… Attendez, qu'y a-t-il, là ?

Ils étaient dans une salle dont la porte était restée ouverte, béante. Une de ces antichambres de la mort où l'on entassait ceux qui allaient être conduits à la mitraille. En déplaçant la paille souillée, le jeune médecin avait mis au jour une pierre de taille qui ressortait du sol. La seule, à ce qu'ils purent en juger.

— C'est peut-être une trappe, suggéra Pilar.

Chalais s'agenouilla et examina la dalle avec attention.

— Regardez ces marques. Elle a été soulevée. Plusieurs fois, peut-être.

— Et… Par tous les saints ! L'odeur vient de là, j'en jurerais. Müller, qu'en dites-vous ?

L'émigré le rejoignit et se pencha à son tour, reniflant une fissure.

— Pouah ! Vous avez raison ! Il y a quelque chose là-dessous. Un tombeau, ou je ne sais quoi.

Pilar, qui avait examiné la geôle avec attention, revint avec une lourde barre à mine ramassée dans un coin.

— Regardez, c'est sans doute avec ça qu'ils soulevaient la pierre.

L'abbé s'empara du long outil de métal.

— S'ils y sont parvenus, pourquoi pas nous ? Mes frères, une pénible mission nous attend, mais je ne peux me résigner à abandonner là les corps de ces malheureux. Ils méritent de reposer dans un endroit sanctifié.

Et, sans attendre de réponse, il plaça l'extrémité de la barre dans une anfractuosité et entreprit de soulever. Il fallut que les trois autres viennent l'aider pour que la pierre bouge enfin.

— Ça vient ! Continuez !

Soudain, le bloc de calcaire se souleva et retomba sur le côté.

Les quatre hommes reculèrent précipitamment. Les miasmes qui sortaient du puits maintenant ouvert étaient irrespirables.

— Qu'est-ce que c'est que ça ? Un cul-de-basse-fosse ?

Müller se protégea la figure avec un mouchoir et se pencha au-dessus de l'ouverture sinistre.

— Ç'a l'air de descendre assez profond.

— Dans ce cas, peut-être le souterrain communique-t-il avec le Rhône ?

— Nous sentirions alors l'humidité et non ces remugles de charnier. On dirait plutôt une sorte de caveau. J'aperçois une corde attachée à un anneau. C'est sans doute de cette manière qu'on y descend.

La Madelle enleva sa robe de prêtre et, vêtu d'une simple culotte et d'une chemise, se pencha à son tour.

— Je vais m'y rendre. Restez là, mes amis.

Chalais intervint :

— Pas question, l'abbé. Nous venons avec vous.

Müller acquiesça avec fougue, suivi, plus mollement, par le juge.

— Nous voulons savoir quelles atrocités ont été perpétrées en ces lieux.

Le prêtre attrapa la corde et se glissa à l'intérieur du puits, non sans s'être lui aussi protégé la figure.

— Que Dieu nous garde !

Le puits, d'une profondeur médiocre, donnait sur une nouvelle succession de caves creusées grossièrement.

— C'était sans doute un entrepôt à blé, suggéra Pilar en lâchant la corde par laquelle il était maladroitement descendu.

— Ou une cave à vins, répliqua Chalais.

— Jamais je ne mettrais du vin à vieillir dans ce cloaque, grommela Müller.

— Silence, mes amis. Prions en accomplissant notre tâche. Des chrétiens sont morts ici.

Ils parvinrent devant le seuil de la première cave. Le prêtre poussa la porte entrouverte et avança sa lanterne.

Il leur fallut du temps pour comprendre le spectacle qui, à la lueur imprécise de la flamme, s'offrit à leurs yeux.

— Sainte mère de Dieu ! souffla le juge.

Tous quatre plaquèrent leurs mouchoirs sur le visage. La mort les regardait. Une peau desséchée de couleur malsaine, qui s'en allait par plaques à cause de la corruption, un rictus sarcastique, de rares cheveux collés sur le crâne dont l'os ressortait par endroits et les orbites creuses qui s'ouvraient sur deux gouffres sans fond.

La Madelle s'avança jusqu'au milieu de la pièce et contempla le corps, ou plutôt ce qui en restait.

— Quelle est donc cette diablerie ?

Le jeune médecin le suivit et s'agenouilla devant les restes.

— Je crois qu'il est mort depuis deux mois, peut-être plus. Cette cave est très sèche, l'idéal pour conserver les cadavres. Voyez comme c'est étrange, les bras et les jambes de ce malheureux sont détachés du tronc, mais il ne s'agit pas de coupures nettes. Et regardez un peu cela, dans le coin. On dirait qu'il s'agit d'un procédé pour… pour tirer quelque chose.

Le juge explora rapidement les coins de la cellule.

— Il y en a quatre. Par tous les saints, ce malheureux a été écartelé !

Pilar recula précipitamment et sortit. Les autres l'entendirent vomir à l'extérieur de la cellule. À chaque coin de la cave on distinguait une sorte de poulie grossière d'où partaient quatre chaînes. Elles se rejoignaient au milieu, à l'endroit où gisait le cadavre.

— Les humeurs n'ont presque pas laissé de trace, absorbées sans doute par la poussière. Pourtant, l'homme a dû saigner abondamment.

Plus que l'odeur pestilentielle de la mort qui imprégnait les voûtes du souterrain, plus que l'horreur du supplice qui s'était déroulé en ces lieux, c'est l'expression qu'on lisait sur le visage momifié du supplicié qui impressionna les trois compagnons.

— Je n'avais jamais entendu qu'on pratiquait ce type d'exécution dans notre pays, fit remarquer le médecin. Tout du moins pas depuis le supplice de Damien. Selon les témoins, il lui avait fallu des heures pour mourir et il vivait encore lorsqu'on a jeté ses restes au feu. La souffrance a dû être atroce.

Le prêtre se pencha à son tour et pria doucement.

À ce moment, Pilar, le visage blafard, les rejoignit.

— Venez voir, il y en a d'autres.

Le deuxième cachot leur montra un nouvel aspect de l'enfer.

La poulie était fixée au plafond et, toujours à l'aide d'une chaîne, retenait une pierre d'un poids considérable. Elle était juste posée sur la poitrine broyée d'un second corps.

— Le bourreau a fait descendre la pierre, continua Müller d'une voix blanche. L'homme est mort lentement, le poids lui a brisé les côtes, l'a empêché de respirer…

— C'est une mort que je ne souhaiterais pas à mon pire ennemi, cracha le juge.

— Silence ! s'exclama le prêtre. Il faut continuer.

La troisième cellule leur révéla un corps pendu par les pieds. Des poids accrochés à ses bras l'avaient affreusement distendu.

Dans la quatrième, ils trouvèrent un cadavre noirci et recroquevillé en une pose invraisemblable qui semblait exprimer la souffrance la plus vive, posé dans une sorte de caisson métallique dont le dessus était protégé par des barreaux.

— On l'a fait griller, regardez les cendres, en dessous de la cage.

Chalais esquissa un signe de croix.

— Qui peut être assez vil pour tuer les gens de la sorte ?

Et ils continuèrent encore. Là, on avait écrasé progressivement les jambes d'un malheureux, en remontant jusqu'à lui broyer le bassin puis la poitrine ; là, à l'aide d'un étau, on lui avait brisé le crâne ; là, on lui avait coulé du métal en fusion sur le corps. Chalais, à chacune des nouvelles atrocités qu'ils découvraient, se sentait descendre jusqu'à des profondeurs toujours plus noires, comme au fond d'un puits d'où émergeaient des relents putrides. Et tout en bas, c'était la folie qui le guettait. Les prières prononcées par l'abbé restaient le seul rempart qui protégeait encore sa raison, la seule goutte d'humanité dans cet océan de turpitudes.

— C'est l'enfer, ici, murmura-t-il.

— Sauf qu'aucun de ces pauvres hères n'avait sans doute mérité le châtiment réservé aux damnés, rectifia le médecin.

Enfin, ils découvrirent la dernière caverne : trois hommes, attachés et enfermés dans une cage. Ils avaient le visage et les parties les plus fragiles de leurs corps – le ventre et les parties génitales – comme grignotés ou rongés.

— Des rats, murmura Pilar.

Il montra les restes de ces animaux répugnants qui gisaient tout autour.

— Eux aussi ont fini par mourir, faute de nourriture.

Ce fut plus qu'il n'en put supporter. L'avocat s'effondra en pleurant doucement.

Le prêtre étendit les bras comme pour sanctifier les lieux.

— Mes amis, rassemblons les corps et prions pour eux. Nous leur donnerons une sépulture chrétienne.

— De tels crimes réclament justice ! protesta le juge.

L'abbé haussa les épaules.

— Comment connaître qui a ainsi bafoué la loi de Dieu et celle des hommes, mon fils ? Remettons-nous-en à la justice divine.

Müller, qui examinait les murs du réduit, appela :

— Regardez, il y a une inscription différente des autres, ici !

— De quoi s'agit-il ?

— C'est difficile à lire… Je crois que c'est : « Ma vraie forme est cachée en moi, car je suis l'Inconnaissable… » Avec un signe incompréhensible. Une croix surmontée d'une sorte de boucle.

Les quatre hommes s'entre-regardèrent.
— Cela ne veut rien dire.
Pilar fit remarquer :
— On dirait un signe égyptien. En tout cas, ce n'est pas un symbole chrétien, ni républicain d'ailleurs.

Chalais entendait à peine les mots échangés par ses compagnons. Il se sentait terrassé, réduit à l'état de bête gémissante, comme enfermé dans une prison aux murs étroits. De sombres images défilaient sans cesse dans son esprit : les cadavres desséchés, tordus dans d'invraisemblables poses qui exprimaient les douleurs du jugement dernier. Ces chairs décomposées, meurtries, arrachées, brûlées, dévorées. Il se sentait entouré par la mort. Il baignait dans la mort. Impossible de faire autrement que de se plonger dans ce flot sinistre, auquel venaient se superposer ses souvenirs de la prise de Lyon. Les exécutions sommaires, massives, des groupes de jeunes gens, ses amis, fauchés par la mitraille, achevés comme des animaux blessés à coups de pelle et de pioche par les fossoyeurs de la République. Toutes ces visions tournaient autour de lui comme projetées par une lanterne magique ; il s'en sentait prisonnier. Jamais il n'aurait assez de larmes pour éteindre le désespoir dans lequel il se trouvait. Il aurait voulu hurler au ciel, s'arracher les cheveux, comme Œdipe se crever les yeux qui avait contemplé l'innommable. Comment faisaient les autres ? Sa foi inébranlable protégeait sans doute La Madelle. Pilar, honnête homme, ne possédait qu'une imagination des plus terre à terre. Il ne voyait en ces horreurs que le procès qui s'ensuivrait peut-être. Müller… un médecin, immigré qui plus est. Peut-être son expérience lui avait-elle fait côtoyer la maladie et le trépas sous toutes leurs formes. Mais lui, Chalais… Qui pourrait le protéger ?

— Au secours, haleta-t-il. Que quelqu'un vienne à mon aide ! Je ne pourrai plus continuer d'exister avec ces souvenirs. Frappez-moi la tête contre cette pierre jusqu'à ce que je ne sente plus rien. Tuez-moi, mes amis, je vous en supplie !

Mais les trois hommes ne lui prêtaient guère attention, tout occupés qu'ils étaient à conjecturer sur l'auteur de ces crimes.

— Ceux-là ne portent pas les mêmes habits que les autres, fit remarquer Pilar. Regardez, ce sont des sans-culottes. Voici les restes d'une cocarde que je vois agrafée sur une poitrine. Personne ne les pleurera !

— Nul ne mérite une telle mort, même le pire des scélérats, objecta l'abbé.

— Peut-être étaient-ce les complices de l'assassin, suggéra le médecin. Lorsque le joug des Jacobins s'est quelque peu adouci, notre homme s'est enfui et a éliminé tous ceux qui auraient pu témoigner contre lui. Mais où avez-vous trouvé cela, mon ami ?

Écroulé sur le sol, incapable du moindre mouvement, l'avocat tenait ses mains crispées sur un objet qui reposait à terre, dissimulé par la poussière et des restes de paille. Son compagnon se pencha doucement au-dessus de lui et lui prit la chose.

— Une bouteille de vin… vide. Regardez, il y en a d'autres.

— Ces gaillards-là s'enivraient avant de commettre leurs forfaits ! commenta le juge. J'ai assisté à quelques-unes de ces honteuses beuveries avant et après les mitraillades. Mais regardez l'étiquette !

Les deux autres s'approchèrent.

— Ma foi, du vin de Bourgogne et du bon, conclut Müller. Rien d'étonnant. Après tout, nous sommes à

Lyon et c'est dans cette province qu'on trouve le meilleur vin du monde.

— Oui, mais je connais cette bouteille, je connais ce millésime, insista Pilar. Je connais le vigneron qui l'a produit et celui à qui il appartenait.

Cette fois-ci, le silence se fit.

— Comment pouvez-vous savoir tout cela ? intervint l'abbé.

— Parce que tout simplement ce vin m'appartenait. Je possède un carré de vignoble du côté de Beaune. Vieil héritage de famille. C'était la fierté de mon père !

Müller parut décontenancé.

— Comment expliquez-vous que ce vin soit passé de votre cave, qui est, je n'en doute pas, un endroit fort paisible et accueillant, à ces lieux maudits ?

— Les soi-disant représentants du peuple aimaient les richesses, expliqua le juge. Ils se sont attribué les dépouilles opimes de notre malheureuse cité. Or, soie, grands crus. Rien n'était trop beau pour eux. Ce vin m'a été réquisitionné. « Pour le plus grand avantage de la République ! » a-t-on osé répliquer à mes légitimes protestations. Et celui qui a signé l'ordre d'expropriation, je le connais. Vous le connaissez tous.

— Qui ? Parlez, Pilar, c'est trop d'attendre !

— Joseph Fouché. Le criminel, le cynique, celui qui a ordonné la destruction de nos façades, celui qui a ordonné la mort de tant de braves gens. Voilà le coupable.

Fouché.

Chalais réagit. À l'abattement et au délire succéda un autre sentiment. La colère. Une colère destructrice, de celles qui peuvent rendre dément le plus équilibré et le plus paisible des hommes. Il se releva en tremblant. Mais ce n'était ni la peur ni le froid. C'était la fureur.

Fouché : il y avait un nom désormais derrière l'enfer des Recluses. Immédiatement, il sut quel serait son but dorénavant.

— Mes amis…

Ses mâchoires serrées lui faisaient mal et les mots sortaient de sa bouche à un rythme saccadé, presque inaudibles. Les autres, qui s'étaient penchés sur le récipient de verre, se tournèrent vers lui.

— Vous devriez rester calme, Chalais, conseilla le médecin. Je vais vous donner quelque chose pour vous calmer.

Il le repoussa d'un geste brusque, presque violent.

— Non, laissez-moi ! Je ne veux plus me reposer, je ne trouverai plus le repos désormais… jusqu'à ce qu'il ait payé pour ses crimes !

Sa voix montait, il criait presque. Müller tenta de nouveau de lui prendre la main, mais l'abbé l'arrêta et prit le jeune avocat dans ses bras, comme un père le ferait pour son fils dans l'affliction.

— Non, l'abbé ! protesta le jeune homme. Même la religion ne peut plus rien pour moi, je sais ce que damné veut dire, maintenant. Je jure sur les corps que nous avons trouvés ici… je jure devant vous, mes compagnons, je jure devant vous, Saint Homme, que désormais je n'aurai d'autre but dans l'existence que de réduire cet infâme, de l'empêcher de commettre de nouveaux crimes, de détruire son nom, jusqu'à son souvenir, et que son corps pourrisse en quelque endroit maudit tel que celui-ci.

— Un bien sombre serment, jugea La Madelle. Mon fils, prenez garde à vos paroles. Elles sont entendues d'en haut, où que vous soyez, même ici.

Mais le médecin prit les mains de Chalais et les serra avec effusion.

— Mon ami, vous ne serez pas seul. Je me joins à vous et jure comme vous de réduire ce misérable. Chers compagnons, n'est-ce pas la Providence qui nous a conduits en ces lieux ?

Le juge approuva, mais plus modérément :

— La justice des hommes devrait frapper l'auteur de tels crimes plus rudement que quiconque, mais elle est abusée et impuissante. Je vous aiderai, mes amis, je le jure à mon tour.

Ils se tenaient tous trois la main.

L'abbé les contempla l'un après l'autre. Après un long silence, il laissa tomber :

— Il est dit dans le livre des Rois qu'Élie ordonna à Jéhu de débarrasser Israël des adorateurs de Baal, culte infâme et païen qui avait été introduit par la reine Izebel. Le prophète lui envoya un de ses serviteurs et, comme il est écrit, celui-ci versa de l'huile sur la tête de Jéhu et lui dit : « Ainsi a dit l'Éternel, le Dieu d'Israël : Je t'ai oint pour être roi sur le peuple de l'Éternel. Et tu frapperas la maison d'Achab ton Seigneur ; car je ferai vengeance du sang de mes serviteurs les Prophètes, et du sang de tous les serviteurs de l'Éternel, de la main d'Izebel. Et toute la maison d'Achab périra, et je retrancherai à Achab depuis l'homme jusqu'à un chien, tant ce qui est serré que ce qui est délaissé en Israël. Et je mettrai la maison d'Achab au même état que la maison de Jéroboam, fils de Nébat, et la maison de Bahasa, fils d'Ahija. Les chiens aussi mangeront Izebel au champ de Jizréhel, et il n'y aura personne qui l'ensevelisse. » Mes frères, puisque vous voulez prêter serment, que celui-ci soit sanctifié par Dieu. Au nom du Seigneur tout-puissant, de son fils, mort pour nous sur la croix, au nom de la Vierge Marie, de tous les saints et des anges, au nom du Sacré Cœur, nous, compagnons du roi Jéhu, jurons de conserver l'un pour l'autre la plus fraternelle amitié, que le frère vienne en aide au frère et ne le laisse pas dans le besoin ou l'affliction. Le jurez-vous ?

Les trois hommes tendirent la main : ferme pour le médecin, moins assurée pour le juge et tremblante pour l'avocat.

— Nous le jurons !

— Jurons de pourchasser le crime, de punir celui qui a offensé Dieu et les hommes par ses actes impies. Le jurez-vous ?

— Nous le jurons !

— Jurons de ne punir que le méchant et d'accorder la justice à tous les autres, voire à ses serviteurs qui ont pu être abusés par de fausses promesses. Le jurez-vous ?

— Nous le jurons !

— Enfin, jurons de ne pas prendre de repos, de ne pas nous abandonner à la joie ni à la mollesse tant que notre but ne sera pas atteint ou tant qu'une autorité ecclésiastique supérieure ne nous aura pas délivrés de notre promesse. Le jurez-vous ?

Et ils s'exclamèrent :

— Nous le jurons !

Leurs voix résonnèrent sous les voûtes sinistres de la mauvaise cave, tandis qu'à quelques pas les cadavres à moitié dévorés les contemplaient de leurs orbites vides.

2

Les peuples ne jugent pas
comme les cours judiciaires ;
ils ne rendent point de sentences,
ils lancent la foudre.

Maximilien de ROBESPIERRE

La Convention n'était plus la Convention. Tous ceux qui avaient connu l'ancienne salle des Machines au temps de Louis XVI, puis sa transformation en tribune où les représentants du peuple venaient tour à tour s'exprimer, s'insulter, vouer aux gémonies ou louer sans réserve, mais aussi, bien souvent, condamner à mort, imposer le silence, décréter la famine, les massacres ou au contraire proclamer des lois tellement libérales qu'elles illumineraient le monde pour les siècles à venir ; ceux qui avaient connu les temps où le parti modéré des Girondins d'un côté et celui des Montagnards, bien plus extrême, de l'autre, s'affrontaient en des duels sans merci, joutes oratoires parfois pompeuses pour celui qui avait la curiosité de parcourir le bulletin national, mais au cours desquels se jouait l'avenir de la France ; ceux qui, enfin, avaient connu cette fameuse nuit du 9 thermidor où

Saint-Just et Robespierre, interdits de parole, étaient tombés tels deux titans foudroyés par le roi de l'Olympe ; tous ceux-là ne l'auraient pas reconnue dans cette triste assemblée de survivants.

Contre toute attente, dans la lutte entre les ultras et les plus ultras encore, entre ceux qui avaient fait couper des têtes et ceux qui en voulaient encore plus, entre tous les loups qui s'étaient entendus pour se débarrasser du trop encombrant incorruptible, aucun n'avait véritablement remporté la victoire.

Ce fut la grande surprise de ce 9 thermidor. Il existait, sur les bancs de la Convention, toute une frange de représentants dont le but premier dans l'existence avait été jusqu'à présent de ne pas trop faire parler d'eux.

À une époque où l'on pouvait devenir suspect du jour au lendemain – voire en moins d'une journée –, à une époque où l'on confiait les prévenus à Fouquier-Tinville, ce qui équivalait à une mort rapide, à une époque où prendre parti de manière trop évidente pour l'un ou pour l'autre, ou même affecter de ne pas prendre parti, ou ne pas se présenter aux séances ou applaudir de manière trop vive, ou au contraire trop placide, tel ou tel orateur signifiait la guillotine, c'est la Plaine, le parti des indécis, qui avait survécu aux derniers errements de la Terreur.

Marat les avait désignés sous le nom de *Marais* et les ultras de la Montagne les méprisaient, mais on comptait sur leur voix pour arracher une motion, pour faire chuter un représentant, pour voter de nouveaux fonds à la guerre qui se déplaçait sur tous les fronts. On les laissait vivre parce qu'on ne jugeait pas utile de les tuer. Parce que malgré tout, malgré leur tiédeur, leur pusillanimité, on pouvait en tirer parfois quelque chose.

Et c'est eux qui avaient gagné.

On ne le crut pas d'abord : les bourreaux de Robespierre, les Vadier, les Barère, les Collot, les Billaud-Varenne, tous ceux qui avaient ourdi sa chute, crurent que leur règne arrivait enfin... Mais à force de raccourcir des députés – et de préférence les plus enragés –, il ne resta guère que les hésitants qui, se retrouvant majoritaires, n'eurent qu'à s'emparer du pouvoir.

Oh, ils le firent bien modestement au début. Presque en s'excusant. Et puis la pression s'accentua : on en avait assez des exécutions, de ces comptes rendus de massacres en provenance de tous les départements. Tous les jours c'étaient de nouvelles pétitions, des dénonciations de crimes, de concussions, d'arrestations arbitraires, qui parvenaient sur les bureaux des représentants. On voulut rétablir le calme mais, pour cela, il fallut bien se débarrasser de ceux qui avaient mis un peu trop de zèle à l'épuration républicaine du pays.

De traqueurs, les membres du Comité de salut public et du Comité de sûreté générale devinrent les traqués, on leur demanda des comptes. Il y eut des délibérations, et les anciens bourreaux tremblèrent. Tellement d'affaires se bousculaient devant les guichets de la Convention qu'on travaillait de nuit.

— Il faut le sauver ! s'exclama Tallien.

— Cela, je ne puis te le garantir, répondit Boissy d'Anglas.

Les deux hommes parcouraient la salle des gardes qui protégeait la grande salle de la Convention. On n'y vendait plus de cocardes, on n'y exigeait plus la mort des ci-devant. Non, on négociait la déportation d'un enragé ou au contraire la réhabilitation d'un autre qui avait soi-disant en secret œuvré à la chute de Robespierre.

Tallien, sec et agité, tenta de retenir son interlocuteur par le bras.

— Allons, Boissy, on en a sauvé d'autres.

L'intéressé ressemblait à un notable de province débonnaire et inoffensif, impression qui lui avait permis de sauver sa tête en des périodes difficiles. Il se libéra d'un mouvement d'épaules.

— Ton ami a du sang sur les mains.

— Allons, pas des Parisiens, que d'obscurs provinciaux…

— Qui inondent la Convention de pétitions ! Deux cents signatures de la Nièvre qui l'accusent d'avoir renversé tous les cultes, d'avoir levé les taxes dont la République n'a jamais vu la couleur et d'avoir porté partout la Terreur. Fouché, aujourd'hui, n'est pas un homme recommandable et tu le sais.

— La Nièvre ! Ce sont des ingrats. Il aimait la Nièvre, il l'aime toujours. N'a-t-il pas donné à sa petite fille le nom de ce département ?

Boissy regarda Tallien en essayant de dissimuler le mépris qu'il éprouvait. L'homme avait hurlé avec les loups sous Robespierre, et avait pressuré les provinces comme un procurateur romain pour assouvir ses goûts de luxe. Intelligent, il avait su rejoindre les conspirateurs à temps. Ça et la beauté de sa femme l'avaient sauvé.

— Il n'y aurait que la Nièvre, encore, je pourrais peut-être faire quelque chose, si j'en éprouvais l'envie. Mais il y a Lyon : qu'il ait prêché la dépravation des mœurs et ait fait démolir quelques bâtisses par ailleurs inoccupées, admettons, mais il y a organisé la commission temporaire. Tu sais combien d'exécutions ont été ordonnées sous son autorité ?

— Des contre-révolutionnaires. Des ennemis du peuple !

Boissy sentit son humeur changer. Il se laissait rarement aller à la colère, mais au cours des années qu'il avait passées à la Convention, il avait trop souvent entendu cette épithète, il avait trop souvent entendu le bruit sec du rasoir national tranchant le cou d'un de ces malheureux, simplement coupables de ne pas avoir porté en eux les idéaux délirants des amis de Robespierre. Il aurait pu se trouver à leur place et finir place de Grève. Ça, il ne l'oublierait jamais.

— N'insiste pas, laissa-t-il tomber. Il faut que justice soit faite.

Et il repoussa Tallien d'un geste un peu plus rude.

À sa grande surprise, l'autre ne protesta pas. Il se contenta de hocher la tête d'un air triste.

— Alors, bien d'autres têtes tomberont.

Boissy s'arrêta et se retourna vers le quémandeur. Irrité, il fronça les sourcils.

— Tu me menaces ?

L'ancien membre du Comité de salut public prit un air chagriné.

— Moi ? Comment peux-tu supposer une chose pareille ? Je n'ai dit cela que pour ton propre intérêt. Mais après tout, ce n'est qu'une simple hypothèse. Peut-être n'as-tu rien à te reprocher, toi…

Le conventionnel prit le poignet de son interlocuteur et le serra.

— Tallien, tu n'es qu'une merde infâme. Ton salut, tu ne le dois guère qu'à ta femme et tu le sais bien. Sans elle, jamais tu n'aurais osé couper la parole à Robespierre ni te joindre à notre mouvement, fort tardivement d'ailleurs ! Qu'as-tu encore inventé comme minable petit complot ? Tant que la Convention ne sera pas débarrassée des cloportes de ton espèce, nous n'y serons pas en sécurité.

Boissy était furieux, ce qui ne lui arrivait pas souvent et l'expression cauteleuse de Tallien ajoutait encore à sa colère. Pour un peu, lui, l'homme pacifique et doux, aurait souffleté le quémandeur.

— Tu ne comprends pas, pleurnicha l'autre. Je n'ai rien comploté, rien manigancé. Je suis au courant de quelques informations, c'est tout. Je pourrais les monnayer cher, très cher, crois-moi. Mais tu es un ami, Boissy, je t'aime bien car tu as toujours été juste et modéré...

— Parle.

L'homme approuva de la tête.

— Eh bien, il se trouve que les archives du Comité de salut public ne sont pas complètes.

— Cela, je le savais, ricana Boissy. On a fait disparaître la moitié des ordres d'exécution et sur les autres on a grossièrement ajouté en marge une fausse signature de Robespierre...

— Tu ne sais pas tout, mon ami. Les archives n'ont pas disparu. Barère les a dissimulées.

— Et il les utilisera ?

Tallien secoua la tête.

— Non, pas lui. Il les a confiées à quelqu'un d'autre. Quelqu'un de sûr.

Boissy jeta un coup d'œil alentour. Jusqu'à présent, ils n'avaient pas attiré l'attention des autres députés ou des huissiers, ni même du public clairsemé qui occupait les galeries du haut. Il avait envie de frapper son interlocuteur, mais un tel éclat aurait sans doute terni sa réputation.

— Qui ?

Un grand sourire éclaira le long visage de Tallien.

— Notre ami Fouché.

— Il n'est pas mon ami !

L'autre revint à la charge :

— Tu te trompes, c'est un fidèle serviteur de l'État. Un bon républicain qui a compris que la modération était désormais la loi de la Convention. Il sera le plus fanatique des modérés, je puis te l'assurer ! Par contre, si la Convention décidait de l'inquiéter, les archives de Barère risqueraient de tomber en de mauvaises mains. Et tu sais ce que cela signifie…

— Je n'ai rien à me reprocher, gronda Boissy.

Tallien soutint son regard.

— Nous avons tous quelque chose à nous reprocher. Et Barère le sait.

Boissy plongea ses yeux dans ceux de son interlocuteur. « Ce n'est pas possible… Il ne peut être au courant de cela ! »

Sa colère retomba comme un soufflet. Il se trouvait dans une situation ridicule. Craindre qu'un dérisoire morceau de papier n'arrive entre les mains de…

— Je vais voir ce que je peux faire, dit-il finalement.

Tallien sourit avec modestie, savourant son triomphe.

— J'étais sûr de pouvoir compter sur ton sens profond de la justice.

Boissy, abattu, rejoignit son banc placé au milieu des gradins et s'y effondra. Pourquoi fallait-il que les démons du passé viennent le rattraper maintenant ? Lesage l'attendait, surexcité.

— On délibère sur Fouché, ce soir. Je ne donne pas cher de sa tête.

— Ah oui… Fouché, je voulais t'en parler, justement. Peut-être les accusations portées contre lui comportent-elles quelques exagérations ? Tous les représentants en mission ne se sont pas conduits comme des criminels. Néanmoins, ils peuvent avoir heurté des intérêts particuliers… Nous devons nous montrer extrêmement circonspects face aux rumeurs ou aux soi-disant exactions. Fouché m'a toujours donné l'impression d'être un homme intelligent.

Lesage ne possédait pas la modération ni le sens du compromis de Boissy d'Anglas. Il avait lutté jusqu'au dernier moment contre Robespierre et avait dû vivre de longs mois dans la clandestinité pour échapper aux arrêts de Fouquier-Tinville. Il leva les bras au ciel.

— Mon pauvre Boissy, tu es tellement naïf ! Je considérais Fouché comme un parasite. Un de ces cancrelats à la solde du tyran, payé pour semer la mort dans les provinces. Je me trompais. C'est aussi un assassin, et de la pire espèce ! Celle qui tue pour le plaisir.

Le conventionnel rit nerveusement.

— Allons donc, racontars que tout cela !

— Racontars ? Lis un peu cette requête, elle nous vient de Lyon.

Intrigué, Boissy prit le placet : une de ces innombrables pétitions qui arrivaient par diligence entière des provinces dévastées par les hordes jacobines. Rien de très original, à part peut-être que le groupe en question faisait référence à un obscur passage de l'Ancien Testament. Le livre des Rois, à ce qu'il se rappela.

— Hum… Les compagnons de Jéhu. Ceux-là ont trop lu la Bible…

— Lis un peu.

Il s'exécuta et au fur et à mesure qu'il tournait les feuillets rédigés d'une écriture soignée et régulière, comme celle d'un notaire ou d'un greffier, il comprit que jamais il ne pourrait sauver Fouché. Bien sûr, tout ce qu'il lut lui parut outré, démentiel… mais, compte tenu de l'état d'esprit qui régnait à l'assemblée et dans les sections, la tête de l'intéressé ne valait plus grand-chose. Encore heureux si on pouvait le soustraire à la vindicte populaire et lui donner le bénéfice d'un procès équitable.

Il reposa le document d'un air las.

— Je comprends. Puis-je néanmoins te demander une faveur, Lesage ?

L'autre jeta un regard soupçonneux à son compagnon.

— Quoi donc ?

— Cette accusation, ne la présente pas à la Convention.

— Quoi, tu voudrais que je ferme les yeux sur…

— Il s'agit de faits troublants et atroces, mais je ne vois là que des suppositions, des conjectures. Imagine un peu l'effet que ferait la lecture d'un tel réquisitoire.

L'autre se calma enfin et approuva :

— Avant la fin de la séance il aura sa tête au bout d'une pique.

— De toute façon, il y a déjà largement assez de pièces dans le dossier d'accusation pour le faire arrêter…

Lesage interrompit son ami :

— D'accord, je le garde en réserve. Mais s'il obtient une indulgence coupable, si on le disculpe, je la présenterai car il serait pour le moins indécent qu'un tel vautour en sorte indemne.

Boissy poussa un discret soupir de soulagement.

— Uniquement s'il n'est pas inquiété. J'ai ta parole ?

Lesage se leva, irrité.

— Oui, tu l'as et tu connais sa valeur.

À dix heures du soir, on commença à discuter du cas de Fouché. Il faisait sombre et les maigres lustres éclairaient fort mal la grande salle de la Convention, si bien qu'on ne distinguait que confusément les visages sur les bancs de l'assemblée. Aussi, personne ne prêta attention à la silhouette maigre et toute de noir vêtue qui se glissa dans la galerie surplombant les gradins des députés. Là, derrière un pilastre représentant un faisceau romain, l'homme suivait les débats avec intérêt.

À la tribune, juste en dessous du bureau du président, un rapporteur, dont on n'aperçut guère que le profil fantomatique, achevait de lire le long réquisitoire venant des provinces. Massacres, pillages, exécutions arbitraires, destructions de biens privés, incitation à la violence et à la haine envers la religion et les honnêtes gens... Le dossier était accablant.

À côté de la silhouette, sur la galerie, quelques badauds suivaient eux aussi les débats.

— On en a raccourci pour moins que cela, commenta l'un.

— Il avait de l'influence. Je pencherais plutôt pour la déportation.

— Ils voudront faire un exemple.

— Parions, citoyen, que proposes-tu ?

Pendant ce temps-là, le rapporteur continuait :

— Voilà les accusations portées contre Fouché... Les pièces à l'appui de ces inculpations sont des procès-verbaux de séances publiques de diverses administrations dans lesquels il est fait mention de propositions faites ou d'arrêtés pris par Fouché... Il réfute dans un mémoire tous les chefs d'accusation... Des faits peuvent être cités en sa faveur.

Un député se leva.

— Fouché a favorisé la fainéantise ! Il n'a rendu aucun compte des taxes révolutionnaires qu'il a instaurées partout et qui se montent à plus de deux millions pour la commune de Nevers.

Plusieurs applaudissements éclatèrent.

Du côté de l'ancienne Montagne, plusieurs voix s'élevèrent, d'abord celle de Legendre :

— Je regarde Fouché comme l'un des éléments de la journée du 9 thermidor. Je demande l'ordre du jour.

Tallien renchérit :

— J'ai dénoncé Fouché le 12 germinal, mais il est de mon devoir aujourd'hui de le défendre.

Et Verneret et Merlinot, deux survivants du parti des Montagnards, s'écrièrent :

— Dans l'Allier, Fouché ne s'est rendu coupable d'aucune dilapidation !

— Vous ne pouvez juger un représentant du peuple sur ses arrêtés ; les dénonciations contre Fouché à Nevers ont été mendiées et payées. On a battu la caisse pour les obtenir.

Un concert de sifflets accueillit ces interventions. La balance ne penchait pas en faveur du prévenu.

Pour finir, Lesage se leva. Il tenait dans sa main le mémoire des compagnons lyonnais, mais, conformément à sa promesse, n'en fit pas lecture. Il se contenta de laisser tomber :

— Vous ne devez faire grâce à aucun des brigands de l'ancienne Montagne. Je demande l'arrestation de Fouché.

Un tonnerre d'applaudissements retentit. On entendit les cris de : « À bas Fouché ! », « Qu'il rende ce qu'il a pillé ! », « On ne vole pas impunément le peuple ! »

Même Boissy, qui sentait le vent tourner, se crut obligé de rajouter à haute voix, comme pour répondre à Legendre :

— Fouché n'a point eu de part au 9 thermidor. Cette journée fut trop belle pour avoir été déshonorée par son secours.

L'affaire était dite. Dominant un court instant les applaudissements, une voix venue du haut de la tribune s'écria :

— On veut expulser les républicains après avoir chassé les scélérats !

Mais rien n'y fit. Le décret d'arrestation fut voté dans l'enthousiasme.

Boissy se rassit après un sourire forcé à l'intention de Lesage qui triomphait. Il avait fait tout ce qui était humainement possible. Insister l'aurait rendu suspect. Il leva la tête nerveusement vers le haut de la tribune, vers la galerie où le peuple circulait et assistait aux débats. Il lui avait semblé apercevoir une silhouette sinistre et décharnée, là-haut. Mais non, sans doute une illusion…

3

La mort est le commencement
de l'immortalité.

Maximilien de ROBESPIERRE

Paris sentait la mort. Surtout la nuit. Surtout sur les bords de la Seine. Surtout lorsqu'on se rapprochait du Grand Châtelet.

Frèrejas du Moulin détestait sortir la nuit, d'ailleurs il détestait sortir tout court. Il était de ceux qui avaient sauvé leur tête sous le règne de la Montagne en achetant un certificat de bonne conduite signé par Robespierre. Mais, depuis le 9 thermidor, Frèrejas portait sans cesse avec lui son certificat attestant de ses sentiments révolutionnaires modérés, et également un courrier de Lesage, acheté lui aussi fort cher à Boissy d'Anglas. Il ne devait sa tranquillité que par d'incessantes manœuvres, des déclarations d'intention et de menus services aux nouveaux maîtres de la Convention, comme celui qu'il rendait ce soir. Il se demanda s'il ne ferait pas mieux de regagner son Berry natal, quitte à subir la déportation. Depuis que le règne des enragés et des sans-culottes avait pris fin, les rues de Paris étaient devenues encore moins sûres ! Les muscadins, les milices royalistes, hantaient le Palais-Royal et faisaient régner leur justice. Des sans-culottes, assez fous pour continuer à porter le bonnet phrygien, s'étaient regroupés en bandes et malheur à celui qui se réjouissait trop ouvertement de la mort du tyran.

La haute forteresse moyenâgeuse, construite naguère pour protéger Paris contre les invasions des Normands, se découpait au-dessus du pont au Change.

La nuit était chaude et l'homme sentait la sueur couler entre ses épaules. Pourtant, outre la nécessité d'obéir aux ordres qu'on lui donnait, la curiosité elle aussi le poussait.

Boissy lui avait dit : « J'ai reçu ce mot anonyme à la Convention. Va vérifier. »

Il serra le morceau de papier griffonné qu'il tenait dans son poing. « Va voir Fouché à la Basse Geôle. » Tels étaient les quelques mots tracés d'une écriture anguleuse.

Il ignora les prostituées, les passants qui pouvaient devenir autant d'ennemis et se dirigea vers la haute porte protégée par deux tours.

Pouvait-on imaginer spectacle plus lamentable que l'ancienne citadelle décrépite et dont les pierres tombaient régulièrement des mâchicoulis ruinés, écrasant parfois d'imprudents promeneurs ? Il jeta un coup d'œil à la place, encombrée d'étals qui, dans la nuit, devenaient autant de cachettes pour quelque contre-révolutionnaire avide du sang des Jacobins, mais qui abritait surtout la grande misère d'un petit peuple chassé de ses maisons par la ruine de l'assignat et la cherté des denrées les plus élémentaires. Il apercevait de loin en loin des groupes indistincts, certains couchés les uns contre les autres, d'autres plongés dans de mystérieuses palabres, assis en cercle autour d'un feu de camp. Il avait peur.

Pour un peu, l'entrée béante de la forteresse gothique lui parut presque rassurante.

— C'est pour quoi ? lança la voix ensommeillée du concierge.

— La Basse Geôle. Je dois voir quelqu'un.

— Ce n'est pas l'heure, citoyen. Repassez demain.

— C'est une urgence. Ouvre-moi !

À travers le guichet entrouvert, il aperçut un sourire qui éclairait la face de l'homme.

— Dame, en général ils ne sont pas pressés, nos clients !

Frèrejas fit sonner quelques pièces.

— Ouvre !

L'autre, que sa propre plaisanterie et l'idée de recevoir quelque argent avaient rendu de meilleure humeur, s'exécuta. La lourde porte grinça et s'entrouvrit.

— Allons, entre, citoyen. Il ne faut pas trop traîner dans les rues avec ces fichus muscadins qui se croient les maîtres de Paris.

L'envoyé traversa la grande cour carrée sur les talons du concierge qui faisait tinter son lourd trousseau de clés au rythme d'une chanson qu'il sifflotait. Un de ces airs d'avant, lorsque les compositeurs du roi avaient vraiment du talent, et sur lesquels on avait adapté des paroles révolutionnaires. Il reconnut une chanson à boire de Grétry : « Que le sultan Saladin… »

L'odeur devint plus forte, elle imprégnait ses vêtements, même la nourriture et l'eau sentaient la mort dans cette enceinte. La cour du Grand Châtelet accueillait autrefois un corps de garde et des bureaux d'huissiers. Dorénavant, les morts en ces lieux se comptaient en plus grand nombre que les vivants. Frèrejas aperçut néanmoins dans la cour un certain nombre de silhouettes qui semblaient fuir la faible lumière projetée par la lanterne du concierge. L'homme, d'ailleurs, fit mine de ne pas s'en soucier. Enfin, leurs pas les menèrent au fond de la cour, sur la droite, où s'ouvraient deux petites portes.

— Tu es arrivé, citoyen.

— Quelle porte ?

Le concierge haussa les épaules.

— Celle que tu veux. L'une est consacrée à la toilette, l'autre à l'exposition. C'est toi qui paies.

— L'exposition.

— Normalement, les visiteurs se contentent de regarder à l'intérieur par le guichet. Ils n'ont pas trop envie d'entrer. C'est compréhensible !

— Ouvre.

— Comme tu voudras.

Le concierge s'approcha de la porte, percée par une sorte de guichet vitré d'où l'on pouvait à loisir examiner l'intérieur, et fit jouer la lourde clé.

— Tu peux y aller, citoyen, la Basse Geôle est à toi.

Frèrejas lui jeta un regard qu'il voulut perçant.

— Tu me garantis que personne ne viendra ici ?

L'autre rit.

— Personne d'autre que ceux qui s'y trouvent déjà.

— Cette pièce ne dissimule aucun danger ?

— Ceux qui s'y trouvent ont déjà subi le danger.

— Prends ça et va-t'en.

Il lui jeta quelques nouvelles pièces et entra dans la Basse Geôle.

Il crut qu'il allait étouffer tellement l'odeur de corruption y était concentrée et écœurante.

La grande pièce, basse de plafond, humide et mal éclairée par deux petites lanternes, n'était meublée que de trois grandes tables où reposait un amoncellement de cadavres à différents stades de la décomposition.

Noyés, transpercés, étranglés, dévorés par la consomption ou par la syphilis, s'étalaient devant lui tous ceux qui, par choix ou par l'effet du destin, n'étaient pas morts dans leur lit. Depuis le Moyen Âge, c'est là qu'on entassait les cadavres trouvés dans la rue, qu'on les lavait sommairement puis qu'on les exposait quelque temps à la vue du public, avant de les enterrer au cimetière des Innocents avec les pauvres, les comédiens et les inconnus. La journée, une foule silencieuse défilait devant la petite lucarne vitrée, on se bouchait le nez, on regardait subrepticement les défunts, à la recherche d'un visage familier, puis on retrouvait la cour du Châtelet qui après une telle vision paraissait presque riante. Ou alors on s'écroulait en sanglots, reconnaissant un parent, un fils, un mari…

Frèrejas contourna avec répugnance ces amas funèbres. L'odeur de la tripe se liquéfiant petit à petit et coulant des tables en goutte-à-goutte obsédants, la vision des chairs marquées de grandes traces bleues ou lardées de plaies béantes, des ventres gonflés, des visages inexpressifs, pâles comme la cire, et des yeux blanchâtres levés vers le plafond exacerbaient sa nervosité. Et cette nudité obscène de corps masculins et féminins, entremêlés en une étreinte poisseuse, lui donnait la nausée. Il maudit de nouveau Boissy d'Anglas pour lui avoir confié une telle mission.

Dans un coin dégagé, il aperçut un corps. Isolé, l'homme portait encore ses vêtements, ce qui était rare dans ces lieux où l'on pouvait acheter toutes sortes de fripes au concierge, qui les récupérait après la livraison de ses nouveaux pensionnaires.

Il s'approcha, prit une des deux lanternes et examina le visage du défunt.

C'était bien lui. Joseph Fouché, le bourreau de Lyon. La mort l'avait rattrapé lui aussi et il devait bénéficier d'une place de choix dans le pandémonium des damnés.

Frèrejas se pencha sur l'ancien envoyé de la Convention. Vivant, il ressemblait déjà à un cadavre, mais dans le trépas il était la mort elle-même : face allongée, le teint malsain, les yeux profondément enfoncés dans leurs orbites, les os saillants de chaque côté de la mâchoire ouverte en un rictus presque sardonique. Au moins ne causerait-il plus d'ennuis.

— La mort te va bien, Fouché ! ricana-t-il.

— Peut-être pas autant qu'à toi, Frèrejas !

Le visiteur bondit en arrière, heurta une table qui s'effondra sous le poids des corps qu'elle portait à grand-peine.

Étourdi, stupéfait, incapable de se relever, gêné par les morts qui avaient glissé sur lui, Frèrejas poussa un cri qui résonna sous la voûte basse de la morgue.

L'apparition se pencha au-dessus de l'homme et lui tendit la main.

— Allons, tu ne devrais pas faire autant de bruit. Tu vas finir par réveiller quelqu'un…

Après un instant d'hésitation, Frèrejas, terrifié, prit la main tendue. Elle était froide, mais ce n'était pas l'inertie glacée de la mort.

— Fouché ! Tu… tu es vivant.

— Judicieusement observé. Soit dit en passant, personne n'a encore annoncé ma mort, que je sache.

Frèrejas tentait de retrouver une contenance et de réfléchir. Fouché vivant… Il était dans son élément, les bas-fonds, mais il n'en restait pas moins un homme traqué, abandonné par ses amis, poursuivi sans relâche par ses ennemis. Aux abois, il vivait d'expédients et se cachait comme une bête des forêts poursuivie par la meute.

— Nous devons parler.

Le fugitif approuva de la tête et désigna une porte en bois vermoulu au fond de la morgue.

— Allons par ici, c'est plus calme.

Ils pénétrèrent dans une salle tout aussi fétide, sale et humide que la précédente, mais plus petite. Une seule table, dont la surface était creusée par une rigole où séchait un liquide noir. Trois cadavres encore habillés y reposaient. Sur le sol, on apercevait de grandes traînées rougeâtres ou brunes.

— C'est ici qu'on lave les corps, commenta Fouché. Les fossoyeurs vont chercher l'eau au puits de la ruelle, derrière. La nuit, ils ne travaillent pas… sauf lorsqu'on apporte un nouvel arrivage. Je suis déçu ! J'avais espéré que Boissy d'Anglas se déplacerait lui-même. Il me devait bien cela, après m'avoir lâché en pleine séance. Non, il m'envoie un de ses hommes liges. De ceux à qui je ne ferais même pas confiance pour vider mon vase de nuit.

Frèrejas reprenait de l'assurance. Il décida de ne pas s'en laisser conter.

— Allons, regarde-toi, Fouché. Tu es fini. Liquidé. Il manque peu, en vérité, pour que tu rejoignes tes joyeux compagnons de la Basse Geôle, et cette fois-ci en invité définitif. Réduit à se cacher parmi les morts. J'ai presque pitié de toi.

Mais son interlocuteur ne se mit pas en colère comme il l'avait escompté. Un sourire déforma un bref instant son visage émacié.

— Si tu savais comme on est au calme parmi les morts, eux au moins ne parlent pas. Ne va pas conter à tes maîtres qu'ils me tiennent à leur merci. Tu ne connais pas la quantité de souterrains creusés sous cette vieille forteresse : un véritable labyrinthe. Que l'un de vous s'y aventure et je me ferai Minotaure ! Je te le jure. Et nulle Ariane ne vous tendra un fil sauveur. Autrefois, on enfermait là les prisonniers qui croupissaient dans des geôles à moitié remplies d'eau croupie. Un homme en parfaite santé et bien nourri n'y survivait pas quinze jours. Les rois de ce siècle les ont fait murer, mais il est facile de s'y déplacer. Sais-tu qu'on donnait des noms à ces culs-de-basse-fosse : le Berceau, le Paradis, la Grièche, la Gourdaine, le Puits, les Chaînes, la Boucherie, les Oubliettes. Tu vois, nos ancêtres étaient de vrais poètes. Maintenant, écoute les instructions que j'ai à transmettre à Boissy…

Frèrejas s'étrangla :

— Les instructions, tu n'es pas en position de…

En une fraction de seconde, Fouché lui attrapa le bras, le tordit, obligeant l'émissaire à se courber en arrière. Il tenta de résister, en vain, la prise de son adversaire possédait la dureté de l'acier. De l'autre main, l'assaillant s'empara d'un long couteau à la lame courbe comme un cimeterre et il l'appliqua sur la gorge de sa victime.

— Frèrejas, tu n'es qu'un débris d'humanité. J'aurais plaisir à me débarrasser de toi. Tu sais que ce serait facile. Il me suffirait, une fois ta gorge tranchée, de t'enlever tes vêtements et de te déposer à côté. Personne n'y verrait que du feu. Je pourrais même tirer un peu d'argent de tes vêtements. Mais j'ai besoin de toi pour faire connaître mes exigences. De l'or, je veux de l'or, de quoi tenir au moins six mois. Je veux la garantie que ma famille ne sera pas inquiétée et que l'on me proposera à la réhabilitation d'ici trois mois. Faute de quoi je me fâcherai pour de bon.

Il relâcha son étreinte et Frèrejas glissa sur le sol de terre battue en se tenant le poignet endolori.

— Veux-tu savoir ce qui se passera si l'on ne m'obéit pas ?

L'intéressé hocha la tête : que répondre à un fou pareil ?

— La Convention disposera des écrits de Barère. Je n'ai pas eu le temps d'y faire le tri, mais ce que j'ai vu suffit déjà à faire proscrire la moitié des députés, pratiquement toute la Montagne et une bonne partie du Marais. Ton maître sera dans la première charrette. Et toi, tu ne tarderas pas à le suivre.

— Tu es fou ! Même si Boissy te protège, tes ennemis se comptent par dizaines, par centaines ! On dit que certains te cherchent et leur justice sera plus expéditive que celle des Comités.

Fouché ne parut pas effrayé.

— Tu apprendras à ton maître que si jamais il devait m'arriver malheur, en quelque circonstance que ce soit, les documents dont j'ai la garde seront transmis à Lesage et ses amis. Mais ne t'inquiète surtout pas pour moi. Vous, mon armée d'enfer, braves soldats de Satan, serviteurs du démon, apparaissez !

Il avait levé la main en un geste théâtral et, au grand effroi de l'envoyé toujours recroquevillé sur le sol, les trois cadavres qui pourrissaient sur la table bougèrent. Ils s'assirent et tournèrent leur affreux visage dans sa direction. Tatouages de bagnards sur la figure, des mains puissantes comme des pattes d'ours aux ongles pointus qui s'ouvraient et se refermaient telles les griffes d'un animal, ils se pourléchaient les babines.

Frèrejas se releva en poussant des petits glapissements de frayeur et courut vers la porte sous les sarcasmes de l'ancien représentant de la Convention.

— Transmets mes salutations à Boissy. N'oublie pas mon message… N'oublie rien surtout !

Lorsque le fuyard eut quitté la Basse Geôle, un des trois hommes miraculeusement ressuscités lança sur un ton dubitatif :

— Ne crois-tu pas que tu en fais un peu trop, Fouché ? Ils vont te prendre pour un bateleur de foire, un amuseur public.

Mais l'intéressé passa la main dans les cheveux du faux cadavre.

— Ne t'inquiète pas pour cela. Ils ont peur, tous. Frèrejas mais aussi Boissy, Tallien et les autres. Il suffit qu'ils aient plus peur de moi que des provinciaux qui les inondent de requêtes, et le tour sera joué. J'aurai sans doute encore besoin de vous…

L'homme haussa les épaules et rejoignit ses deux compagnons qui avaient revêtu de longs manteaux sombres et de larges chapeaux de feutre.

— C'est toi qui décides, Fouché. Tu sais où nous trouver, si tu as encore besoin de nous. Adieu, et ne ris pas trop de la grande Faucheuse, elle risque de te prendre au mot !

Après un bref hochement de tête, les trois hommes sortirent dans la nuit. Bientôt, ils se fondirent dans l'obscurité.

L'hôte de la Basse Geôle retourna dans la salle d'exposition des corps. Il adressa un petit salut aux monceaux de cadavres et se recoucha sur la table pour reprendre son somme.

Frèrejas avait mal. Il tenait sa main crispée sur sa poitrine. Son cœur battait plus que de raison. La peur, mais aussi l'effort d'avoir couru. Il ne se rappelait presque plus le long trajet qui l'avait conduit du Grand Châtelet à la rue Saint-Jacques. Il reconnut la silhouette familière de l'ancien couvent des dominicains, sous les voûtes duquel s'était joué le sort de la France, ces dernières années. La faible clarté de la lune ne permettait guère de distinguer les façades et il devina plus qu'il ne lut l'inscription placée sur le fronton de l'ancienne chapelle : « Société des Jacobins ». Il était bien mal vu aujourd'hui de fréquenter de tels lieux où les idéaux délirants de Robespierre avaient régné naguère, mais c'est là qu'il devait rendre compte de sa mission. Et puis, entre ces murs familiers, il serait protégé de Fouché et des mystères tortueux qui l'accompagnaient comme autant d'ombres inquiétantes. Il repensa à la morgue et frissonna. Un bon verre de vin en compagnie de visages amis lui ferait oublier les miasmes de la Basse Geôle !

Il ne prêta pas attention aux pas qui, derrière lui, emboîtaient presque parfaitement les siens. Il s'arrêta pour souffler, seul résonnait dans la rue déserte son souffle saccadé. Il repartit et un discret écho le suivit. Il entendait bien entendu les claquements des chaussures de son suiveur sur le pavé, mais n'y prenait garde, tout entier obnubilé par le soulagement d'avoir rejoint des lieux accueillants. Aussi ne s'attendit-il pas à la soudaine attaque qui déchira la nuit.

Ce fut court, moins d'une seconde peut-être.

Un bref sifflement, l'image confuse d'une canne au pommeau brillant qui resplendit un instant dans la nuit, telle une étoile filante, et son crâne explosa.

Ce fut trop rapide pour qu'il souffre seulement. Il eut vaguement l'impression qu'une masse énorme s'abattait sur lui et que le sol l'engloutissait à toute vitesse. Avant de toucher terre, il était déjà inconscient.

Aussi ne vit-il pas la silhouette enveloppée dans un large manteau recouvrir sa figure d'un sac de toile grossière, lui attacher les bras et les jambes, pour finir par l'emporter à travers la nuit comme un vulgaire paquet.

4

Les lois sont à faire, les maximes du gouvernement
à assurer, les mœurs à régénérer.
Si l'une de ces choses manque, il n'y a dans un État
qu'erreurs, orgueil, passions, factions, ambition,
cupidité : la République alors, loin de réprimer les vices,
ne fait que leur donner un plus libre essor,
et les vices ramènent nécessairement à la tyrannie.

Maximilien de ROBESPIERRE

Je marche quelque part dans les profondeurs obscures de la terre. Affliction, gémissements, souffrances. Tels sont mes guides. Nul ange, nulle main secourable dans cette nuit affreuse et d'autant plus pesante qu'on n'y distingue ni les lueurs tremblantes des étoiles, ni même la masse compacte et changeante des nuages noirs. Rien qui puisse soulager ma peur, rien qui puisse calmer mes tremblements.

Je ne vois rien, et pourtant je sais qu'un couloir défile sous mes pas. Il y a des portes à intervalles réguliers.

« Franchis-les, me dis-je. Peut-être derrière l'huis secourable trouveras-tu le secours et le réconfort. »

Je m'approche de l'une d'elles et entends un son. C'est une sorte de gémissement, mais un gémissement innommable qui me saisit bien plus que ne le ferait le grincement de la porte menant le condamné à l'échafaud. Quelqu'un ou plutôt quelque chose a émis cet abominable écho qui transperce mes tympans et me transforme en petite fille effrayée qui n'aspire qu'à se recroqueviller sous ses draps pour échapper à ses terreurs enfantines. Derrière cette porte est un être qu'on ne peut ni concevoir ni comprendre. Quelque chose qui n'est pas humain. J'ai peur, je recule, mais il y a d'autres portes et derrière chacune d'elles, je devine que l'on m'attend.

Pourquoi ? Je ne veux pas le savoir. Tout plutôt que de connaître les desseins de celui qui attend.

Je cours, c'est une sensation curieuse de s'essouffler dans la plus totale obscurité, guidée par un sens que je ne possédais pas jusqu'alors, car je sais que les portes défilent de chaque côté, à moins que ce ne soit la même qui revienne sans cesse. Comment savoir si je ne pousse pas l'huis de l'une d'elles ?

Je m'arrête soudain. Il n'y a plus de couloir, plus de fuite possible. Une porte devant moi, je sais qu'il me suffit de la pousser pour entrer. Pour savoir. Mais je me refuse encore à exécuter la secrète directive qui transpire de ces murs.

« Marie-Adélaïde, viens… »

Ce n'est pas une voix humaine, d'ailleurs aucun son n'a résonné. Cela ressemble au souffle du vent dans les branches de la forêt où chevauche le chasseur noir, suivi de sa meute de spectres. Cela ressemble au gémissement de l'enfant qui se meurt de la peste sous les yeux de ses parents impuissants. Cela ressemble au frottement de la lame qui descend inexorablement sur la nuque du condamné entraîné par un poids de plus de soixante livres. Cela ressem-

ble aux craquements des os que l'on brise à coups de barre de fer pour précipiter la mort du supplicié sur la roue.

J'ai envie de hurler, pour ne plus entendre cette voix.

« Franchis cette porte. Tu sais que tu le feras. Je le sais. Rien ne peut l'empêcher. »

« Qui es-tu ? finis-je par laisser échapper. Un envoyé du démon ou le démon lui-même ? Laisse-moi car Idraël, l'ange de la Terre, me protège. »

Ces quelques mots me redonnent un peu d'assurance. Mais la voix répond simplement :

« Je suis l'Inconnaissable. »

Alors un immense frisson me secoue, je veux me débattre, hurler, m'arracher les cheveux, me rouler par terre.

Impossible, je reste immobile, les bras le long du corps. Je suis couchée dans un espace tellement réduit que je ne puis bouger. Un bruit sourd retentit juste au-dessus de moi. Comme si des masses de terre s'accumulaient petit à petit, m'enfermant encore plus sûrement dans cette prison exiguë. Je veux crier, mais aucun son ne sort de ma bouche. Il y a si peu d'espace, si peu d'air.

Je resterai ici, prisonnière des entrailles de la Terre jusqu'à la fin des temps.

« Idraël, viens à mon secours ! »

— Marie-Adélaïde, ce n'est pas le moment de dormir !

Elle ouvrit les yeux. Un visage souriant, un visage de femme, enjoué et plein de malice, se penchait au-dessus d'elle.

— Vous savez, le maître des lieux risque de ne pas apprécier, s'il vous voit ainsi en train de somnoler. Paul-François est l'hôte le plus libéral de Paris, mais il n'aime qu'élégance et raffinement. Vous vous êtes donc enivrée, ma chérie ? Vous ronfliez et émettiez les sons les plus disgracieux !

La jeune femme reprenait petit à petit son sang-froid.

— Je… je dors mal, en ce moment. Des cauchemars.

Joséphine se fit moins moqueuse :

— Des cauchemars, quels malheurs allez-vous nous prédire, Sibylle ?

L'intéressée s'assit sur la méridienne où elle avait eu le malheur de s'assoupir quelques instants plus tôt. Dans la pièce à côté – le grand salon de Barras –, on entendait des rires, de la musique. C'était Térésa sans doute, qui distrayait le maître des lieux et ses nombreux invités.

— Je ne sais pas, avoua-t-elle. Je fais toujours le même rêve, quelquefois avec des variantes. Il finit toujours de la même manière. Je ne peux plus bouger, comme prisonnière, et je peine à respirer.

Joséphine prit un ton mystérieux :

— Une image bien funeste. Pensez-vous qu'elle concerne une personne assistant à cette soirée ?

La Sibylle secoua la tête.

— Non… Enfin je ne sais pas, mais voilà plus d'une semaine que je me réveille trois ou quatre fois par nuit avec cette même sensation.

La créole haussa les épaules et répondit par une moue :

— Venez donc vous distraire. Le café de Chartres accueille tout ce que Paris compte de gens importants.

La jeune femme se redressa. Elle n'aimait pas ces soirées, elle n'aimait pas ces gens, mais Joséphine avait raison. Il fallait bien vivre.

Le premier étage du café de Chartres était occupé par les appartements de Mlle Montansier. On y tenait salon. Il y a quelques mois, Robespierre ne manquait pas de venir saluer la maîtresse de ces lieux. Aujourd'hui, c'est Barras qui y menait grand train. D'ailleurs, l'ancien général, le nouveau maître incontesté de la Convention thermidorienne, n'habitait-il pas l'étage au-dessus ?

Le salon empestait la fumée et l'alcool. Plusieurs musiciens y interprétaient des extraits des opéras à la mode. La Sibylle reconnut *Denys le Tyran à Corinthe* de Grétry. D'ailleurs, on n'écoutait guère la musique. On fumait, on buvait, on parlait. Les femmes portaient des tenues excentriques, qui suivaient la mode antique en vigueur depuis l'an passé, mais bien plus gaie que sous le règne des Comités. Les étoffes devenaient presque transparentes, les décolletés plus audacieux et les lignes très épurées des robes qui serraient les corps soulignaient les courbes féminines comme jamais aucune mode n'avait encore osé jusqu'alors dans toute la chrétienté. On se coiffait d'invraisemblables couvre-chefs fabriqués avec tout ce qui tombait sous la main des modistes aussi dévergondés que leurs clientes. Les hommes avaient relevé leurs cols, coloré leurs vestes. Ils n'hésitaient plus à remettre la perruque, parfois en l'ornant d'accessoires pittoresques.

Une voix attira son attention : celle qui chantait possédait un accent espagnol marqué. Ce ne pouvait être que Mme Tallien, triomphante depuis que son timoré de mari avait tout de même osé se retourner contre l'incorruptible et ainsi sauvé sa tête bien compromise par des mois, voire des années de tergiversations, d'atermoiements, de compromis douteux avec les bourreaux.

Debout sur une table de Pharaon, elle virevoltait tout en chantant à tue-tête les couplets du dictateur déchu :

Au lieu de sceptre, une férule
Est dans ma main.
Ô souvenirs cuisants !
Corrigeant le point, la virgule,
Je ne suis plus que l'effroi des enfants !
Hélas de ma grandeur, voilà ce qui me reste !
Ô mon cher diadème,
Que je te presse sur mon cœur…

Et au grand amusement de tous elle mimait le roi déchu, contraint à se cacher sous la défroque du maître d'école, serrant contre lui une couronne de papier.

Un homme au poitrail de forgeron et au front jupitérien portait un de ces luxueux costumes qui auraient suffi à vous emmener sous le rasoir national, quelques semaines plus tôt. Il caressait sur ses genoux une jeune demoiselle qui n'avait pas vingt ans. Barras et la jeune Fortunée Hamelin, la plus jolie mais aussi la plus piquante et la plus luronne des Merveilleuses. Tous deux applaudissaient tandis que l'heureux mari de la chanteuse volage, Tallien, suivait la scène de loin, une expression chagrine sur le visage.

Mais Joséphine ne laissa pas de répit à sa compagne.

— Regardez, c'est lui. Le général dont je vous parlais. Paul veut absolument que nous devenions intimes. Alors, est-ce lui que vous avez aperçu dans vos visions ? « Le nouvel Alexandre. » Je crois qu'il a accompli quelques exploits à Toulon, mais je ne le vois pas « plus que roi », comme vous me l'aviez suggéré.

Marie-Adélaïde jeta un coup d'œil à l'intéressé qui, mal à son aise, se tortillait sur sa chaise à côté du grand Barras.

— Je... je ne sais pas. Il faudrait peut-être que je fasse mieux sa connaissance.

Le général ne ressemblait guère à l'idée qu'elle se faisait d'un conquérant. Outre sa petite taille, son teint olivâtre, ses cheveux raides plaqués sur le crâne, son nez pointu et sa manie de tourner la tête à droite à gauche à tout instant ne plaidaient pas en sa faveur.

— Ma chère amie, venez donc vous asseoir près de moi, lança-t-il à la belle créole.

L'accent outrageusement accentué du fiancé, mi-italien, mi-provençal, faillit faire sourire la Sibylle. Où donc Barras était allé pêcher un tel jocrisse ?

Les deux jeunes femmes s'assirent à côté du général. Joséphine lui passa la main dans les cheveux, s'amusant avec ses longues mèches bien mal entretenues.

— Mon ami, j'espère que vous vous amusez bien, ce soir.

L'autre répliqua sèchement :

— Cet endroit est un véritable nid de contre-révolutionnaires et de débauchés. Je ne comprends pas pourquoi Barras m'y a traîné !

La créole répondit à la remarque par un sourire.

— Mais peut-être pour que vous y rencontriez des gens intéressants.

Il haussa les épaules.

— Des gens « intéressants », ici ? Il y a Tallien ce traître, des prostituées, des libertins que Robespierre a oublié d'envoyer à l'échafaud. Oh, excusez-moi, il y a vous...

La colère du jeune officier disparut aussitôt. Il rougit comme un adolescent pris en faute.

— Je ne voulais pas dire que…

— Mais non, naturellement, minauda la jeune femme. Vous avez du caractère, c'est tout à votre honneur et vos exploits à Toulon…

— Oh, ce n'est rien, vraiment.

À l'évocation de ses supposés faits d'armes, le regard de l'homme se mit à briller. Il sembla enfin s'apercevoir de la présence de Marie-Adélaïde.

— Ma chère amie, vous avez oublié de nous présenter.

Joséphine prit la main de la Sibylle.

— Vos désirs sont des ordres, général. Voici la fameuse Mlle Lenormand. La meilleure cartomancienne de Paris. Sa science du tarot n'a d'égale que ses extraordinaires facultés de voyance. Jamais, à ma connaissance, elle ne s'est trompée…

Le visage de l'homme au teint olivâtre se rembrunit.

— Une bohémienne ! Décidément, rien ne me sera épargné, ce soir.

— Elle voit l'avenir…

— Grand bien lui fasse. L'avenir n'est jamais que ce que la volonté de l'homme en fait !

Marie-Adélaïde en avait assez entendu. Elle se leva et murmura une excuse à l'oreille de son amie. Joséphine lui lança un dernier regard qui voulait dire : « Êtes-vous bien sûre que je dois fréquenter cet homme ? Ne suis-je pas en train de commettre une bêtise ? » Pour toute réponse, elle lui renvoya un sourire d'encouragement. Elle verrait cela plus tard. Il lui fallait partir, l'atmosphère faussement joyeuse qui régnait en ces lieux accentuait encore cette morbide mélancolie qui l'assaillait sans cesse depuis la chute du tyran.

Après un dernier signe de la main au général et à la créole, elle prit le chemin de la sortie. Il lui fallut encore saluer Mlle Montansier, la maîtresse de maison, fardée comme une comédienne et vêtue à l'ingénue, elle qui avait plus de soixante ans ! Enfin, elle descendit le grand escalier qui menait aux arcades de l'ancien palais de Philippe Égalité.

L'air soulagea un peu le poids qui lui enserrait la poitrine depuis son réveil. Elle ajusta sa capeline afin de dissimuler son visage et marcha sous les arcades en essayant de ne pas se mêler aux groupes de noceurs qui déambulaient d'un café à l'autre en quête d'amusement et de boisson, et en se tenant éloignée des prostituées qui attendaient là le bon vouloir d'un des nouveaux maîtres de la république. Paris libéré du joug de Robespierre n'en était pas devenu meilleur pour autant. Il y régnait une sorte de déliquescence, comme s'il manquait un maître en ces lieux où le pouvoir le plus absolu et le plus cruel avait régné de longs mois durant.

Dix heures du soir sonnèrent, il restait un long chemin jusqu'au faubourg Saint-Germain. Il lui fallut traverser la Seine par le récent pont de la Révolution, qu'on avait construit avec des pierres tirées des ruines de la Bastille. Descendre la rue des Saints-Pères et la rue des Boucheries vers le faubourg Saint-Germain, en pleine nuit, alors qu'elle pouvait à tout moment croiser un groupe de factieux : sans-culottes nostalgiques du règne de la Terreur ou, au contraire, royalistes excités par la volonté de revanche. Mais elle ne sentit rien de néfaste dans ce périple. La mort n'était pas là, dans le territoire de la section de la Fontaine de Grenelle. Elle restait à l'écart : lointaine, confuse comme une réminiscence, mais bien là, menaçante.

« Si seulement le professeur Gall était là, songea-t-elle. Lui saurait trouver une explication. » Franz Joseph Gall avait toujours une explication à tout !

Enfin, Marie-Adélaïde aperçut la façade familière de l'église des Jacobins Sainte-Dominique. Les promeneurs devenaient plus nombreux au fur et à mesure qu'elle approchait. Tous suivaient la même direction.

L'heure tardive n'empêchait pas les partisans de la monarchie de s'y retrouver. Mieux, depuis la chute du tyran, la section de la Fontaine de Grenelle, il y a peu laissée à l'abandon, comme si une main géante, bardée de métal, la recouvrait, proscrivant aux plus téméraires d'approcher, renaissait et prospérait comme jamais. Les comités n'étaient plus que l'ombre d'eux-mêmes et n'interdisaient plus rien du tout. Nobles revenus de l'étranger ou qui avaient passé les derniers mois terrés dans leur province, militaires nostalgiques de l'Ancien Régime et écœurés par les guerres vendéennes, prêtres réfractaires, bourgeois qui réclamaient le retour de l'ordre, tous se pressaient là.

Anonyme sous sa capeline, elle se glissa à travers la foule qui commentait les dernières nouvelles. On s'intéressait tout particulièrement au sort des anciens enragés, ceux qu'on avait arrêtés, ceux en passe d'être exilés ou en fuite. « Barère va partir pour Londres ! » « C'est là qu'il a amassé toute sa fortune. » « On dit que Fouquier-Tinville sera arrêté et jugé. » « Puisse-t-il rencontrer un accusateur public tel que lui. » « Il n'aura pas assez de dix mille, de cent mille cous à trancher pour réparer tous les crimes qu'il a ordonnés. » « Hé ! Savez-vous que Fouché a disparu. On dit qu'il est mort. » « Fouché est la mort même, il ne peut pas mourir. »

Cette boutade lancée par un émigré de retour à Paris (Marie-Adélaïde n'avait nul besoin de son don de voyance pour le reconnaître, il portait un costume anglais) la fit frissonner sans qu'elle comprenne pourquoi. Il pouvait s'agir d'une prescience, mais comment savoir ? Son don, quoique toujours aussi présent, paraissait incontrôlable, elle ne parvenait plus à le maîtriser. « Il faudra que je relise les notes de Gall et que j'y réfléchisse. »

Des monceaux d'affiches bariolées recouvraient les murs du bâtiment. Sur l'une d'elles, la tête coupée de Robespierre, qu'on avait barbouillée d'un vilain rouge pour figurer le sang, tirait la langue à la foule. « Mort au tyran », était-il écrit. Une autre représentait Louis XVI portant des habits religieux, le front ceint d'une auréole et les yeux levés au ciel. « Français, souvenez-vous ! » Sur une troisième, un enfant à genoux, le petit dauphin disparu dans d'obscures circonstances, suppliait un geôlier coiffé d'un bonnet phrygien. « Pas de pitié pour les tueurs d'enfants, pas de pitié pour les régicides ! » Et beaucoup d'autres du même genre.

Au milieu de l'église désaffectée où bruissait la foule, elle reconnut la silhouette de son seul et unique ami à Paris.

— Quatremère, vous êtes là !

L'homme, assis à une table et plongé dans une abondante correspondance que lui apportaient des coursiers, leva la tête et son visage d'une beauté toute classique s'éclaira d'un sourire.

— Ah, Sibylle, je suis content que vous soyez venue. Je pensais que vous étiez invitée, ce soir.

Marie-Adélaïde baissa la tête.

— Oui, mais je suis partie. Je préfère rester avec mes vrais amis, même s'ils ne sont guère populaires dans les salons.

Il rit.

— Allons, point de remords. Ces gens-là sont des pigeons bien gras que je vous encourage à plumer. Barras, Tallien et les autres se croient les maîtres de la France. Ce sont des nains. Voyez-vous, Robespierre, Barère, Vadier étaient des assassins, des fanatiques, des ennemis du genre humain, mais ils n'en possédaient pas moins une certaine grandeur. Le règne de la Plaine est le règne de la médiocrité. Elle ne résistera pas longtemps. Ne le voyez-vous pas dans vos cartes ?

Quatremère de Quincy, passionné d'architecture, ne croyait pas dans la magie du tarot ni dans les dons de la Sibylle. La question était de pure forme. Elle y répondit néanmoins :

— Je ne vois rien que la mort dans les cartes. La mort partout… Elle me suit, elle me pourchasse, je le sais.

— Je ne vois rien de tel.

— Moi non plus, je ne vois rien au sens où vous l'entendez, mais je sais que la mort est là. N'avez-vous jamais éprouvé cette impression que quelqu'un marchait sur vos talons ? Vous tentez de vous retourner à plusieurs reprises pour démasquer votre suiveur, mais à chaque fois vos efforts restent vains. Pourtant, à d'infimes signes, perceptibles à nul autre que vous, vous savez qu'il y a quelqu'un. C'est cette sensation que j'éprouve.

L'architecte réfléchit, une expression grave sur le visage.

— Je connais cette sensation, Sibylle. Mais cette mort, est-elle destinée à vous seule ?

Malgré son incrédulité, il ne se moquait pas d'elle. C'est aussi pour cela qu'elle appréciait sa compagnie.

— J'ai peur que non. Il y a des portes, beaucoup de portes dissimulant quelques atrocités. Toutes ne peuvent pas m'être destinées…

Il y eut des applaudissements. Un homme vêtu d'un de ces costumes au col noir relevé qu'affectionnaient les royalistes escalada une table et se mit à déclamer :

— Mes amis, je vous apporte des nouvelles de Nantes, de Bordeaux, de Marseille, de Toulon. Savez-vous qu'il règne une nouvelle terreur, là-bas ? Mais c'est une terreur blanche. Dans la vallée du Rhône, on noie chaque jour des Jacobins, ceux qui ont fait arrêter et massacrer des centaines d'innocents. En Vendée, Charette a fait des marécages une forteresse, Sapinaud ne peut être délogé du bocage et Stofflet tient tête aux armées bleues dans les Mauges. Le vent tourne, mes amis. Même dans les rues de Paris, de plus en plus de braves gens s'habillent de noir, en souvenir de notre malheureux roi. Ils portent dix-sept boutons à leur gilet en l'honneur du petit dauphin, lâchement assassiné. Sortons, montrons notre force, édictons notre loi. Tous tremblent devant nous, même ceux qui naguère flagornaient le tyran et ses séides. Organisons-nous en compagnies royales et ramenons enfin l'ordre divin dans notre cité martyrisée.

Il continua longtemps ainsi sous les applaudissements.

Quatremère de Quincy ne partageait pas la liesse ambiante.

— J'ai peur que vos prédictions ne s'avèrent que trop bien fondées, Sibylle. Dieu sait si je hais Tallien, Barras et les autres, mais les luttes qui s'annoncent augurent d'un avenir bien sombre.

Le discours continuait, de plus en plus exalté et violent. Marie-Adélaïde avait longtemps rêvé que vienne ce moment : que les royalistes puissent enfin exprimer leur opinion, contrebalancer les errements jacobins. Mais ce n'était pas ce fanatisme naissant qu'elle attendait.

— On ne reviendra pas en arrière, souffla-t-elle. La Révolution ne peut pas être effacée. Peut-être me suis-je trompée. Peut-être ai-je suivi une mauvaise voie. Si nous tuons les assassins de naguère, qui empêchera leurs émules de s'en prendre à nous au premier retour du sort ? Qui restera-t-il, en fin de compte ?

Soudain, l'orateur s'exclama :

— Mes amis, j'ai là des nouvelles de Lyon, non pas une dépêche, mais quatre envoyés. Quatre délégués de la cité martyre dont les comités ont volé jusqu'au nom. Venez, mes chers frères. Dites-nous les nouvelles du Rhône, nous vous soulagerons autant que nous le pourrons.

Tout le monde s'était tu. On se pressait pour apercevoir les envoyés de Lyon. Quatre hommes qu'on embrassait faisaient les honneurs de cette curiosité. Ils étaient vêtus de noir. Deux paraissaient assez jeunes, le troisième ressemblait à un notable de village ou à un notaire dont il avait l'embonpoint. Le quatrième, le plus âgé, portait la tenue d'un homme d'Église. Le front plissé par les soucis ou une réflexion intense. Ses yeux, enfoncés dans leurs orbites, parcoururent le cercle des royalistes. Il remplaça l'orateur sur la table et parla d'une voix basse mais parfaitement audible.

— Chers enfants, que Dieu vous bénisse pour la chaleur de votre accueil. Vous nous demandez des nouvelles de Lyon, j'en ai, mais elles ne sont pas bonnes. La malheureuse cité a payé bien lourd sa résistance aux idées fallacieuses des Jacobins. Massacres, ruines, exécutions en masse, affliction, tels ont été les seuls événements qui ont rythmé la vie de la cité depuis la fin d'un siège épuisant et meurtrier. Lyon se meurt, mes enfants. Lyon peut-être ne sera bientôt plus.

Quatremère fendit la foule et apostropha le prêtre :

— L'abbé, notre cœur est lourd et malgré l'odieux régime qui a éclairci nos rangs, nous n'avons cessé de pleurer le sort de nos amis lyonnais. Tu n'as pas frappé en vain à la porte de notre section. Tu peux compter sur notre aide en tout temps et en tout lieu. Maintenant, dis-moi, de quoi Lyon a-t-il besoin ? Sont-ce les vivres qui vous manquent, de la médecine ?

L'homme s'inclina.

— Je n'en attendais pas moins de vous. Néanmoins, nous ne sommes pas venus pour vous réclamer une aide matérielle. Non. Nous ne sommes pas des envoyés de la municipalité, nous venons à titre privé.

Plusieurs murmures se firent entendre. Les paroles de l'abbé intriguaient la foule.

Il reprit d'une voix encore plus basse :

— Des crimes ont été commis. Des crimes innommables. Je sais qu'une folie meurtrière semble s'être emparée de notre doux pays. Chaque jour, depuis des années, on bafoue l'innocent, on déshonore la femme respectable, on poursuit le juste, on massacre la jeunesse. Les plus infâmes rebuts d'humanité, perdus pour les hommes et pour le ciel, dictent leurs décrets iniques. Ce qui paraissait autrefois sacré et respectable aux yeux de tous est aujourd'hui foulé aux pieds. Mais, je vous le dis, les nouvelles que nous vous apportons dépassent en horreur tout ce que vous avez pu voir ou entendre. La Providence divine, qui œuvre pour que le crime ne reste pas impuni, nous a permis de découvrir ces abominations dont les mots ne suffisent pas à rendre toute l'horreur et que la justice des hommes restera impuissante à punir. Je ne vous conterai pas le récit des cruautés que nous avons mises au jour. Qu'il vous suffise de savoir que notre âme en a été ébranlée dans ses plus intimes fondements et que nous avons failli perdre la raison. Fort heureusement, l'Esprit saint est descendu sur nous afin de nous confier une mission sacrée : traquer le coupable en quelque lieu qu'il se trouve et le conduire devant le tribunal des hommes ou, mieux encore, devant celui de Dieu. Désormais, notre seule raison de vivre n'est plus que d'être l'instrument de Sa justice.

L'architecte leva la main, décontenancé.

— Je ne comprends pas, père. À quoi pourrions-nous vous être utiles ? Nous avons eu connaissance des crimes commis au nom de la république. La Convention, épurée des partisans de Robespierre, examine chacune des affaires qui lui sont soumises par les provinces. Les pétitions font état des exactions commises par les émissaires des comités. Beaucoup d'entre eux sont maintenant inquiétés.

Le prêtre se redressa et déclama sur un ton prophétique :

— Il est dit dans le livre des rois que le Dieu des armées voulut chasser les adorateurs de Baal hors d'Israël. Pour cela il manda au roi Jéhu d'accomplir sa vengeance. Alors Jéhu banda son arc, et atteignit Joram entre les épaules. La flèche traversa le cœur du roi, qui s'affaissa sur son char. Par la suite, il ordonna aux eunuques de la reine Ysebel, adoratrice de Baal, de la jeter de la fenêtre de son propre palais, puis il la fit piétiner par son cheval et son sang éclaboussa les murs. Aujourd'hui, c'est à nous que revient la mission de faire justice. Nous, compagnons du roi Jéhu, cherchons le bourreau de Lyon, dont la terre a bien failli recouvrir les crimes les plus odieux, mais que nous avons, au péril de notre âme, remis au jour. Son nom même constitue une insulte à l'amour de Notre Seigneur et je ne le prononcerai qu'avec répugnance. Nous ne vous demanderons aucune autre aide que celle-ci : savez-vous où se cache Joseph Fouché ? Savez-vous où nous pouvons le trouver afin de le présenter à la justice de Dieu ?

Le nom de l'ancien représentant de la Convention dans les provinces décontenança les membres de la section royaliste. Quatremère consulta ses compagnons du regard.

— Ma foi, nous n'en savons guère plus que vous. Voilà de cela quelques jours, la Convention a voté sa mise en accusation. Depuis, plus personne ne l'a vu. C'est comme s'il avait disparu de la surface de la Terre.

— Nous savons qu'il aime bien se dissimuler dans les profondeurs qui le rapprochent sans doute de Satan, son maître.

— Je vous assure que nous mettrons tout en œuvre pour vous aider dans votre croisade. Personne n'aime Fouché, même ses anciens alliés le détestaient. Il n'a pas d'amis à Paris, à part peut-être au sein de la plèbe la plus vile et la plus scélérate. Il est isolé et aux abois. S'il vit encore, ce qui n'est absolument pas certain, vous le trouverez.

Marie-Adélaïde avait assisté de loin à cet échange, impressionnée par la figure grave de l'abbé et ses allusions à des crimes tellement barbares qu'il n'osait même pas les décrire. Elle était mal à l'aise, oppressée. Les sous-entendus du prêtre faisaient écho à ses propres angoisses.

« Je ne dois pas penser à cela », se dit-elle. Elle sentait confusément que l'horreur de ses prémonitions pouvait à tout moment l'engloutir.

« Une diversion, quelque chose de joyeux, voilà ce qu'il me faut. »

Mais où trouver de la joie à Paris ? Dans les salons de la Montansier ? L'idée la révulsa.

À ce moment, un jeune homme se dirigea vers elle. Il portait la tenue sombre, presque funèbre, des Lyonnais. Elle lut de la gravité sur son visage, mais aussi une légèreté qu'elle trouva rafraîchissante. L'âme de celui-là n'avait pas été marquée comme celle des autres, ou du moins savait-il faire taire ses démons.

— Madame Lenormand, excusez-moi de vous déranger. Quelques personnes ici m'ont révélé que vous lisiez l'avenir.

Il parlait d'une voix presque enjouée et un peu facétieuse. Tout de suite, il lui plut. Néanmoins, on ne transigeait pas avec les bonnes manières.

— Monsieur, s'il vous plaît. À qui ai-je l'honneur ?

Il ne rougit pas. Au contraire, un franc sourire répondit à ce reproche à peine déguisé.

Il enleva son chapeau avec un geste d'une courtoisie un peu trop appuyée.

— Mais bien entendu. Je suis impardonnable. Je me nomme Müller, Héphaïstos Müller. Je suis médecin.

— Médecin, et vous nous venez de Lyon ?

Il se tourna pour désigner l'abbé qui continuait ses conciliabules au milieu de l'ancienne chapelle.

— J'en viens, mais je n'y ai séjourné que peu de temps. Les événements que vous connaissez m'ont poussé à émigrer et ce n'est que très récemment que je suis retourné jusqu'à ma ville natale… pour découvrir les crimes décrits par le bon La Madelle.

Elle n'avait pas envie d'une conversation sérieuse. Pas ce soir, pas avec lui.

— Docteur, vous souhaitez donc que je vous lise les lignes de la main. Y a-t-il quelque part une Mme Müller dont vous aimeriez être sûr de la constance ?

Il faillit éclater de rire, ce qui n'aurait pas manqué d'attirer l'attention dans les circonstances de la soirée, mais se retint juste à temps.

— Hélas, pas de Mme Müller. Ni maintenant ni pour longtemps, je le crains.

Elle sourit à son tour.

— Allons, ne soyez donc pas désespéré. Vous êtes à Paris, maintenant. Tout peut survenir sans que quiconque puisse le prévoir.

— Même vous ?

Elle répondit avec une petite moue :

— Si, moi, je le peux. Mais cela n'a aucune importance.

— Peut-être plus que vous ne le pensez. Allez, dites-moi mon avenir.

— N'êtes-vous pas à la recherche de Fouché ?

Il leva les yeux au ciel.

— Vous n'allez pas vous y mettre aussi ? C'est assez de l'abbé qui nous récite à tout moment le livre des rois, nous rebattant les oreilles de ses péripéties. Voilà quinze jours que je bats les routes de notre pays dévasté avec d'aussi sévère compagnie. Offrez-moi un petit moment de détente. Vous voulez ma main ?

Il la lui tendit mais elle déclina l'offre.

— Je ne suis pas une bohémienne qui lit dans les lignes de la main. Venez un peu ici. Oui, plus près, baissez la tête, vous êtes trop grand pour moi. Je dois voir vos yeux.

Il obéit avec empressement. Bientôt leurs visages s'approchèrent à se toucher et elle plongea son regard dans le sien.

Un immense frisson la parcourut. Elle était de nouveau dans cette cave obscure. Plus de section, de la Fontaine Grenelle, plus de foule, Quatremère n'était plus là, Müller non plus. Il n'y avait que cette porte, juste devant elle.

« Marie-Adélaïde, viens. »

Toujours cette voix qui ne pouvait sortir d'une bouche humaine. La terreur de ce qui pouvait l'attendre derrière la porte. Malgré elle, comme animée par une volonté supérieure à la sienne, elle ouvrit.

Son hurlement résonna sous les voûtes de l'ancienne chapelle des Jacobins. Elle tomba en arrière, les yeux révulsés.

Un court instant, elle avait vu, et cette vision avait brûlé son âme.

L'image du jeune docteur hurlant, brûlé par les flammes d'un brasier surnaturel, torturé, mutilé, le visage n'exprimant que la souffrance la plus atroce et le désespoir le plus profond.

Un instant plus tard, la foule se pressait autour de la jeune femme.

— Elle a eu un malaise.

— Quel cri ! Par tous les saints, il me poursuivra jusqu'à la mort.

— C'est la Lenormand, une cartomancienne.

— Un peu sorcière, alors.

— Silence, tous, écartez-vous !

Le visage familier de Quatremère de Quincy se pencha au-dessus d'elle.

Prise de tremblements convulsifs, elle était incapable de parler.

Une autre voix intervint :

— Je suis médecin, laissez-moi passer.

Le jeune Müller ne souriait plus, mais au moins ses traits n'étaient plus déformés par l'horreur, comme dans sa vision. Une ride soucieuse lui barrait le front. Il lui fit respirer des sels d'ammoniac qui la firent tousser.

— Qu'est-ce qui lui arrive ?

— Je ne sais pas, nous discutions… Et elle a eu ce malaise. A-t-elle déjà eu de telles crises ?

— Non, je ne crois pas…

Il lui parla à voix basse :

— Madame, essayez de respirer doucement. Il n'y a que des amis, ici. Des gens qui vous apprécient et qui feront tout pour vous venir en aide.

— La mort…

Elle essayait de parler mais un irrépressible bégaiement rendait ses paroles inaudibles.

— Que dit-elle ?

Il lui passa la main sur le front.

— Détendez-vous. Je vais vous donner un élixir qui vous détendra. Un peu d'opium vous fera le plus grand bien.

Elle lui prit le poignet et le serra.

— La mort… Elle est sur vous. Je vous en prie, quittez Paris, quittez cette ville maudite ! Vous n'imaginez même pas le sort qui vous attend.

— Calmez-vous !

Mais elle ne pouvait plus s'arrêter :

— Quelque chose d'abominable va se produire. Je me trompais, ce n'est même pas la mort, c'est pire que la mort, car la mort est préférable à un tel sort. La porte, elle s'est ouverte. Mais il y en a d'autres, beaucoup d'autres.

— Elle délire.

Ce furent ses derniers mots. Marie-Adélaïde Lenormand venait de s'évanouir sur les dalles de l'ancienne chapelle des Jacobins.

Le Traité des supplices

[Extrait]

... De tous les tourments qui agitent l'âme humaine, il en est un qui paraît si universellement répandu qu'il semble lié à l'essence même de ce qui constitue la nature de l'homme, et en même temps ce qui le différencie le plus profondément de l'animal : il s'agit de la crainte du trépas. D'ailleurs, pour être plus précis, il ne faudrait point parler de crainte du trépas en tant que tel – car le trépas n'est rien d'autre que le contraire de la vie, donc la perte de toute conscience et de toute peur –, mais plutôt de la peur de l'agonie, des tourments et des affres qui y sont liés.

Certes, les méchants, outre l'effroi face aux supplices qui leur sont réservés, peuvent craindre que leur âme après la mort ne brûle en enfer, mais l'enfer n'est qu'une possibilité, une hypothèse. Il ne s'agit point d'une menace directe, perceptible.

Pour ma part, je me suis toujours refusé à croire aux momeries enseignées par les prêtres. Superstitions ridicules, incohérentes, elles choquent l'intelligence de celui qui possède l'ambition de réfléchir par lui-même et de ne pas prendre pour argent comptant les croyances, fussent-elles universelles et partagées par le plus grand nombre.

Au contraire, le juste, ou tout au moins celui qui se considère comme tel, ne devrait espérer de la mort que bonheur et joie, puisque celle-ci lui permettra de siéger parmi les bienheureux. Or même le meilleur chrétien, le plus doux des hommes, celui qui suit le plus fidèlement les enseignements du Christ n'éprouve pour le trépas qu'effroi et aversion.

Ainsi donc, la mort elle-même n'effraie pas. Un moment j'existerai. Ma respiration emplira mes poumons d'air, mon sang se répandra dans mes veines, mon esprit pourra se livrer à toutes sortes de spéculations. Et puis je ne serai plus : simple masse de chair, sans vie, sans conscience, qui ne tardera pas à retourner à la corruption.

La véritable peur est donc celle de l'agonie. Celle du passage de la vie au trépas. Durant ce laps de temps qui peut être extrêmement bref ou au contraire interminablement long suivant les circonstances qui le provoquent, nos fonctions vitales vont s'arrêter. Plusieurs dérèglements de notre organisme vont se produire, soit provoqués par l'extérieur, soit causés par une raison intrinsèque, comme la maladie ou le vieillissement, et vont conduire à l'arrêt du cœur, de la respiration, bref de tous les signes apparents de la vie.

Je n'ai jamais craint la mort et j'attends avec curiosité les affres de l'agonie, car après tout il y a dans ce changement, dans cette transformation de la matière, un mystère qui dépasse la compréhension humaine.

C'est pour tenter de résoudre ces mystères que j'ai commencé à m'intéresser à la mort. Mes recherches ne relèvent pas de la vaine théologie – je me moque bien de savoir s'il existe ou non une âme immortelle qui survivra au tombeau – mais bien de la science pure. Nous vivons un siècle où la raison lutte contre les dogmes, quand bien même ces derniers se parent des ornements d'une religion toute-puissante.

On pourra peut-être me qualifier de songe creux, de vain charlatan. Je t'entends, lecteur, murmurer à la lecture de ces lignes : « Qui es-tu, toi qui prétends percer un des mystères les plus troubles de la vie à l'aide d'une science débile ? La seule mort que tu seras capable de décrire sera la tienne. Et c'est une connaissance qui t'apportera peu, puisque tu n'existeras plus pour relater ton expérience. »

J'eus l'occasion d'assister au trépas de plusieurs personnes, dans des conditions et des degrés de souffrance divers. Ce cheminement qui conduit de la chair animée à la chair morte me passionna. Sans tout d'abord songer à entreprendre des recherches ou des expériences sur le sujet, je me plaisais à assister aux derniers instants de mes contemporains et à tenter de comprendre les sensations et les sentiments qu'ils éprouvaient à ce moment crucial.

On m'objectera que la plus simple humanité aurait dû au contraire me pousser à soulager l'agonie de ces malheureux ou, tout du moins, à pleurer leur trépas.

Bizarrement, je n'ai jamais senti de tels élans en présence d'un mourant. Nous ne sommes que des amas de chairs animées pour un temps par ce souffle étrange qu'est la vie, alors à quoi bon sangloter sur l'inéluctable ? Derrière la victime qui souffrait et se tordait, je ne voyais que le cas médical, l'apport à la science.

C'est lorsque, naturellement attiré par la mort, je trouvai moyen d'étudier de plus près ses effets que je me mis à retranscrire mes observations. Petit à petit, au cours des années, mes notes se sont accumulées, complétées, enrichies. Si bien qu'aujourd'hui je puis entreprendre le grand œuvre de ma vie. Un ouvrage qui n'aura d'équivalent que *Le Livre des morts* de l'ancienne Égypte…

5

Quand le fanatisme, né de l'union monstrueuse
de l'ignorance et du despotisme, inventa
à son tour les crimes de lèse-majesté divine,
quand il conçut, dans son délire,
le projet de venger Dieu lui-même,
ne fallut-il pas qu'il lui offrît aussi du sang,
et qu'il le mît au moins au niveau
des monstres qui se disaient ses images ?

Maximilien de ROBESPIERRE

Frèrejas avait mal, très mal. À la tête, d'abord ; elle l'élançait douloureusement au moindre mouvement, à la moindre respiration. Aux membres aussi, il sentait de nombreuses courbatures, une raideur qui le laissait dans un état complet de faiblesse. Comme si son corps était resté de longues heures immobilisé.

Il se rappela confusément sa mission à Paris, Fouché, la morgue, cette antichambre de l'enfer. Comment était-il parvenu jusqu'ici, dans cette totale obscurité ? Était-ce lui, ce mort en sursis qui avait trouvé le moyen de se venger ?

Il se releva avec peine et avança d'un pas incertain, découvrant l'horrible sensation qu'à chaque pas un gouffre pouvait s'ouvrir sous lui, qu'un pieu acéré pouvait le transpercer. Il résista à la tentation de se coucher de nouveau sur le sol pour s'y recroqueviller. Il avait entendu parler de tels supplices : enfermer cent pieds sous terre ceux que l'on voulait torturer dans un cul-de-basse-fosse totalement obscur, et les laisser croupir là, jusqu'à ce qu'ils deviennent fous, jusqu'à ce qu'ils se précipitent eux-mêmes contre les murs afin de se briser le crâne et trouvent de cette horrible manière une mort libératrice. Quelles abominations pouvait bien dissimuler cette obscurité ? La nuit, même sans lumière, on pouvait distinguer quelque chose, des ombres, des silhouettes confuses. Là, rien. Comme s'il n'avait plus d'yeux, comme s'il était aveugle. « M'a-t-on enlevé les yeux ? » Mais non, ils étaient toujours là, aucun bandeau ne les recouvrait. Simplement, le noir autour de lui était absolu.

« C'est un cauchemar. Je suis en train de vivre un cauchemar. »

Non, tout cela était bien réel. D'ailleurs, il s'en rendit compte soudain avec horreur : il était nu. Un courant d'air froid balayait son corps frissonnant et il sentait la moindre aspérité de la pierre sous ses pieds. Privé de la vue, ses autres sens s'affinaient. L'odeur était celle d'une cave, pourtant petit à petit un nouveau parfum s'imposa, entêtant et familier.

« De l'encens ! » Voilà longtemps pourtant qu'il ne s'était rendu à un office ! Mais c'était bien cette odeur-là. Quelqu'un faisait brûler de l'encens.

« Frèrejas, écoute-moi. »

L'intéressé sursauta.

— Qui… qui… qui êtes-vous ?

Il avait bafouillé. La voix dans l'obscurité totale avait résonné tout près de lui, derrière son dos. Il se retourna, mais bien sûr il ne vit rien.

Son interlocuteur reprit. Mais cette fois de l'autre côté.

« Je suis hier, je suis l'aube de ce jour et je suis le lendemain. Je suis le maître des naissances, la nature mystérieuse. Je suis le créateur des dieux qui procurent leurs aliments aux habitants de la Terre. Je suis le grand nautonier oriental, je suis celui qui possède deux visages. Je suis le maître de l'aube dont les rayons de soleil montent au ciel et redescendent jusqu'au crépuscule pour que s'opère la mystérieuse alchimie de la mort. Tu sais qui je suis. Peut-être ne t'en souviens-tu pas, mais au fond de toi, je sais que tu le devines. »

Le prisonnier avait écouté avec une perplexité grandissante les longues stances prononcées par l'inconnu. En tout autre lieu il les aurait trouvées ridicules, mais pas là, dans l'obscurité absolue.

— Non… non, je ne sais pas.

« Je suis celui qui ressort intact et dont le nom est inconnu. Je suis celui qui ouvre les portes du ciel et qui règne sur le trône. Ma vraie forme est cachée en moi car je suis l'inconnaissable, Frèrejas. Je suis la voix de ta conscience, ou plus exactement la voix de la conscience des enfers. »

Il ne connaissait pas cette voix, il ne l'avait jamais entendue auparavant. Et pourtant, l'inconnu semblait informé à son sujet.

« Non, c'est une illusion, il ne connaît que mon nom. L'obscurité me brouille l'esprit… et ce mal de tête. »

L'inconnaissable, quel drôle de qualificatif.

— Pourquoi m'avez-vous enlevé ?

« Je ne t'ai pas enlevé. Tu es venu jusqu'à moi comme tout homme le fait un jour ou l'autre. Tu as franchi les rives de l'Orient pour me rejoindre et te présenter à moi. »

— Non, c'est faux. Je cherchais un homme, Fouché. Pas vous, c'est promis !

Ce n'était pas la voix de Fouché, de cela il en était certain.

« Tu cherchais mais tu n'as pas trouvé. Ta quête est désormais terminée. Tu es parvenu jusqu'à l'ultime rive. Tu es mort, Frèrejas. »

C'était absurde, bien entendu, il vivait bel et bien ! Mais il ne put néanmoins contenir un frisson. Prisonnier, impuissant aux mains d'un inconnu, c'était comme s'il était mort.

— Nous sommes en enfer, ici ?

La voix ne s'offusqua pas de la remarque. Elle continua sur le même ton, grave, monocorde, un peu emphatique :

« Non, tu n'es pas encore aux enfers. Mais tu n'appartiens plus au monde des vivants. Tu es en quelque sorte dans un lieu intermédiaire. »

— Mais qu'allez-vous faire de moi ?

Le ton du prisonnier avait changé : plus pressé, au bord de la panique, il avait peur.

« Tu es ici pour y être jugé. »

— C'est… c'est un tribunal ?

« Oui, mais pas n'importe lequel. Tu es ici au Tribunal des âmes. Je vais décider de ton sort futur. Soit un séjour honorable dans l'immortalité, soit un châtiment permanent. L'enfer. »

— L'enfer ! Je n'y crois pas. C'est une superstition ridicule, un spectre agité par l'Église contre-révolutionnaire pour maintenir le peuple dans son innocence crasse. AAAAH !

Son cri déchira l'obscurité. La douleur avait été soudaine, imprévisible, et elle se prolongeait. Que se passait-il ? Que lui faisait-il ? À genoux, gémissant, une partie de sa conscience se posait toutes ces questions : ce n'était pas du fer rouge, il aurait senti l'odeur des chairs brûlées, ce n'était pas un fouet, il aurait entendu le claquement de la lanière. Et puis il aurait eu mal à un endroit précis, alors que là, tout son corps lui faisait mal.

— Arrêtez ! hoqueta-t-il. Arrêtez. Je ferai tout ce que vous voudrez.

Aussitôt, la douleur s'estompa. Elle ne disparut pas complètement mais devint supportable, prête à resurgir à tout moment. L'attente était encore pire.

« Frèrejas, tu n'as pas encore compris. Ton âme va être pesée, jaugée. Le moindre de tes actes, la moindre de tes pensées seront posés sur la balance. J'abomine la mauvaise conduite et je n'ai aucune considération pour elle. Je crois en Maât, fille de Rê, qui a pour royaume la justice et la vérité. Prends garde, Frèrejas, car ses jugements sont inflexibles. Sa balance ne se trompe jamais. Chacun de tes péchés pèse lourd comme le plomb et tes bonnes actions possèdent la légèreté de la plume. Elle est là, à côté de toi, prête à te dévorer et à te faire subir des tourments bien plus grands que ceux que tu viens de connaître. »

Il y eut une brève lueur à côté de lui. Ténue, tremblotante, mais pour ses yeux inhabitués à la lumière, il en fut ébloui. Cela ne dura qu'une seconde, mais chaque détail, chaque couleur s'imprima profondément dans son esprit.

D'abord la balance : énorme, menaçante. Un dieu à tête d'oiseau se tenait debout à côté, prêt à peser son âme. Il poussa un cri. Accroupi à ses pieds se tenait un monstre innommable, une créature qui n'avait rien d'humain, sortie de la plume démente d'un Goya mais cent fois, mille fois plus effrayante : CAR ELLE VIVAIT. Il pouvait presque sentir son souffle. Un souffle de mort et de décomposition. Cette chose n'avait pas de nom, elle était la somme de ses cauchemars et de ses peurs irraisonnées qui quelquefois le saisissaient, la nuit.

Un son étrange le tourmenta un instant, une sorte de gémissement désespéré, comme l'appel des damnés, brûlés par les flammes de l'enfer. Jusqu'à ce qu'il s'aperçoive qu'il sortait de sa propre bouche.

L'obscurité était bien vite revenue, encore plus effrayante, car il avait désormais une idée de ce qu'elle pouvait dissimuler.

« Parle, Frèrejas, libère-toi de tes péchés !

Maât est venue pour demeurer sans cesse avec toi.

Maât est toute la place qui t'appartient pour que tu te reposes sur elle.

Tu rajeunis à sa vue, tu vis du parfum de sa rosée.

Maât est placée comme porte-bonheur à ta poitrine… »

L'hymne résonnait dans le noir absolu des profondeurs. Frèrejas s'effondra en sanglots.

— Je vous en prie, épargnez-moi. Je ferai tout ce que vous voudrez.

« Parle, Frèrejas, libère-toi de tes péchés !

Ton œil droit est Maât.

Ton œil gauche est Maât.

Tes chairs et tes membres sont Maât.

Les souffles de ton instinct et de ton intelligence sont Maât.

Ta nourriture, c'est Maât.

Ta boisson, c'est Maât. »

— Je sais, j'ai bien mal agi au cours de ma vie, c'est ce que vous voulez savoir, non ? Vous voulez connaître mes mauvaises actions ?

La voix surhumaine continuait sans se soucier des gémissements du prisonnier.

« Parle, Frèrejas, libère-toi de tes péchés !

Combien stable est Maât, qui est unique.

C'est toi qui l'as créée.

Il n'y a nul autre dieu qui la partage avec toi, excepté toi, éternellement. »

— Je vous dirai tout, absolument tout, reprit Frèrejas, fébrile. J'ai dénoncé. Beaucoup. En fait depuis deux ans cela a été ma principale occupation. Depuis que la Montagne s'est débarrassée de la Gironde. C'était facile et ça rapportait. Ils m'ont fait confiance, après, les comités ; Vadier, vous savez, le grand inquisiteur. Il m'a employé. Je cherchais pour lui. Des fois, ceux que j'avais désignés, il les envoyait au rasoir national, quelquefois non. Nul ne peut deviner ce que voulait Vadier. J'obéissais, je trahissais mes amis, ceux qui me faisaient confiance. Je ne sais plus combien j'en ai fait tuer ainsi. Peut-être trente ou quarante, je ne sais plus. J'ignore ce qu'il est advenu d'eux. Je vous le promets. Et puis Robespierre est tombé. Je le sentais plus ou moins. Sur la fin, j'ai joué double jeu. Je renseignais les uns et les autres. Je dénonçais moins. Ou alors ceux que personne n'aimait. Des émigrés, des nobles, leurs femmes, leurs enfants, ou leurs serviteurs. Des prêtres aussi. Des royalistes. Et il y a eu Thermidor. Je savais beaucoup de choses sur les gens des comités. Il m'a fallu trouver un nouveau protecteur. Cela a été facile. Ils ont besoin de renseignements, tous ! J'ai de nouveau dénoncé. Mais là, la justice était moins rapide. Du temps de Fouquier-Tinville, un suspect n'avait que peu de temps à vivre, mais maintenant, on y met plus de formes. Et puis on me paie moins. Je vous le jure. On m'a demandé d'aller voir Fouché. Je l'ai retrouvé à la Basse Geôle. Vous devriez le prendre, lui aussi. Il a du sang sur les mains. Beaucoup plus que moi.

Il parlait sans pouvoir s'arrêter, sans même se rendre compte que l'hymne avait cessé. Il continuait pour ne pas devenir fou.

— Je suis un misérable, je n'ai aucun honneur. Ceux qui m'ont fait confiance sont morts ou plongés dans l'affliction…

Et il continua longtemps ainsi, alternant autoflagellation, pleurnicherie et apitoiement sur lui-même.

Finalement, il dut reprendre son souffle.

À ce moment, il sentit comme une main sur son épaule.

« C'est bien, Frèrejas. Tu as bien parlé. Je suis content de toi, maintenant ton âme est libérée. »

Un fol espoir l'envahit. Il se redressa.

— Alors vous allez me libérer ? J'échapperai au monstre ? Aux tourments de l'enfer ?

Un petit rire lui répondit. Son interlocuteur se tenait à quelques pas de lui, mais pour rien au monde il n'aurait osé se dresser contre l'inconnu.

« Tu es mort, Frèrejas, je te le rappelle. Rien ne peut te sauver du jugement de Maât. »

Il se rappela la vision fugitive du monstre et pleura de nouveau, les jambes flageolantes.

— S'il vous plaît. Tout mais pas cela. Je ferai ce que vous voudrez. Je vous ai tout dit. J'ai aussi forcé des femmes. Des émigrées à qui je promettais une fuite en lieu sûr. J'ai exigé d'elles des faveurs… pas de celles que l'on obtient d'une honnête femme.

« Tu es un scélérat, Frèrejas. »

— Oui, tout ce que vous voudrez. Mais je vous en prie, pas le monstre, pas elle !

Un long silence succéda à sa supplique. Il se recroquevilla sur le sol froid. À tout moment, la douleur pouvait revenir, à tout moment le monstre pouvait réapparaître.

Un bruit désagréable attira son attention. Ses dents claquaient sans qu'il puisse les arrêter. Il avait peur, trop peur. Puis soudain la voix revint.

« La sentence est décidée, Frèrejas. Maât a parlé. Tes crimes sont trop grands pour que tu rejoignes le séjour des bienheureux. Mais tu t'es livré. Tu as avoué ta bassesse. Cela a été pris en compte. »

— Je peux encore parler, si vous voulez. Tout ce que vous voudrez.

« C'est inutile, la déesse qui voit tout a lu dans ton cœur. Écoute sa sentence. »

À ce moment, la voix changea. Quelqu'un d'autre parlait. C'était comme un feulement, le crissement d'une craie sur un tableau noir. Il grinça des dents.

« Frèrejas, tu mourras dans les pires tourments. La justice l'exige. Mais je suis compatissante car je suis la justice. Tu renaîtras, enfin libéré de tes tourments. Vis cette souffrance comme une délivrance, une purification. N'aie crainte car après la douleur viendront enfin pour toi le repos et le soulagement. Tel est le jugement de Maât. Il est sans appel. »

Il s'effondra de nouveau : la mort, la souffrance.

— Je ne veux pas, hoqueta-t-il. Je ne veux pas.

L'extrême vulnérabilité de son corps nu lui devenait insupportable. Les tourments pouvaient surgir à n'importe quel moment, sans qu'il puisse rien faire pour les éviter ou les soulager. Il voulait mourir, mais comment faire ? Il n'avait pas d'arme. Se jeter la tête la première contre un mur ? Mais y avait-il ne serait-ce que des murs dans ces abîmes ?

Quelque chose lui enserra doucement le poignet et le força à se relever.

« Tu as entendu, Frèrejas. Il m'appartient à moi, l'inconnaissable, d'exécuter la sentence. Tu vas subir l'ancien supplice réservé aux menteurs et aux calomniateurs. Mais ne crains rien : la déesse l'a dit. Après la souffrance viendront le soulagement et le long repos. »

— Qu... qu'allez-vous me faire ?

« Le supplice du Pal remonte à la plus ancienne Antiquité. Les Égyptiens le pratiquaient, les Assyriens aussi. Il existe deux méthodes principalement répertoriées : la première consiste à enfoncer le pieu au niveau du sternum du condamné après le lui avoir fracassé à l'aide d'un maillet et d'un ciseau. Le bois progresse lentement dans la poitrine, empêchant petit à petit le malheureux de respirer. Mais ce n'est pas ainsi que je procéderai car en retenant ta parole c'est ton âme que je retiendrai à l'intérieur de ton corps. J'utiliserai la méthode qu'employaient les Roumains et les Turcs. »

Frèrejas écouta ces mots avec une horreur grandissante.

— Non… ne…

Mais il n'eut pas le temps de poursuivre : l'étreinte se fit plus forte. Irrésistible.

« Viens, Frèrejas, viens. »

Il hurla comme un damné. Un instant plus tard, il ne sentait plus rien. Il s'était évanoui.

Malheureusement, le répit dura peu de temps. Il ouvrit les yeux. Cette fois-ci, il y voyait. Il était couché sur une table de bois richement ouvragée, attaché à quatre fers fixés aux quatre coins.

Son interlocuteur se tenait devant lui. Il poussa un cri et faillit s'évanouir de nouveau.

Car c'était la mort qu'il voyait.

Une haute silhouette, enveloppée dans une sorte de toge blanche comme un suaire. L'inconnu portait d'étranges bijoux païens et particulièrement une croix dont la seule vue le fit frissonner : le haut formait une bouche, parodiant le symbole chrétien. Mais c'est surtout son visage qui impressionna le prisonnier. Verdâtre, il portait sur lui tous les signes de la corruption et pourtant son regard brillait d'un feu surnaturel. L'expression du bourreau restait impassible et sereine en contemplant sa victime. Il portait une haute couronne à la forme exotique. Cela lui rappelait ces dessins qui venaient d'Égypte. Où avait-il vu cela, déjà ? À l'atelier de David ?

Mais déjà l'apparition surnaturelle reprenait : c'était bien la voix qui l'avait accompagné dans l'obscurité.

« Ton âme sera sauvée, Frèrejas, même si ton corps doit souffrir mille morts pour cela. Me fais-tu confiance ? »

Il secoua la tête.

— Délivrez-moi, je vous en prie…

Mais l'apparition s'approcha, menaçante.

« Me suis-je trompé sur ton compte, Frèrejas ? Dois-je alors te livrer à la vengeance de Maât ? »

— Non, pas cela ! Je n'ai pas voulu vous offenser, pitié, monseigneur.

L'autre secoua sa tête cadavérique.

« C'est bien, Frèrejas. Tu mourras vite. Regarde. »

Il tenait à la main un lourd pieu métallique à l'extrémité acérée.

« Sais-tu qu'autrefois on utilisait des pals au bout épais et lisse ? Non pas pour soulager la souffrance des condamnés mais au contraire pour l'augmenter et prolonger leur supplice. Car l'extrémité arrondie ne transperçait pas les organes vitaux, elle les écartait, et le malheureux pouvait survivre ainsi plusieurs jours. Cela ne t'arrivera pas. En une heure tout au plus, tu auras franchi la frontière qui te sépare de la vie éternelle. »

Le condamné ne savait plus quoi dire, plus quoi penser. « C'est un cauchemar, se répétait-il inlassablement. Je vais me réveiller. »

Comme dans ces rêves qui reviennent vous hanter toutes les nuits, il vit la silhouette sépulcrale approcher. Une lame brilla à la lueur du chandelier à sept branches posé sur une colonne. Il n'eut pas le temps de se poser d'autres questions.

Soudain, une douleur énorme, inhumaine lui déchira les entrailles. Il se tordit en un angle improbable, tira de toutes ses forces sur les chaînes jusqu'à s'en déchirer les poignets. La sensation lui avait coupé le souffle, si bien qu'il ne put même pas crier. Pourtant, la douleur était bien là. Il sentait la lame s'enfoncer en lui.

« Je trace le chemin, Frèrejas ; le chemin qui mènera à ta future délivrance. Un simple couteau bien aiguisé a découpé les muscles de ton fondement. Le passage n'en sera que plus aisé. »

L'inconnu s'éloigna de quelques pas et l'horrible déchirement ne disparut pas, non, il restait là. Au moindre mouvement, au moindre tressaillement, il revenait et lui arrachait de nouveaux cris.

« Tu as mal, n'est-ce pas, très mal. C'était le pire. Tu es maintenant prêt à accueillir comme il se doit le pal qui te traversera. »

— J'ai… j'ai mal, arrêtez, sanglota-t-il.

Une main gantée de blanc lui caressa le front.

« Parle, Frèrejas, parle. C'est le meilleur moyen pour supporter l'épreuve. »

— Vous m'avez coupé en deux… Je me vide de mon sang.

L'autre approuva de la tête.

« Oui, mais rassure-toi, même si je n'ai touché aucune artère vitale, la perte progressive de ton sang diminuera l'exacerbation de tes sensations. Tu ressentiras un peu moins les tourments de ta chair. Et tu mourras un peu plus vite. Maintenant, c'est l'étape la plus délicate. Je n'ai pas droit à l'erreur. »

Frèrejas, fou de douleur, ne voyait plus l'apparition. Il entendait un vague bruit de chaînes. Horrifié, il tenta de se débattre, mais les élancements revenaient et lui arrachaient de nouveaux gémissements.

« Rester immobile, je dois rester immobile. »

Et puis ce fut l'horreur absolue.

Quelque chose le traversa, ses chairs furent transpercées, coupées, arrachées de l'intérieur. Ça entrait en lui. Au milieu des soubresauts spasmodiques qui l'agitaient, il souleva la tête. La longue tige de métal était là, posée à l'horizontale et maintenue par plusieurs solides tréteaux de bois. À l'autre bout, il aperçut la silhouette, armée d'un maillet. Un coup sourd résonna, comme si un raz de marée de douleur le traversait subitement.

— NON !

« C'est le pal qui entre en toi, Frèrejas. Tu vois, je ne t'avais pas menti, la mort sera rapide à venir. Attends, il faut encore que j'enfonce. »

Des coups monstrueux résonnèrent à ses oreilles comme à travers tout son corps. Son bourreau frappait à intervalles réguliers, inexorables, pour enfoncer plus sûrement le pieu de métal en lui.

« Que sens-tu, Frèrejas ? Dis-le-moi. La délivrance viendra bientôt, je te le promets. »

À chaque coup il se soulevait, comme mû par une force incontrôlable. Parfois, des mouvements convulsifs l'agitaient. Plus tard, au fur et à mesure que le métal progressait en lui, il eut plus de peine à bouger. En fait, certains endroits de son corps paraissaient insensibles tandis que d'autres bougeaient, comme secoués de l'intérieur par un fil invisible.

— C'est… c'est en moi ! hurla-t-il.

« Tu as raison, concéda l'image de mort. Néanmoins, la douleur à l'intérieur de tes entrailles, qui ne sont pas innervées, doit être supportable. Ne ressens-tu pas un soulagement ? »

Un soulagement ! Lui qui se tordait sur sa table de supplice. Les fers retenaient à grand-peine ses mouvements saccadés et il avait les poignets en sang.

« Allons, parle, ou je prolonge ! »

— Je ne sens plus mes jambes.

« En fait, je n'ai pas pénétré bien loin, continua-t-il. Le pieu a traversé les intestins. Nous allons passer à la troisième étape. Celle qui verra enfin ton repos. »

Frèrejas aurait voulu lui hurler d'aller plus vite, mais sa langue et sa gorge avaient énormément enflé, aucun son, aucun cri ne sortait de sa bouche, malgré la douleur.

Encore ce bruit de chaînes. Les coups de maillet s'étaient arrêtés mais la souffrance devint encore plus aiguë car il se sentait maintenant soulevé. Et, au fur et à mesure qu'il s'élevait, le pieu s'enfonçait encore. Il le sentait progresser. C'était comme les feux de l'enfer à l'intérieur de son corps.

— Je brûle, je brûle ! parvint-il à marmonner.

« Je te promets pourtant que ce pieu n'a pas été rougi ni même chauffé. Ton cerveau interprète de manière erronée les signaux que lui renvoient tes nerfs. »

Il était inexorablement soulevé par un mécanisme qui grinçait. Le pieu remonta encore, puis soudain il peina à respirer. Une seconde plus tard, il crachait du sang.

« Ce n'est pas grave, le pieu a juste effleuré un poumon. J'ai évité le cœur. »

Frèrejas tenta de hurler encore mais cela lui fut impossible, le sang dans ses poumons l'étouffait. Il voulut se débattre mais cela ne faisait qu'accentuer la pression de l'impitoyable métal.

Enfin, le mécanisme s'arrêta. Le pieu de métal se dressait maintenant. Il se sentit glisser, une douleur insupportable lui fit tourner la tête.

Horrifié, il vit son épaule se déformer, de l'amas de chairs et d'os disloqués surgit la pointe du pal à l'extrémité ensanglantée. Il ne glissait plus vers le bas. Quelque chose le retenait.

Il leva les yeux. Son cœur s'arrêta de battre : un grand miroir avait été dressé juste devant lui. Et il se vit.

« Parle, Frèrejas, parle, sinon je te laisse dans cette position jusqu'à la fin des temps. »

L'exécuteur ne put tirer du malheureux que des grondements indistincts, des gémissements de bête blessée. Les yeux exorbités du supplicié ne renvoyaient aucune lueur d'intelligence. Il avait cessé d'appartenir au monde des hommes.

La silhouette s'éloigna, retira son masque de dieu égyptien et contempla l'effet produit. À la lueur du chandelier, le corps transpercé, tordu, martyrisé de Frèrejas, embroché sur un pieu de fer de plus de cinq pieds de haut et reflété par le miroir, avait quelque chose d'émouvant. Comme ces statues de Michel-Ange, inachevées, et qui semblaient vouloir se dégager de leur gangue de pierre. Le visage tordu, halluciné, d'une pâleur cadavérique, encore soulignée par d'abondants jets de sang noirâtre qui avaient jailli de sa bouche, le rendait plus beau qu'il n'avait jamais été de son vivant.

Même si la perforation du poumon avait empêché le supplicié de s'exprimer très longtemps, il avait recueilli un nombre incalculable d'informations.

L'Inconnaissable eut un sourire satisfait.

Là-haut, sur son pieu, Frèrejas ne sentait plus rien. Comme le dieu de la Mort le lui avait promis. Il allait connaître le paradis, le repos éternel. La silhouette indistincte à quelques pas de lui en contrebas sourit. Il lui renvoya son sourire et, comme hâtée par cet ultime effort, la mort vint enfin le délivrer.

6

L'homme de génie qui révèle de grandes vérités
à ses semblables est celui qui a devancé l'opinion
de son siècle : la nouveauté hardie de ses conceptions
effarouche toujours leur faiblesse et leur ignorance ;
toujours les préjugés se ligueront avec l'envie,
pour le peindre sous des traits odieux ou ridicules.
C'est pour cela précisément que le partage
des grands hommes fut constamment l'ingratitude
de leurs contemporains, et les hommages tardifs
de la postérité ; c'est pour cela que la superstition
jeta Galilée dans les fers et bannit Descartes
de sa patrie.

Maximilien de ROBESPIERRE

Angleterre, 1790. Marie-Adélaïde s'ennuyait. Pourquoi avait-elle quitté Londres et s'était-elle rendue à Oxford pour y rencontrer ce médecin ? D'ailleurs, était-il bien médecin ? Il ne l'avait pas examinée comme le fait un médecin ordinaire et s'était contenté de lui tâter le crâne. Il l'avait fait avec une attention tout à fait extraordinaire, palpant la moindre aspérité, s'y arrêtant de longues minutes avant de se précipiter à sa table de travail pour y coucher de longues notes en allemand.

C'est Joseph Banks qui lui avait conseillé cette rencontre.

— Ma petite, vous m'avez démontré sans discussion possible la réalité de votre don. Je suis votre obligé, compte tenu de l'intérêt de vos révélations… (Marie-Adélaïde n'avait pas insisté : les révélations en question concernaient la vie intime du grand explorateur et président de la *Royal Society*. En outre, elles revêtaient un caractère vraiment gênant…) Vous cherchez des explications à cet étrange phénomène qui vous distingue du commun des mortels. Le professeur Frantz-Joseph Gall professe des théories singulièrement audacieuses mais qui pourront peut-être vous en apprendre sur vous-même plus que vous ne l'imaginez.

L'homme, assez massif d'allure et d'apparence plébéienne bien qu'il ait été nommé baron, sourit.

— J'ai exploré suffisamment de territoires inconnus, rencontré assez de peuplades aux mœurs étranges et découvert assez de nouvelles espèces qui n'avaient encore été répertoriées par aucun biologiste pour savoir que la nature nous réserve encore bien des surprises et, fût-on au siècle de la raison, elle garde encore de nombreuses découvertes pour les générations à venir de savants.

C'est ainsi qu'elle s'était retrouvée dans la petite ville d'Oxford, tout entière organisée autour de son université. On n'y faisait guère cas du professeur Gall, puisqu'il logeait dans une mauvaise chambre, sommairement aménagée au quatrième étage d'un bâtiment réservé aux étudiants étrangers.

Il l'avait reçue sans cordialité excessive, mais sans mettre en doute la réalité de son don.

— Hum… Sir Banks m'a parlé de vous. Vous me servirez peut-être dans mes recherches… ou peut-être pas. Comment le prédire ?

Les visions à ce sujet restaient incompréhensibles pour la jeune fille.

— Je crois que vous allez me dire quelque chose, mais honnêtement, je n'en saisis pas un traître mot.

Il poussa un grognement qui pouvait à la limite ressembler à un ricanement.

— Nous allons voir cela, je vais vous examiner.

— Ne comptez pas sur moi pour me dévêtir !

L'idée ne l'offusquait pas particulièrement, mais quitte à satisfaire un commanditaire, autant qu'il soit riche et influent... ce qui ne semblait pas être le cas de Herr Doktor Frantz-Joseph Gall ! D'ailleurs, elle n'avait rien pressenti à ce sujet.

Un nouveau ricanement lui répondit.

— Contentez-vous de poser votre chapeau, Fräulein. Et enlevez-moi ces rubans et ces épingles.

Un peu surprise, elle se décoiffa et c'est ainsi que son crâne fut palpé comme rarement crâne humain le fut.

Enfin, au bout d'une heure de ce traitement, alors que la cloche de la cathédrale d'Oxford sonnait midi, il s'arrêta.

— Intéressant. Vous m'ouvrez d'étonnantes perspectives, Fräulein.

Elle reprit son chapeau d'un geste brusque. Cette comédie avait assez duré. L'homme était un pervers du crâne. Elle en connaissait qui se damnaient pour la caresse d'un pied féminin, pour embrasser les fesses de toute créature portant jupon ou se faire insulter, voire frapper par elle... Lui faisait une fixation sur le crâne. Elle en voulut à Banks : certes le président de la *Royal Society* n'était pas lui-même un homme irréprochable, mais pourquoi l'entraîner dans un tel traquenard ?

Pourtant, elle sentait autre chose derrière ce cérémonial ambigu et renonça pour l'instant à le gifler et à partir en claquant la porte.

— Mon crâne possède-t-il donc des qualités remarquables ?

Il hocha la tête avec le plus grand sérieux.

— Parfaitement. Cette zone, là, juste au-dessus de votre arcade sourcilière. Cela forme comme une bosse… Minuscule, je vous l'accorde. Mais je n'en avais jamais rencontré de si marquée jusqu'ici. À part chez cette bohémienne de Salzbourg. Une bien curieuse femme, un peu sorcière.

Le chapeau sur la tête, elle se sentit moins déshabillée et tenta d'obtenir des explications de la part de l'original.

— Une bosse. Peut-être, mais qu'est-ce que cela veut dire ? Personne n'a le crâne parfaitement rond. Il existe toujours quelques inégalités… Qu'ont-elles de particulier ?

Les yeux de l'Allemand se mirent à briller.

— Vous ne le savez pas, petite Fräulein. D'ailleurs peu de gens le savent : où croyez-vous que se situe le siège de votre esprit ou, comme certains l'appellent, de l'âme ?

— Ma foi, je n'y ai jamais songé, répliqua-t-elle, un peu surprise. Dans le cœur, peut-être. Les anciens pensaient que se situait là le siège du courage et de la volonté.

L'homme renifla avec dédain.

— Superstitions ridicules ! Le siège de la pensée est dans le cerveau. Blessez un homme au cœur, il mourra. Blessez un homme au cerveau, son esprit, sa personnalité se transformera. J'ai connu un ouvrier anglais dont le crâne avait été traversé de part en part par une barre à mine. Il a survécu mais d'honnête travailleur, bon mari et père aimant il est devenu ivrogne, paresseux, menteur et violent.

Elle ne comprenait toujours pas.

— Je ne vois toujours pas la relation avec cette soi-disant petite bosse.

Il expliqua avec patience :

— C'est très simple, pourtant. J'ai remarqué que les blessures provoquées à différents endroits du cerveau ne produisaient pas les mêmes effets. Il s'ensuit que chaque zone du crâne correspond à une inclination, à une capacité différente ; c'est le grand œuvre de ma vie : établir une carte du crâne humain où apparaîtra chaque zone, avec sa caractéristique. L'une influera sur le sens moral, l'autre sur la faculté de s'exprimer par la parole, et une autre encore sur l'inclination plus ou moins grande de la personne pour les mathématiques et les sciences abstraites. Il existe même une zone d'où l'on peut déduire une propension à l'amour plus ou moins élevée. Car plus le patient se servira de l'une ou l'autre de ses capacités, plus il éprouvera certains types de sentiments, plus la zone du crâne correspondante se développera, provoquant de petites bosses en cas d'usage intensif, ou au contraire de petites dépressions en cas de répulsion ou d'inaptitude. Je remarque que, chez vous, la zone où j'ai situé l'intérêt pour les choses de l'amour m'a paru bien chétive.

— Il est difficile d'aimer lorsque l'on devine l'avenir, fit-elle remarquer.

Il approuva sur un ton goguenard :

— Absolument… absolument… Mais cette zone ! Voilà qui est bien extraordinaire. Pourrais-je réaliser un moulage de votre crâne ?

— Un moulage, mais pour quoi faire ? s'offusqua-t-elle.

Il leva les bras au ciel.

— Mais pour en réaliser une reproduction et l'étudier, bien sûr ! Je pense que vous en avez encore l'usage pour quelques années. C'est en quelque sorte un moyen pour moi de vous l'emprunter, sans trop vous gêner. J'ai perfectionné ma technique, vous savez. Il y a deux ans, je vous aurais rasé les cheveux, mais aujourd'hui, je vous décoifferai à peine.

Marie-Adélaïde dut attendre une bonne partie de la journée et de la soirée avec ce qui ressemblait à un gros turban humide serré autour de la tête : en fait des bandes de tissu enduites de plâtre qu'il avait posées en prenant bien garde de protéger sa chevelure brune sous une soie d'une grande finesse.

C'est là qu'elle avait eu cette conversation qui allait la marquer durablement.

Le professeur faisait preuve d'une bonne humeur surprenante. Il ressemblait à un enfant à qui l'on vient d'offrir son jouet favori, le matin de Noël.

Il s'assit près de la jeune femme immobilisée et alluma une longue pipe malodorante.

— Savez-vous que l'examen de vos os crâniens pourrait amener à faire progresser la science d'une manière phénoménale ?

— Ah oui ? laissa-t-elle échapper avec indifférence.

Il se rendit compte du manque d'intérêt de son interlocutrice car il changea de ton :

— C'est indéniable. Jusqu'ici, je ne suis parvenu qu'à cartographier des sentiments et des facultés ordinaires, communs à tous les hommes et les femmes : la jalousie, l'amour de la musique, la timidité. Mais un don tel que le vôtre dépasse largement ces simples contingences. C'est tout un monde de perceptions qui s'ouvre à moi.

La passion avec laquelle l'Allemand s'exprimait la surprit. Ainsi donc, sa capacité à lire l'avenir possédait un autre intérêt que celui de lui procurer de l'argent avec une grande facilité ?

— Je ne comprends pas, de quel monde voulez-vous parler ?

Il contempla un long moment la fumée qui s'élevait de sa pipe et commença sur un ton grave, en insistant sur chaque mot :

— Le son, vous le savez, est une vibration de l'air qui fait vibrer notre tympan qui s'empresse de le transmettre au cerveau qui va le décrypter. Ainsi donc, nous reconnaissons un bruit de pas, la voix d'un parent, d'un ami, ses inflexions, les sentiments qu'ils peuvent éventuellement sous-entendre. Tout cela grâce à une simple vibration de l'air… Il en va de même pour la lumière : elle est composée de corpuscules de masses différentes, émis par une source et qui se propagent dans le vide à une certaine vitesse. Lorsqu'elles arrivent à la surface d'un milieu, ces particules subissent l'action d'une force réfringente qu'elles excitent. Cette force, en déviant la trajectoire des corpuscules, cause à la fois la réflexion, la réfraction, la dispersion et la diffraction. Chacun des phénomènes apparemment inexplicables s'explique par le jeu de forces entraînant des phénomènes vibratoires, de réflexion et bien d'autres encore. Pareillement, le goût n'est jamais qu'un étrange phénomène chimique par lequel un organe particulier, la langue, parvient à reconnaître les facultés sapides des corps et des liquides absorbés. Votre art de la divination ne doit pas être considéré comme autre chose que l'exercice d'une faculté.

Elle protesta :

— Mais si vous aviez raison, tout le monde serait capable de prévoir l'avenir !

Il rit.

— Pas du tout, Fräulein. Nous possédons tous, il est vrai, les mêmes sens, mais leur usage se fait de manière bien différente d'un homme à l'autre. Mozart utilise merveilleusement l'art des sons. Mais je ne suis pas persuadé qu'il saurait seulement reconnaître un vin de Bordeaux d'un Bourgogne. Tout le monde peut regarder un paysage, mais combien sont-ils à pouvoir en retranscrire la beauté sur une toile ? La nature nous a dotés de capacités différentes et c'est une bonne chose. Vous percevez l'avenir. D'autres possédant la même faculté existent sans doute de par le monde. Je suppose que beaucoup sont morts brûlés ou emprisonnés dans les fers…

Marie-Adélaïde ne comprenait pas forcément toutes les expressions employées par le professeur, ne serait-ce qu'à cause de son fort accent allemand, mais une idée la poussa à réfléchir.

— Alors selon vous, ces presciences, ces images qui me viennent de l'avenir seraient des vibrations…

Il haussa les épaules.

— Je le pense, en effet. Et vous possédez en vous un organe suffisamment affûté pour les percevoir et surtout pour les trier…

— Les trier, comment cela ?

Il se renversa sur sa chaise et tira de nouveau sur sa pipe en gardant les yeux dans le vague.

— Vous ouvrez à la science un champ d'expérience particulièrement remarquable, Fräulein. Le temps serait donc le long fleuve dont on ne peut remonter le cours imaginé par les philosophes. Ou plutôt… oui, c'est cela. Je l'imagine, ce fleuve immense. J'imagine que les événements, les décès, les guerres, tout ce qui peut bouleverser le cours de l'expérience humaine ne constitue que d'infimes vaguelettes à sa surface. Vous, Sibylle, grâce à votre don, vous voyez ces vaguelettes, qu'elles viennent de l'amont ou de l'aval, et vous savez les interpréter… Imaginez l'humanité entière, les royaumes, les conquêtes, les bouleversements de toutes sortes : tout cela doit constituer un enchevêtrement inextricable d'ondes envoyées dans toutes les directions. Comme ces garnements au bord d'un étang qui s'amusent à lancer des dizaines de petits cailloux. Même le plus génial des physiciens ne saurait calculer la forme et l'étendue de chacun de ces cercles concentriques. Mais vous, vous y parvenez. Voilà qui est pour moi extraordinaire.

Alors elle le vit, le fleuve. D'une dimension dépassant l'entendement humain, on apercevait à peine l'autre rive. Elle se tenait sur le bord, solitaire, contemplant la gigantesque masse d'eau qui s'écoulait lentement vers une destination qu'elle ne pouvait même pas imaginer.

Elle se pencha au-dessus de la surface : elles étaient là, les vibrations multiples, infinies, qui formaient des cercles concentriques. Les vaguelettes se rencontraient, provoquant de nouvelles ondulations. Et elle voyait derrière ces mouvements dérisoires la vie de centaines, de milliers d'êtres humains. Leur naissance, leurs amours, leurs espoirs déçus, leur vanité, leur avarice… Sa vie à elle s'offrait à ses yeux, mais à ce moment la surface de l'eau fut agitée d'un remous plus important…

La mort.

La vague l'engloutit d'un coup et l'entraîna dans le cours inexorable du fleuve titanesque.

Impossible de nager, le fond l'attirait irrésistiblement, comme si des dizaines de mains l'avaient empoignée pour l'enfoncer encore, déjouant ses pauvres efforts. L'air lui manquait, l'obscurité l'envahit.

Ses poumons torturés ne pouvaient plus résister. Elle ouvrit la bouche et…

Elle se réveilla brutalement. Une crise de toux l'étouffa et elle recracha comme une humeur qui s'était introduite dans ses poumons. La crise se poursuivit en spasmes qui la plièrent en deux.

Quelqu'un entra dans sa chambre. On lui tapota le dos.

— Mademoiselle, ça ne va pas ?

La toux s'espaça, et elle put essuyer la sueur qui lui coulait sur le front.

Ce nouveau cauchemar lui avait laissé un goût atroce dans la bouche.

7

Prêtres ambitieux, n'attendez
donc pas que nous travaillions à rétablir votre empire ;
une telle entreprise serait même au-dessus
de notre puissance. Vous vous êtes tués vous-mêmes,
et on ne revient pas plus à la vie morale
qu'à l'existence physique. Et, d'ailleurs,
qu'y a-t-il entre les prêtres et Dieu ?
Les prêtres sont à la morale ce que les charlatans
sont à la médecine.

Maximilien de ROBESPIERRE

Flammermont lui apporta un peu de lait et de la brioche : le cabinet de la rue de Tournon connaissait une nouvelle prospérité depuis la fin de la Terreur. De nouvelles pratiques s'y pressaient chaque jour.

Marie-Adélaïde ne savait comment interpréter les visions d'une noirceur inaccoutumée qui visitaient régulièrement ses rêves.

Si seulement Herr Gall était là pour la conseiller, pour lui expliquer la nature de ce pouvoir si particulier qui était le sien.

— Y a-t-il des consultations, aujourd'hui ?

— Pas de rendez-vous, l'informa l'ancien garçon boulanger improvisé majordome ou acolyte suivant les circonstances. C'est le jour que vous réservez aux gens de basse condition, rappelez-vous. Franchement, je me demande parfois bien pourquoi !

La mine indignée de celui qui pratiquait le brigandage et l'escroquerie il y a peu de temps encore la fit sourire.

— On a raison de dire que les laquais sont souvent plus sourcilleux sur les bonnes manières que leurs maîtres, fit-elle remarquer. Flammermont : je consulte les petites gens et ne leur réclame que peu d'argent car ils ont des patrons. Outre la publicité que j'obtiens ainsi à bon compte, j'apprends par eux quelques secrets qui peuvent toujours aider à la voyance.

Peu convaincu, il remporta le plateau chargé des reliefs du déjeuner de la Sibylle.

La matinée se passa paisiblement. Avec les simples citoyens, elle n'éprouvait pas le besoin d'user de décorum et d'artifices. Elle les écoutait avec grande attention et leur révélait ce qu'ils voulaient entendre, quitte à enjoliver l'avenir qu'elle voyait véritablement. Parfois, elle plongeait son regard dans le marc du café qui noircissait le fond d'une tasse. Parfois, elle battait les cartes de son vieux jeu de tarot.

— Cette jeune fille sera pour vous une épouse idéale.

— Mais elle n'a pas plus d'argent que moi ! La misère additionnée à la misère, ça ne fait pas grand-chose.

— L'amour que vous éprouvez l'un pour l'autre vous aidera à franchir tous les obstacles.

Ces deux-là finiraient dans le ruisseau, pourchassés par leurs créanciers, elle le voyait. Néanmoins, ils auraient une petite période de parfait bonheur. Quelques mois, tout au plus.

Parfois, cela suffisait à remplir une vie.

— La politique ne vous mènera à rien. Je vous suggère de retourner dans votre province.

L'homme, royaliste dans l'âme, avait rejoint un bataillon de muscadins, de ceux qui patrouillaient à travers les rues de la capitale, toujours en quête d'une émeute, d'une bagarre ou du pillage d'une boutique. On lui proposait une place d'homme de main d'un député girondin. Il finirait broyé par la grande machine révolutionnaire, mais elle savait qu'il tenterait tout de même sa chance dans les troubles affaires de la convention thermidorienne : sa prédiction n'allait pas le dissuader.

Connaître l'avenir avait souvent quelque chose de désespérant.

Entre deux consultations, alors que sa salle d'attente ne désemplissait pas, Flammermont revint la voir.

— Mademoiselle, il y a là un monsieur qui voudrait vous voir. Il m'a paru très bien et très aisé.

— Dis-lui que ce n'est pas le jour. Prends un rendez-vous, je crois qu'il me reste encore un peu de place, vendredi.

Mais, en prononçant ces mots, elle savait déjà de qui il s'agissait.

— Je lui ai proposé, mademoiselle, mais il a insisté : il vous connaîtrait et voudrait vous entretenir d'une affaire urgente. « Suite à notre rencontre d'hier soir », a-t-il déclaré.

Elle poussa un soupir : elle ne pourrait y échapper. D'ailleurs, son envie de revoir l'homme était bien réelle : il s'était montré tellement charmant et prévenant.

Un instant plus tard, le jeune docteur Müller entrait dans le cabinet de la Sibylle et saluait la jeune femme assise sur son tabouret à trois pieds.

— Docteur Müller ! s'exclama-t-elle en retirant sa main d'un geste qu'elle trouva un peu rapide. Mes prédictions d'hier soir ne vous ont pas suffi. Vous revenez pour en entendre d'autres ?

Il retira son chapeau et s'assit en face d'elle.

— Je voulais tout d'abord m'enquérir de votre santé. Vous avez effrayé toute l'assistance, hier au soir. C'est ce bon Quatremère de Quincy qui m'a indiqué votre officine. Il se fait du souci pour vous.

Elle battit les cartes de son tarot.

— Je le sais, il est comme un père pour moi. Vous n'auriez pas dû vous inquiéter. Je vais très bien, je vous assure.

Il fit le tour de la pièce du regard : tentures de velours rouge sombre tendues au mur, inscriptions hermétiques tracées sur le sol à la craie et qu'elle renouvelait régulièrement, lampes au verre coloré qui répandaient une étrange luminosité sur le visage de la jeune femme, encens odoriférant qui se consumait dans le brûle-parfum, instruments anciens et chargés de symboles posés sur la table ou sur les étagères…

— Il ne vous manque qu'une tête de mort pour composer le repaire du parfait magicien.

Elle haussa les épaules.

— On a vu trop de têtes tomber ces temps-ci, il n'est pas la peine d'en rajouter. Monsieur Müller, je pense que vous êtes venu à cause de la prédiction insensée vous concernant que j'ai eu le malheur de proférer.

— Vous m'avez vu avec la mort pratiquement posée sur mon épaule. Il y a de quoi effrayer le moins pusillanime des hommes ! Votre ton, la pâleur de votre visage, votre évanouissement qui n'était certes pas feint, foi de médecin, tout cela a produit sur moi un effet considérable, même si mon caractère ne se laisse pas facilement impressionner…

Elle l'interrompit :

— Après réflexion, j'ignore s'il faut vous inquiéter réellement. La mort me poursuit, cher monsieur. En fait, beaucoup plus que pendant le règne de l'Incorruptible. Je la vois partout.

Il se pencha en avant, l'air prodigieusement intéressé.

— Voilà une question que je me suis toujours posée. Les voyants voient-ils leur propre mort ?

Elle se leva et alla s'asseoir sur le sofa disposé au fond de la pièce. Il était inutile de feindre avec lui. D'abord il semblait trop intelligent pour se laisser gruger, ensuite elle n'en avait pas envie. Hormis ces visions terribles qui l'accompagnaient comme le boulet de fer suit un forçat, elle le trouvait sympathique.

« Attirant, même », reconnut-elle en lui jetant un regard en biais.

— J'ai vu ma mort, monsieur Müller. C'est un bien triste privilège, croyez-moi. Jusqu'à il y a peu, j'avais cependant des raisons de penser que je vivrais fort vieille, mais, depuis quelques semaines, tout a changé. La mort est partout : dans mes rêves, dans mes visions, dès que je ferme les yeux. Quelque chose de terrible se prépare et ce que j'ai vu hier soir me laisse craindre que vous puissiez en être une des victimes.

Il se redressa et souleva son manteau, dévoilant un coutelas à large lame glissé à sa ceinture.

— En tout cas, je ne compte pas me laisser égorger comme un agneau. Madame, il existe plusieurs raisons à ma venue : vous voyez la mort, moi je la cherche. Ou plutôt je cherche celui qui la dispense de la plus abominable manière, partout où il passe. Je ne suis pas particulièrement crédule, mais j'ai confiance en vous. Je pense que vous pouvez m'aider à retrouver Fouché dans cette ville aux cent visages. Mais peut-être est-ce beaucoup vous demander.

Bien entendu, Marie-Adélaïde connaissait la raison de sa venue : d'ailleurs, il n'y avait pas besoin d'être devin pour la comprendre. Les compagnons de Jéhu cherchaient le tueur de Lyon et ils étaient prêts à tout pour parvenir à leurs fins. Même à pactiser avec le diable, s'il le fallait.

De même, il n'avait pas entretenu ses compagnons de sa visite ; surtout pas l'abbé La Madelle : les hommes d'Église goûtaient peu les diseuses de bonne aventure. Le prêtre aurait essayé de l'en dissuader.

Mais les motivations de son visiteur ne s'arrêtaient pas là. Elle s'en trouvait flattée et un peu effrayée à la fois : son dernier amour lui avait causé tant de chagrin. Mais, contrairement à son aventure avec Gabriel Jérôme, elle ne voyait pas l'aboutissement de celle-là. La mort flottait autour d'eux, mais aucune conséquence claire ne lui apparaissait. Sans doute les vagues à la surface du fleuve se déchaînaient-elles, trop perturbées et chaotiques pour qu'elle puisse en comprendre le sens. C'était tellement troublant de ne pas savoir à l'avance ce qui allait se passer !

Le silence s'installa dans le cabinet de la voyante. Elle se sentait bien auprès de lui et ne fit pas d'effort particulier pour le rompre. C'est à ce moment qu'il lui posa une question inattendue :

— Est-ce que nous allons mourir ?

— Hélas, c'est le lot commun à nous autres mortels.

Il la gronda doucement :

— Voyons, vous savez très bien ce que je veux dire ! Si nous restons ensemble, si nous cherchons tous les deux Fouché et ses complices, le sort nous sera-t-il funeste ?

— Et si tel est le cas, que ferez-vous ? répliqua-t-elle du tac au tac. Vous enfuirez-vous en courant de mon officine ?

Il la regarda un long moment droit dans les yeux. Elle savait ce qu'il allait dire, néanmoins ses paroles lui firent couler un frisson le long de la colonne vertébrale.

— Je crois que non, Marie-Adélaïde. Je n'ai pas peur de mourir si c'est en votre compagnie. Je ne partirai que si vous m'en donnez l'ordre.

Les mots sortirent de sa bouche comme une réplique prononcée par un acteur de théâtre qui connaît tellement bien son texte qu'il n'a plus besoin de réfléchir avant de parler :

— Je ne vous donnerai pas un tel ordre. D'ailleurs j'ignore ce qu'il adviendra exactement. Vous allez trouver cela étrange, mais la Sibylle ne voit autour d'elle qu'un avenir indistinct. En revanche, je vois bien le passé. Votre passé. La mort vous a accompagné toutes ces années. Elle est devenue pour vous une compagne familière. Je ne suis même pas sûre que vous la craigniez encore.

Il parut à la fois surpris et extrêmement intéressé. Il se leva de son fauteuil et vint la rejoindre sur la banquette. Là, il lui prit la main.

— Mon passé ! Voilà une occasion fascinante de me démontrer que votre don n'est pas qu'une vaine fable. Racontez-moi, dites-moi vos visions.

La main du jeune docteur dans la sienne était chaude et agréable au toucher. Elle se sentait bien et ferma les yeux. Il ne lui fallut pas longtemps pour vivre la scène et la voir défiler en elle.

L'histoire d'Héphaïstos Müller.

— Alors comme ça, tu es médecin.

La première fois que je le vis, il ne me fut pas possible de le reconnaître. Un homme jeune. Non, pas si jeune que cela, en fait. Ses cheveux contribuaient à l'illusion. Défaits, flottants au vent, un peu rebelles, comme la jeunesse révolutionnaire, mais, soigneusement ramenés et bouclés, ils devaient beaucoup à la technique du coiffeur. Un examen attentif du sommet de son crâne laissait apparaître une calvitie déjà avancée. Et ses traits : fins mais soulignés par des traits de crayon. Quel âge pouvait-il avoir ? Certainement pas moins de trente ans, comme je l'avais cru tout d'abord. En fait, l'homme n'avait pas d'âge. Quant à ses poses : parcourant de long en large cette salle retirée de la mairie, il donnait l'impression d'un faux naturel. Où avais-je déjà ressenti cela ? Mais oui ! Dans une salle de théâtre : cet homme n'était pas un chef révolutionnaire. C'était un acteur, grimé pour l'occasion.

Comme s'il lisait dans mes pensées, l'autre se retourna, d'un geste exagéré il rejeta son manteau en arrière et s'appuya sur une colonne. Sa taille formait une courbe parfaite. Un arc de cercle, semblable à ces imitations d'antique qui sortaient des ateliers de David.

Alors je sus et aurais reculé d'un pas si deux gardes-chiourme ne m'avaient pas solidement maintenu par les épaules. L'homme qui m'interrogeait après ma capture à la porte de Lyon, tandis que trois autres gardes me surveillaient, fusil au poing au fond de la pièce, n'était pas un acteur, ce n'était pas un cabotin de théâtre, un de ces ridicules amuseurs que j'avais tant méprisés, avant, lorsqu'on représentait encore des pièces innocentes : des histoires de pères nobles trahis par leurs fils, mais qui mouraient, entourés de leur famille en pleurs, avec une grande dignité, craignant Dieu et respectant le roi. Ou plutôt il était tout cela, mais bien d'autres choses encore.

Il était le démon, grimé en Paillasse, un bateleur diabolique, un saltimbanque rempli d'une folie criminelle que rien ne paraissait pouvoir apaiser. Collot d'Herbois. On racontait qu'il s'était fait siffler par les Lyonnais venus assister à ses pièces, avant les grands bouleversements de 1789, et que c'était pour cela qu'il mettait tant d'acharnement à se venger de la ville.

— Tu possèdes un certificat de civisme signé par de Dietrich. Je sais que ce contre-révolutionnaire que la justice du peuple sera prompte à châtier vendait de tels torchons, comme les prêtres distribuaient contre de l'argent des indulgences au peuple superstitieux et asservi par la tyrannie. Sais-tu que rien que pour la détention d'un tel document je pourrais te faire exécuter ?

Je tentai de protester :

— Je vous assure que j'ignorais que le maire de Dietrich avait été arrêté. J'ai quitté Strasbourg il y a plusieurs mois. On m'a dit qu'il avait été acquitté.

L'ancien acteur renifla et, comme par jeu, affectant une lassitude exagérée :

— Oui, mais le vrai Tribunal du peuple va le condamner. Son sort est scellé. Mais laissons cela. Un médecin, cela peut m'être utile. Feras-tu ce que je te demande ?

J'hésitai un instant. Certes, l'acteur pouvait sur un simple caprice m'envoyer à la mort, mais servir une quelconque indignité me révulsait.

— Je ne peux rien faire qui soit contraire aux charges de ma profession.

Collot tressaillit puis se glissa jusque devant moi.

— Allons, rassure-toi, minauda-t-il, je ne te demanderai rien qui puisse porter tort à tes patients. Tu n'auras pas à tuer, ni à blesser. Juste à vérifier l'état de bonne santé de quelques gaillards que je veux préserver. C'est d'accord ? Réfléchis vite, car il y a d'autres médecins et je pourrais avoir très vite d'autres projets pour toi, si tu m'impatientes.

De guerre lasse, je finis par accepter. Il eût mieux valu que je vende mon âme au diable !

— S'il ne s'agit que de soulager des malheureux, je suis votre homme.

L'acteur éclata d'un rire qui ne marquait aucune joie, juste la satisfaction du cabotin.

— Ah, ah ! À la bonne heure. Tu deviens raisonnable. Allons, citoyens, lâchez notre ami, donnez-lui à boire et peut-être quelque chose à manger.

Les gardes me délivrèrent prestement, habitués à obéir sans discuter aux ordres de l'envoyé extraordinaire de la Convention nationale. On me glissa un peu de pâté de viande et un verre de vin que je reconnus pour être de l'excellent bourgogne.

J'avalai ces mets en essayant de ne pas trop laisser transparaître mon avidité : voilà trois jours qu'ils m'avaient capturé et je n'avais absorbé depuis qu'un peu de mauvais pain et de l'eau croupie.

— Je n'ai plus ma sacoche, marmonnai-je entre deux lampées du liquide rouge rubis.

— Elle te sera rendue, citoyen. Allons, je ne peux plus attendre. Viens avec moi.

Malgré ma faiblesse, il me fallut suivre le potentat maintenant coiffé d'un extravagant chapeau orné de plumes tricolores. Les trois gardes nationaux avaient baissé leurs armes, mais ils nous suivirent sans se départir une seconde de leur vigilance.

— Cette ville que nous avons affranchie est en passe de se trouver définitivement purifiée de la souillure royaliste et fédéraliste qui y régnait il y a peu. Il reste encore quelques actions à accomplir. Oh, rien qui ressemble à notre grande action de nettoyage lorsque nous avons repris la cité qui prétendait s'appeler Lyon et qui a tenu tête aux représentants du peuple.

J'avais vu les effets de cette purification : des façades éventrées, des murs écroulés, des arbres et des maisons calcinés. Plus que tout, en rentrant à Lyon, c'est la frayeur hébétée, le regard vide et désespéré de ceux que la mort avait approchés avec ses plus odieux oripeaux qui m'avaient marqué.

L'acteur se retourna vers moi non sans un clin d'œil marqué.

— Le malade a été amputé, mais tu sais ce que c'est, n'est-ce pas ? Un peu de chirurgie est nécessaire. Tous les membres ne sont pas encore sains et il reste de petites parcelles corrompues. Un tel concept doit t'être familier, mon frère médecin ?

En vérité, je ne sus quoi répondre : qu'est-ce que Collot entendait par là ? « Chirurgie. » Le mot, dans la bouche de l'envoyé de la Convention, se teintait d'une connotation sinistre.

Devant la mairie, un bataillon de militaires en costume bleu, accompagnés par une meute de sans-culottes – ces milices populaires recrutées parmi les criminels, les proxénètes et les vagabonds de la ville, encore plus cruels et acharnés que leurs maîtres –, montaient la garde. À la lueur des braseros, ils regardèrent passer notre petit groupe avec l'air entendu de ceux qui connaissaient bien les caprices de l'acteur.

Nous prîmes une voiture qui, escortée par une douzaine de soldats à cheval, roula une quinzaine de minutes. Collot s'était tu. Il regardait par la fenêtre, sans doute, les traces de l'affreuse répression qui avait suivi la bataille de Lyon.

Enfin, sur un ordre du cocher, les chevaux s'arrêtèrent. C'était une prison. L'autre me donna l'ordre de descendre.

— La chiourme est au courant. Un sergent t'accompagnera. Il y a là un certain nombre de prisonniers. Je veux que tu les examines un par un, que tu les soulages, que tu les soignes. Passes-y la nuit entière, s'il le faut. J'exige que demain matin ils paraissent en bonne santé. Ta tête en dépend. Ne me déçois pas. Demain, je veux les voir rire ! Est-ce bien compris ?

— Je ferai ce que je pourrai, n'en doutez pas.

— Alors c'est bien. Peut-être vivras-tu ! Cocher ! À la maison Tholozan.

La voiture du conventionnel s'éloigna et le sergent me poussa rudement à l'intérieur de la prison. Là, on me rendit ma sacoche et on me conduisit jusqu'à une grande salle, meublée de grands lits de bois au confort des plus sommaires et dont le sol avait été recouvert de paille.

Une soixantaine de jeunes gens attendaient là qu'on statue sur leur sort.

— Hé, regardez ! Ce diable de Collot nous envoie quelqu'un !

— Qui es-tu, l'ami ? Certainement pas un prêtre.

— Tu sers nos bourreaux ?

Ils se montraient méfiants mais somme toute peu hostiles. Les visages autour de moi respiraient la jeunesse et une forme d'optimisme étonnant en ces lieux.

— Non, tentai-je de les rassurer en bredouillant. Je suis médecin.

— Un médecin ! Ça alors ! Se pourrait-il que ces assassins se soucient de notre santé ?

Je posai ma sacoche sur un grabat et en tirai quelques instruments.

— Je vais vous examiner. Conduisez-moi à ceux qui sont malades ou blessés. Y en a-t-il qui ne peuvent plus se lever ?

Je passai la nuit entière dans la grande salle de la prison de Roanne. Les prisonniers m'accueillaient presque à bras ouverts. On me demandait des nouvelles de l'extérieur.

— Lyon n'a pas été la seule ville à avoir résisté à la tyrannie jacobine, n'est-ce pas ?

— À Paris, ils ne se sont pas soulevés contre l'oppresseur ?

— Et nos frères de Vendée, que deviennent-ils ?

— Tu étais dans l'Est. N'as-tu pas rencontré mon père et mes sœurs ? Ils ont fui vers la Suisse avant la fin du siège.

Partout ce n'étaient que questions auxquelles à mon grand désespoir je ne pouvais guère répondre.

— Non, je ne sais pas, désolé. Je n'ai pas vu votre père, mais ils sont nombreux à avoir gagné Genève…

La nuit se passa ainsi. Je les trouvai globalement en bonne santé. Mal nourris, brutalisés parfois, mal guéris des blessures qu'ils avaient reçues lors du siège, mais ils se soutenaient les uns les autres et conservaient contre vents et marée ce sentiment fraternel qui les unissait depuis que la Ville affranchie s'était soulevée contre la Convention. Je soulageai les plus faibles, refermai quelques vilaines plaies qui peinaient à cicatriser faute de soins, encourageai les autres à se nourrir du mauvais pain qu'on leur apporta et à boire l'eau que je fis amener.

Au petit matin, après une nuit épuisante, les grandes portes de la salle s'ouvrirent. Une dizaine de gardes firent irruption à grand fracas.

— Venez, la justice du peuple vous attend.

— Le peuple, c'est nous ! grommela un des prisonniers. Pas ces accusateurs publics vendus au démon.

— Allons, suivons-les. Nous pourrons au moins nous exprimer et clamer notre innocence au grand jour.

Pendant que les soixante-quatre (c'est le nombre que j'avais décompté au cours de ma longue veille) se levaient paresseusement, s'étirant et bâillant dans la plus totale insouciance, le sergent revint me chercher.

— Suis-moi. Collot a encore du travail pour toi.

Je protestai :

— J'ai encore des soins à prodiguer. Certains peuvent tout juste marcher.

— C'est bien assez comme cela. Obéis. J'ai l'ordre de te casser la tête, si tu refuses.

La mort dans l'âme, je suivis le soldat.

On était le matin du 4 novembre. Le froid, dehors, me fit frissonner. Une nuée humide remontait du Rhône. Quelques pas devant nous marchait la troupe des soixante-quatre prisonniers. À la faible lueur de l'aube, ils paraissaient tellement vulnérables. Beaucoup frissonnaient, certains peinaient à marcher et pourtant, à la foule qui découvrait cet étrange défilé, ils souriaient, montraient les blessures qu'ils avaient reçues durant le siège. Au contraire, les soldats qui les poussaient de leurs baïonnettes paraissaient hâves, le visage fermé, les yeux baissés.

— Où les mène-t-on ? demandai-je.

— À la commission révolutionnaire, répliqua l'autre.

La nouvelle parcourut les rangs des prisonniers et un regain d'espoir gagna la pitoyable colonne.

— On va nous écouter ! Ils ne peuvent tout de même pas tous nous condamner d'un coup !

Pourtant, à la commission, ils ne trouvèrent qu'un détachement du Neuvième Dragon venu de Lorraine pour renforcer leur escorte. J'interrogeai de nouveau le sergent :

— Qu'est cela ?

Le militaire se contenta de sourire.

— Tu verras. Collot leur a préparé une surprise. Tu seras aux premières loges !

La troupe, qui s'était singulièrement agrandie, suivie par une foule de curieux toujours plus nombreuse, traversa le pont Morand. Maintenant, les premiers rayons du pâle soleil d'hiver pointaient au-dessus de la ville sinistrée et répandaient leur lueur blafarde sur la plaine des Brotteaux, située entre le pont de Morand et celui du Concert. C'est là que le dimanche, sur ce vaste terrain éloigné de la ville par le fleuve comme le champ de Mars l'était de Rome par le Tibre, les Lyonnais venaient se promener en famille pour profiter de la douceur du climat et des beautés d'une nature si proche de la ville.

— Reste là !

Le sergent me fit signe de m'arrêter et je vis partir la troupe des jeunes héros lyonnais.

Ceux-ci mis à part, la plaine paraissait déserte, encore que le jour n'ait pas dispersé tous les miasmes nocturnes. Le peuple, massé sur le pont et sur la rive opposée du Rhône, suivait l'affaire avec une grande attention. Rien n'avait été annoncé et on se demandait quelle nouvelle fantaisie avait imaginée l'excentrique Collot d'Herbois.

Il y avait là, à ce que je pus distinguer, une allée de jeunes saules et, derrière, un long fossé fraîchement creusé. Sans doute les troupes conventionnelles avaient-elles travaillé toute la nuit pour accomplir l'ouvrage.

Le cœur serré par un affreux pressentiment, je vis qu'on les attachait deux à deux.

Le sourire avait disparu du visage des jeunes gens, mais pas la détermination ni l'amitié qu'ils éprouvaient les uns pour les autres. Les plus forts soutenaient les plus faibles et l'on entendit s'élever au-dessus de la plaine ce chant d'abord faible puis plus fort, repris par soixante-quatre voix :

Mourir pour sa patrie
Est le sort le plus doux,
Le plus digne d'envie...

À ce moment, le vent se leva, dévoilant l'extrémité de la plaine. Une horreur sans nom s'empara de moi. Les dragons s'étaient disposés là, comme prêts à charger. Mais surtout ce fut la vision de trois bouches à feu, trois pièces d'artillerie dont les gueules noirâtres menaçaient la rangée des jeunes prisonniers, qui me glaça d'effroi.

« Ce n'est pas possible. Il ne va pas oser commettre... »

Mais déjà, alors que les jeunes gens finissaient leur chant, un roulement de tambour pétrifia tous ceux qui assistaient à la scène. L'officier baissa lentement le bras.

Et ce fut l'enfer.

Les trois détonations furent entendues dans toute la ville et loin dans la campagne avoisinante, les dragons eurent bien de la peine à retenir leurs chevaux tandis que des cris d'horreur jaillissaient partout de la foule, pourtant habituée à la mort et aux massacres.

Tirés presque à bout portant, les boulets déchiquetèrent ceux qu'ils atteignirent et creusèrent de profonds sillons aspergés de sang dans le sol meuble de la plaine.

Mais, lorsque la fumée se dissipa, seule une vingtaine d'insurgés était tombée pour ne plus se relever. Leurs cadavres éventrés aux membres arrachés, brisés, gisaient, affreux, dérisoires. D'autres ne tenaient encore debout que par miracle. Couverts du sang et des entrailles de leurs compagnons, ils gardaient la tête haute et tournée vers leurs bourreaux.

Nouveau roulement de tambour. Le bras impitoyable de l'officier d'artillerie se baissa de nouveau, mais cette fois-ci les canonniers, conscients de la difficulté de tuer avec seulement trois pièces les condamnés qui se tenaient sur une file longue de plusieurs centaines de pieds, avaient chargé à mitraille et ce fut plus abominable encore.

Les dents serrées pour ne pas hurler à mon tour, je vis certains corps exploser littéralement, atteints de plein fouet par les parcelles de métal chauffé à blanc qui jaillissaient des bouches à feu. D'autres blessés avaient perdu un bras, une jambe ou se roulaient par terre, aveugles, la moitié du visage arrachée. Je ne sentais ni ne voyais plus rien, ni le sergent ni la foule pétrifiée par tant d'horreur. Les corps des jeunes prisonniers que j'avais moi-même soignés cette nuit, réduits un à un à l'état de pulpe sanglante, occupaient tout mon esprit et il n'y avait de place pour rien d'autre, ni pensée ni sentiment d'aucune sorte.

Les pièces d'artillerie se turent. On entendait un bruit étrange, comme un grondement. Et on se rendit compte qu'il s'agissait des râles d'agonie des victimes dont beaucoup n'étaient pas encore mortes malgré leurs abominables blessures.

Il y eut un long silence, comme si les bourreaux se demandaient comment finir l'œuvre. Puis, reprenant ses esprits, le colonel ordonna à ses hommes de charger pour achever les blessés.

Les dragons, souvent novices, n'étaient guère entraînés pour une telle besogne. Ils se précipitèrent à cheval, mais il n'est pas aisé, lorsqu'on monte, d'achever le mourant qui se traîne sur le sol, à moitié enfoui par les profondes ornières creusées par la canonnade. Il leur fallut descendre, fouler de leurs pieds la terre meurtrie, souillée de sang et d'humeurs, distinguer parmi les corps mutilés qui jonchaient le sol, écrasés par l'impact d'un boulet, parmi ces ventres déchiquetés qui avaient vomi leurs entrailles, ceux qui étaient vivants et ceux qui ne l'étaient pas.

Le soleil montait lentement au-dessus de la ville, chassant ce qui restait de brume et de fumée de poudre noire. Et il les vit, tels des charognards, se pencher, planter la pointe de leur sabre au hasard, tout en détournant les yeux, car si le spectacle était atroce vu du pont, il devait être abominable de près et, tout bourreaux qu'ils étaient, rien, si ce n'est la longue habitude de la mort, n'aurait pu préparer ces conscrits à cette sinistre corvée.

Il s'était bien passé une heure depuis que le canon avait retenti pour la première fois, lorsque le sergent posa la main sur mon épaule.

— Allons, docteur, il reste encore du travail. Ils n'étaient que soixante, demain c'est deux cents ennemis de la république qui subiront le même sort. Collot sera content, tu les as bien préparés : pas de désordre, presque pas de cris. Il a tout vu !

De son autre main, il désigna dans la ville une haute demeure qui dominait toutes les autres. La maison Tholozan. Confortablement installé au dernier étage, le conventionnel avait pu suivre toute la scène, s'aidant non de jumelles de théâtre, qui auraient été insuffisantes compte tenu de la distance, mais d'une longue-vue braquée sur le spectacle de mort qui s'était joué en matinée, plaine des Brotteaux.

* * *
*

Le jeune homme n'avait manifesté aucune émotion particulière durant le récit, simplement il était devenu plus pâle.

— J'ai dû recommencer dès le lendemain mon sinistre office, ajouta-t-il. Comme prévu, deux cents hommes moururent dans les mêmes conditions, encore qu'on renonça au canon, plus spectaculaire que véritablement efficace, pour l'exécution.

Marie-Adélaïde avait vécu la scène. Les images avaient défilé devant ses yeux, même les plus insoutenables. La mort, encore la mort. Une fois de plus, elle en ressentit l'appel, comme si l'ange des ténèbres la convoquait. Et elle eut un instant la tentation de le rejoindre. D'ouvrir ces portes maudites qu'elle avait en vision, une par une, jusqu'à trouver la bonne, celle qui la conduirait au néant.

« Non, je ne dois pas penser cela. Je ne dois pas me laisser influencer par mes cauchemars. Je dois me maîtriser. »

Mais l'appel restait là, toujours présent. Elle décida de se concentrer sur son visiteur dont le visage ne reflétait plus rien. Alors elle comprit. Outre le remords d'avoir contribué, même malgré lui, à une telle barbarie, il conservait en lui un secret.

— Ils ne savent pas ! s'exclama-t-elle.

Il leva la tête, une lueur d'incompréhension dans le regard qui bientôt se transforma en crainte irraisonnée.

— Vos amis, les compagnons de Jéhu. Vous leur avez menti. Ils ignorent tout de votre rencontre avec Collot.

Alors, à sa grande surprise, il s'agenouilla en se dissimulant le visage derrière ses mains agitées de tremblements.

— C'est vrai, ils ignorent tout. Après la chute de Robespierre, je leur ai dit que je venais de rentrer à Lyon. Je vous en supplie, au nom de tout ce qui vous est cher, ne leur dites rien. Ils me chasseraient. Ne dites rien !

Et il s'écroula par terre en gémissant. La jeune fille ne put que tenter de le rassurer en lui caressant doucement les cheveux.

8

Ils amollirent les âmes, disent les historiens,
et attaquèrent l'esprit réformateur du presbytérianisme
en mettant en vogue l'oisiveté et le luxe,
en favorisant les jeux,
les vices et toute sorte de libertinage.

Maximilien de ROBESPIERRE

La silhouette, vêtue d'un manteau beaucoup trop grand et rapiécé, vacillait en avant et en arrière. La nuit était tombée depuis deux heures et personne ne prêtait attention au vagabond ivrogne qui titubait d'un côté à l'autre de la rue, ce genre de vision étant devenu bien trop commun depuis thermidor. Les passants, à son passage, entendaient quelques grommellements, parfois la mélodie d'une chanson à boire, un souffle court et rauque. On voyait ses mains décharnées battre la mesure à un orchestre imaginaire, ou au contraire se crisper en un geste de supplique désespéré. Ses godillots troués par des centaines et des centaines de lieues à arpenter les pavés de la capitale n'avaient plus de forme.

Il longeait le quai de l'Hôpital. Les gardiens des sections qui veillaient aux portes de Paris ne lui jetèrent même pas un regard. À quoi bon se préoccuper d'un tel déchet humain ? Même les bourreaux de Fouquier-Tinville l'avaient laissé en paix : raccourcir celui qui n'était qu'un mort en sursis constituait une perte de temps. Personne ne faisait attention à lui, personne ne lui donnait rien. D'ailleurs il ne demandait rien à personne, passant son chemin, indifférent à la fraîcheur de ce début d'automne comme à la nuit qui tombait.

Personne ne vit son visage.

Cela ne surprit pas, d'ailleurs : ses traits ne déparaient sûrement pas le reste. Ce en quoi on se trompait lourdement. Sous l'antique tricorne, sans forme et sans couleur, et sous la large capuche usée jusqu'à la trame, l'observateur attentif aurait distingué une paire d'yeux extraordinairement brillants et attentifs, un visage émacié en lame de couteau. Dans les guenilles qui le recouvraient, peut-être aurait-il aperçu l'éclat sombre d'un pistolet glissé à sa ceinture.

L'étrange silhouette tourna rue de Poliveau, qu'on appelait aussi rue des Saussiers, en raison des saules qui la bordaient autrefois. Tout près, maintenant, dans l'obscurité, on distinguait le dôme massif de la chapelle Saint-Louis qui dominait les bâtiments alentour, et plus loin encore, les moulins qui appartenaient à l'hôpital. Peut-être l'indigent pensait-il trouver là quelques secours. Mais non. À seulement quelques centaines de pieds du bâtiment ecclésiastique désaffecté, il changea de direction et, d'un pas beaucoup plus assuré, rejoignit le sinistre bâtiment de la Force qui s'élevait derrière.

On y venait en groupe et, fait étrange, de ces lieux destinés tout d'abord à recevoir et enfermer les femmes de mauvaise vie, criminelles, prostituées, avorteuses ou démentes dont la maladie renforçait les inclinations à la violence contre les autres ou contre elles-mêmes, s'élevaient des chants orgiaques. Des fenêtres étroites garnies de barreaux, voulues par l'architecte de Louis XIV qui avait conçu ce lieu de détention, on distinguait de joyeuses lumières. C'était fête au pays du crime et de la folie !

Un petit groupe d'hommes, de cette lie qui n'avait revêtu le bonnet phrygien que pour mieux piller et trafiquer, gardait l'entrée.

Le vagabond voulut y pénétrer, on l'interpella :

— Hé, toi, pouilleux ! On ne passe pas !

Serrés autour d'un brasero, ils gardaient à portée d'eux fusils et piques. L'inconnu ouvrit la main et laissa tomber quelque chose sur le sol.

Aussitôt, le geôlier le plus proche s'en empara et examina les pièces de cuivre avec attention.

— Un maigre écot que voilà. Enfin, les temps sont durs pour les honnêtes travailleurs. Passe.

L'individu ne se fit pas prier.

Sur la cour s'ouvraient trois étages de cellules étroites. Immédiatement un groupe de femmes vêtues de loques aux couleurs criardes, grossièrement fardées et un sourire contrefait sur le visage, se pressa autour de lui.

— Viens voir Gilberte.

— Si tu aimes un peu de propreté, j'ai pris un bain, il y a trois jours.

— Hé, c'est un vagabond ! s'exclama une femme en examinant mieux la silhouette.

— Ils laissent vraiment entrer n'importe qui. Va-t'en, il n'y a pas de chair ici pour les miséreux !

Les prostituées l'abandonnèrent et il continua son chemin vers le fond de la cour.

Au rez-de-chaussée, l'architecte avait fait installer de petits bancs où l'on enchaînait les recluses. Elles étaient là.

Les pensionnaires de la Force. On les avait déshabillées et exposées aux regards libidineux des visiteurs. Tout ce que la nature pouvait créer comme tare, comme difformité ou comme laideur semblait réuni en ces lieux. Sourires édentés, regards idiots, goitres. Certaines se rongeaient les ongles jusqu'au sang ou s'arrachaient les cheveux touffe par touffe. D'autres roulaient des regards de bêtes, comme plongées dans un autre monde. Plusieurs bavaient en secouant la tête d'avant en arrière en un mouvement ininterrompu. Certaines gémissaient des mots incohérents, d'autres râlaient comme des animaux à l'agonie, certaines se mettaient à crier soudain, sans aucune raison apparente, et tiraient sur leurs fers jusqu'à s'écorcher les poignets. Les chairs flasques, meurtries ou contrefaites s'exposaient là sans aucune pudeur. Le citoyen qui voulait à peu de frais soulager ses désirs ne prenait même pas la peine de détacher sa victime. Après avoir lancé quelques piécettes au souteneur qui trônait derrière une sorte de comptoir au milieu de la cour, il entraînait la démente dans sa cellule et la prenait sur le mauvais grabat infesté de vermine.

— Toi, paies et choisis une fille.

Le souteneur ne prit même pas la peine d'examiner le vagabond. Depuis que l'hôpital de la Pitié était devenu le plus grand lupanar de France, et aussi le plus sordide, ils étaient des centaines comme lui à franchir les portes de l'établissement chaque jour.

Pour la première fois, l'homme parla. Une voix sourde, méconnaissable.

— Je veux voir Roland.

L'autre leva la tête et regarda enfin le nouveau venu.

— Eh, qui es-tu, toi ? On ne voit pas Roland comme cela.

Le visiteur écarta son manteau infect. Le gardien distingua une arme au canon court et camus. Mais de l'autre main, l'homme tenait une pièce. Large, brillante, dorée. Malgré la distance, il la reconnut tout de suite.

Un louis.

— Tu as le choix, poursuivit l'autre. Le plomb ou l'or. Étant donné que tu n'as rien d'un alchimiste, je te conseille de choisir le deuxième. Mais, crois-moi, je n'aurais aucun remords à t'administrer le premier.

Le souteneur n'hésita pas longtemps.

— Un louis, voilà un moment que je n'avais pas vu cette monnaie de tyran.

Il cracha par terre mais tendit la main.

— Allons, tu n'es peut-être pas un bon républicain, mais sûrement un bon payeur. Roland est au deuxième étage. Dans l'aile ouest. Je te conseille de te montrer convaincant et de ne pas l'indisposer. Il te faudrait alors beaucoup plus qu'un simple pistolet pour sauver ta vie.

L'homme fit un pas, le capuchon se releva légèrement et l'on distingua un court instant son visage à la lueur incertaine des lanternes rouges.

— Je n'ai pas peur de la mort. En fait, ceux qui me croisent devraient la craindre plus que moi.

Le gardien se leva brusquement de son siège, les yeux écarquillés. Ce visage blafard aux lèvres pincées, ces joues creusées, ces yeux profondément enfoncés dans leurs orbites, n'était-ce pas la mort elle-même ?

Un petit bruit métallique attira son attention. Le louis roulait sur son guichet. Lorsqu'il releva la tête, l'apparition s'était volatilisée. Alors, d'un mouvement convulsif de la main, il esquissa un geste oublié depuis bien des années : un signe de croix.

Le visiteur monta les escaliers raides et puants du bâtiment de la Force, croisant parfois des visiteurs qui ne faisaient pas attention à lui. Les cellules s'ouvraient sur les couloirs, laissant apparaître l'affreux spectacle des pensionnaires, pour la plupart des femmes simples d'esprit, des infirmes, parfois toutes jeunes, parfois d'une extrême vieillesse, toutes obligées de se livrer à la prostitution. La plupart gardaient leurs chaînes, ce qui laissait aux clients plus de liberté pour se soulager sur ces déchets d'humanité. Parmi la clientèle se pressaient ici les sectionnaires de tous partis, de toute opinion politique, qui n'avaient pour points communs que la brutalité de leurs appétits, leur amour pour l'alcool et la cruauté qu'ils aimaient à faire subir à ces êtres sans défense. L'argent circulait de couloir en couloir. Peu d'assignats. Des pièces en cuivre, plus rarement en argent. Les affaires marchaient, mais les prix allaient à la baisse.

Il atteignit enfin le deuxième étage et marcha jusqu'à l'aile ouest. Il avisa une cellule devant laquelle deux hommes, coiffés de bonnets phrygiens et armés de fusils, montaient la garde. Ils s'écartèrent à son passage.

— Viens, l'ami ! Entre.

L'inconnu obtempéra. Il découvrit une cellule semblable à toutes les autres. Deux mètres seulement sur un mètre cinquante. Une étroite lucarne à barreau ne dispensait la journée qu'une bien pâle lumière. Il admira un instant la porte massive et les verrous impressionnants qui la fermaient. À l'intérieur, un infirme, coiffé d'un large chapeau noir, assis sur une chaise à roulettes, caressait le visage d'une recluse couchée à ses pieds et qui poussait de petits cris à chaque contact.

— Viens, on m'a dit que tu voulais me voir. On m'a dit aussi que tu avais payé cher pour cela.

Il tenait la pièce déposée sur le bureau du surveillant et la faisait rouler entre ses doigts.

— Voyons, si tu as tant d'or à dépenser, c'est que tu veux quelque chose d'exceptionnel. Regarde celle-là.

Il montra la fille, vêtue d'une mauvaise chemise d'hôpital déchirée par endroits.

— Regarde Catherine. On raconte qu'elle était baronne ou marquise et qu'on l'a surprise à noyer son enfant. Comme c'était le troisième dont elle se débarrassait, on l'a mise ici. Cela n'a pas été facile de la mettre au travail, car vois-tu, dès qu'on la touche, elle se met à vouloir mordre tout ce qui tombe à sa portée. Plus d'un y a laissé une partie essentielle de son anatomie ! Moi, j'ai trouvé la solution : lui faire arracher toutes les dents ! Elle n'a rien perdu de son agressivité, mais le résultat est beaucoup plus plaisant. Il y en a même qui ne peuvent plus s'en passer.

Il émit un petit ricanement.

— Alors, l'ami. Je te l'offre pour une heure. Qu'en dis-tu ?

— C'est toi que je viens voir, Roland. Tu as bien changé depuis les pères oratoriens. À l'époque, tu ne jurais que par Dieu et par l'amour que t'inspiraient tes camarades de dortoir. Tu aimais te flageller après avoir souillé un plus jeune, mais je soupçonne que les coups eux-mêmes te faisaient bander. Tout cela a disparu après le siège de Lille. Un tir de canon bien placé et te voilà eunuque. Toi dont le pantalon n'avait jamais connu la mollesse et qui passais tes nuits à baiser tout ce qui te tombait sous la main.

L'homme en fauteuil roulant souleva son chapeau et il apparut à la lumière. Son visage était jeune, mais la moitié avait été arrachée, ne laissant qu'une hideuse cicatrice qui remontait sa lèvre en un perpétuel demi-sourire grotesque.

— Je ne connais qu'une voix comme celle-là, souffla-t-il. Et une seule personne au monde peut connaître tant de détails sur mon compte.

Le visiteur enleva son manteau élimé, qui tomba sur le sol, et il apparut en strict costume noir. Maigre, le visage en lame de couteau, il souriait à l'ancien séminariste.

— Tu as réussi, Roland. Te voilà premier souteneur de France. Une belle carrière pour quelqu'un qui a reçu ses vœux en pleurant toutes les larmes de son corps et en se branlant sous sa soutane.

— Que le diable m'emporte ! Joseph Fouché, l'homme le plus recherché de France. Le plus haï mais aussi le plus craint. Assieds-toi, mon ami. Vous (il s'adressa aux gardes), emmenez la pute et laissez-nous.

Les deux sans-culottes traînèrent la femme hors de la cellule en la tirant par la chaîne reliée à l'anneau qui lui enserrait le cou, exactement comme ils l'auraient fait d'un fauve qu'on sortirait de sa cage. Elle disparut dans d'invraisemblables contorsions, et un concert de cris. Elle s'agrippait aux montants de la porte et il fallut quelques coups de crosse à la tête pour qu'elle lâche enfin. On l'entendit longtemps s'éloigner par le couloir.

— Tu as toujours eu un sens développé de l'esthétique, commenta Fouché.

— Et toi, tu aimes toujours autant le vin de Loire ?

L'infirme tira une bouteille de sous son fauteuil et deux verres, qu'il remplit.

— À ta santé, Fouché. Qui aurait dit que tu deviendrais un repris de justice, toi aussi, après avoir fait trembler la moitié de la France.

Ils trinquèrent.

— Et toi, Roland. Je n'aurais pas donné cher de ta peau lorsqu'on t'a ramené du Nord, à moitié coupé en deux.

Le souteneur but à son tour.

— À toute chose malheur est bon. Après Lille, quand les médecins m'eurent tant bien que mal recousu, je m'ennuyais ferme sur mon lit d'hôpital, lorsque le 3 septembre est arrivé. On était en 1792. On se massacrait aux Carmes, à la Conciergerie, à Bicêtre. Mais ici ce fut différent. Ils sont arrivés à plus de deux cents. Ils venaient, paraît-il, pour rendre la justice du peuple. D'ailleurs, ils en ont égorgé trente-cinq, soi-disant meurtrières, mais je crois bien qu'ils se sont débarrassés des plus laides. Pour le reste, tu aurais dû voir ça. Un lupanar géant. Il y avait près de six cents filles, ici. Toute la ville s'est précipitée pour profiter de l'aubaine. Les jours qui ont suivi, je ne sais pas combien ont défilé. Un des concierges, qui comptait à l'entrée, m'a affirmé qu'il y en avait eu plus de huit mille. Il y avait la queue devant chaque cellule. Les plus fous couraient de l'une à l'autre. Tu ne peux pas imaginer combien les braves citoyens aiment assister à ce genre de spectacle. Ils étaient prêts à payer rien que pour cela, et très cher. De jour comme de nuit, la Force grouillait de mâles débauchés comme les cerfs à l'époque du brame.

— Un vrai bordel, en somme. Mais je te connais, tu y as sûrement mis de l'ordre.

— J'ai toujours su développer des arguments convaincants, tu te souviens de nos cours de théologie (il montra un lourd fusil à deux coups dont le canon avait été scié). Une semaine plus tard, j'avais à moi près de cent cinquante filles. De quoi fournir la section de Saint-Marcel tout entière et quelques autres. Et quelle main-d'œuvre : des folles, pas besoin de les habiller, de les nettoyer et à peine de les nourrir. Il y en a plus que je n'aurais pu en baiser de toute ma vie, si j'étais resté entier. L'argent est entré à flots. Il m'a fallu acheter quelques députés, obtenir un certificat de civisme et entretenir une petite milice personnelle. L'ordre avant tout, c'est ma devise depuis toujours.

Fouché but une gorgée de vin et grimaça.

— Quel dommage que le plus chaud branleur de l'oratoire ait perdu la possibilité de goûter à sa propre marchandise.

L'infirme ne se formalisa pas de la remarque et but à son tour.

— Il y a d'autres plaisirs. J'ai eu tout le loisir de les expérimenter. Mais, depuis thermidor, rien n'est plus comme avant. Moins de clients, moins de voyeurs... Et puis la police ne nous fournit plus guère de filles : on dirait que la folie est en train de disparaître de Paris. Tu sais que des médecins ont protesté de mon petit trafic, à la Convention ! Un dénommé Pinel. Il veut « humaniser le traitement des malades ». Des conneries, oui ! De pauvres folles, que pourraient-elles faire de leur misérable existence à part servir de sac à foutre ? J'ai beau arroser tout ce que je connais comme conventionnels, j'ai bien peur de devoir prendre ma retraite d'ici quelques mois. Dis, Fouché... Je sais bien que tu n'es plus si influent qu'avant, mais pourrais-tu faire quelque chose pour moi ?

Fouché se leva et se pencha au-dessus de Roland.

— Je verrai, mon ami, je verrai. J'ai toujours soutenu le libre commerce et l'audace des entrepreneurs me plaît, mais tu connais ma situation. On me recherche.

Roland le savait bien. Il savait aussi qu'il pourrait tirer un bon prix de l'ancien envoyé de la Convention dans les provinces en le dénonçant, mais il lui répugnait de servir ces anciens du Marais qui se donnaient des allures de rigoristes, eux qui n'avaient strictement rien fait pour stopper le délire meurtrier de la Montagne et des Comités. Et puis son ancien professeur de théologie l'intriguait.

— Fouché, mon ami. Dis-moi, il paraît que tu possèdes certaine malle. Bourrée de documents…

— On t'a mal renseigné.

— Il paraît aussi que quelqu'un t'en veut. Oh, tu vas me dire, il n'est certainement pas le seul, compte tenu des dégâts que tu as laissés en province. Je veux dire quelqu'un qui t'en veut réellement.

Fouché se rassit. Roland allait parler : l'infirme ne raisonnait pas comme n'importe quel mouchard, simplement attiré par une récompense. Pour un individu aussi vicieux et corrompu, l'attrait du jeu et de la manipulation remplaçait désormais le plaisir de la chair.

— Qu'est-ce qui te fait dire cela ?

Roland remplit de nouveau les deux verres.

— On n'a plus revu Frèrejas depuis plusieurs jours.

— Ah, vraiment ? Il paraissait en très bonne santé lorsque je l'ai quitté.

Les yeux du souteneur se mirent à pétiller.

— Exactement, beaucoup croient que c'est toi qui t'en es débarrassé. Mais je te connais : à Lyon, c'est Collot qui se chargeait du sale travail. Tu es trop distingué pour te salir les mains. Tu te souviens, à l'Oratoire, tu prenais toujours un mouchoir. Un mouchoir, ah ! Quelle rigolade ! Tu ne l'aurais pas tué toi-même. Mais ici, tu n'as plus personne et, d'après ce qu'on sait, pas assez d'argent pour payer un professionnel.

Fouché se raidit.

— J'ai d'autres amis que toi.

Ce jeune corrompu le connaissait bien. Il regretta un instant de s'être tant livré pendant ces années d'enseignement à ses jeunes amants de l'Oratoire des Pères de Nantes. Une erreur de jeunesse.

Roland secoua sa tête difforme pour moitié.

— Cela ne te ressemble pas. Tu méprises les mouchards comme Frèrejas qui ne valent même pas la balle qui leur arrachera la cervelle du crâne. Non, ce n'est pas toi. Mais alors il doit s'agir de quelqu'un d'autre.

— Une bande de muscadins.

— On aurait retrouvé son corps. Tu sais ce que je crois : quelqu'un de particulièrement décidé à t'attraper. Il n'a pas tué Frèrejas. Il lui a arraché des renseignements : sans doute l'emplacement de ta cachette. Je te suggère d'en changer.

Le fugitif en était parvenu aux mêmes conclusions. Le fait que Frèrejas ni aucun de ses commissionnaires n'ait plus cherché à prendre contact après leur rencontre à la Basse Geôle l'avait intrigué.

L'infirme plongea ses yeux dans le verre de vin.

— Tu me connais, Fouché, j'ai toujours su sentir les gens tordus, les pervers, les traîtres, les malades. Il y a quelque chose qui te suit. Je ne sais pas ce que c'est, mais franchement, je préfère être à ma place qu'à la tienne, même si tu as encore tes deux jambes et ta queue. Un bon conseil : cherche une nouvelle cache et restes-y.

Fouché remit son chapeau ainsi que le manteau informe qui constituait son déguisement.

— Me terrer dans quelque trou à rats en attendant la mort ? Tu me connais mal, Roland.

L'autre ricana.

— Non, je savais que tu allais me répondre quelque chose comme cela.

Et comme le visiteur allait partir, il lui lança :

— Au fait, Fouché, tu connais l'histoire de Jéhu ?

— Le livre des rois, bien sûr : Joram transpercé de part en part, la reine Jézabel piétinée par des chevaux. Une histoire assez amusante. Pourquoi ?

Le sourire de l'autre s'agrandit.

— Une bande de Lyonnais est arrivée en ville. Ils ont rendu visite à ces cafards de royalistes de la Fontaine Grenelle. Ils te cherchent, Fouché, au nom de la Sainte Bible. Ils veulent te faire subir le sort de Jézabel, à ce que je sais. C'est un curé qui les dirige. Un certain La Madelon.

— La Madelle ?

— Oui, c'est cela ! Ils ont formé un petit groupe, de braves bourgeois, pas dangereux pour deux sous, mais ils racontent partout que tu es l'incarnation du mal. Ils te connaissent bien.

Roland s'étrangla de rire et une partie du vin coula du côté déformé de sa bouche.

Fouché s'éloigna dans le couloir, suivi par les hoquets rauques du souteneur.

L'incarnation du mal. Il allait sans doute bientôt la rencontrer. Il n'en éprouvait pas de terreur. Juste un peu de curiosité. Qui serait assez fort pour le faire tomber, lui, Joseph Fouché ?

9

Quand le crime conspire dans l'ombre la ruine de la liberté, est-il pour des hommes libres des moyens plus forts que la vérité et la publicité ?

Maximilien de ROBESPIERRE

Il y avait des portes, encore des portes. Derrière chacune se cachait un aspect bien particulier de la mort. Elle le savait. Et, surtout, derrière l'une d'elles l'attendait sa mort, celle qui s'approchait inéluctablement.

Elle avait depuis bien longtemps cessé de se demander pourquoi son avenir, celui qu'elle connaissait depuis toujours, s'était transformé pour produire ce cauchemar incessant. Cette porte était là, quelque part, et, à force de la fuir, elle n'avait qu'une envie : la trouver.

Parfois, rendue plus courageuse par l'inlassable répétition des mêmes mirages, elle en ouvrait une au hasard : ce qu'elle y trouvait ne la concernait pas, mais elle finit par en éprouver une fascination morbide. Elle posa la main sur la poignée, la tourna. La porte ne dissimulait qu'un vaste espace vide. Vide, sauf... une sorte de pieu se dressait là, l'extrémité fixée vers le ciel. Il y avait quelque chose. En s'approchant, elle reconnut un corps tordu, traversé de part en part comme un animal que l'on mettrait à cuire sur une broche.

C'était un être humain et il vivait encore. Son regard inexpressif la fixa. Elle n'y lut aucun sentiment humain, juste une ardente supplique pour qu'on mette fin à ses souffrances.

Frissonnante, elle recula, revint dans le couloir obscur et reprit sa longue errance.

« Marie-Adélaïde. »

Quelqu'un l'appelait. C'était une voix. D'où pouvait-elle venir ? Ce n'était pas un de ces suppliciés qui se tordaient de douleur dans une position grotesque. On aurait dit... une petite fille !

Oui, c'était bien ça. Une enfant très jeune, mais désespérée.

« Marie-Adélaïde, viens me délivrer. »

La voix ne résonnait pas dans les couloirs, elle en était certaine, mais dans son propre esprit.

« Une âme perdue qui veut prendre contact avec moi. »

Une nouvelle frayeur la prit : jamais son don ne lui avait permis de communiquer avec les morts.

« Je ne suis pas morte, Marie-Adélaïde. »

— Qui es-tu ?

L'âme perdue lui répondit bien vite :

« Je ne sais pas, je ne me souviens plus. S'il te plaît, j'ai peur, viens me chercher. »

— Où es-tu ?

« Je ne sais pas, il fait si noir. S'il te plaît, j'ai peur, viens me chercher. »

La tristesse qui se déversait dans son esprit était telle qu'elle se mit à son tour à pleurer de compassion.

— J'arrive, n'aie crainte. Je viens te chercher.

« Marie-Adélaïde, j'ai peur. »

Alors, prise d'un nouveau courage, elle entreprit d'ouvrir toutes les portes qu'elle rencontrait. Ne jetant qu'un vague coup d'œil aux horreurs dissimulées à l'intérieur, uniquement pour s'assurer qu'il n'y avait pas là-dedans de petite fille en pleurs.

— Je suis là, toute proche. Je viens te chercher.

« Marie-Adélaïde, j'ai peur. »

Une porte et une autre encore. Elle distinguait à peine les figures obscènes ou ridicules des suppliciés. Ce n'était pas là, ni là.

Où se cachait donc la malheureuse ?

Puis vint le moment où une porte différente des autres se dressa devant elle.

« Marie-Adélaïde, viens, je suis là. »

Curieusement, l'huis noirâtre lui arracha un frisson de dégoût. Que dissimulait donc ce nouveau cachot ? Une nouvelle abomination encore pire que les précédentes ? Mais non, elle avait déjà contemplé l'innommable. Rien ne pouvait être pire que les multiples visions de mort qui hantaient son esprit.

Pourtant, quelque chose la retenait. Et si elle trouvait autre chose qu'une fillette en détresse ?

« Marie-Adélaïde, ouvre vite ! »

Bloquant sa respiration, la jeune femme obtempéra : après tout, il n'y avait là qu'une petite fille perdue.

La porte s'ouvrit sur une pièce plongée dans une obscurité quasi totale. Elle fit un pas, puis un autre.

« Je suis là, sauve-moi ! »

— Je ne te vois pas, où es-tu ?

« Là, juste sous tes pieds. »

Instinctivement, la Sibylle baissa la tête. Elle ne marchait pas sur le sol mais sur…

C'était un corps immense, noirâtre, dont les membres décharnés s'étendaient au loin. Une créature contrefaite, habituée à se dissimuler dans les recoins, loin de la lumière du soleil. Une sorte de cloporte géant, à la peau parsemée d'humeurs suintantes.

Un immense frisson la saisit, elle voulut reculer, mais l'horreur était trop grande. Elle marchait sur cette chose.

Cela bougea juste devant elle. Une figure blanchâtre s'éleva à seulement quelques pas. Une bouche déformée, des yeux aveugles, rougeâtres et vitreux, un front fuyant recouvert de cheveux qui ressemblaient à quelque excroissance causée par la moisissure.

Mais le pire était que cette chose, tapie dans l'ombre et dont elle ne distinguait qu'une partie de l'abomination, parlait avec une voix de petite fille :

« Marie-Adélaïde, je t'en prie, sauve-moi. »

La jeune femme poussa un cri.

NON !

Elle se redressa en sursaut dans son lit. Son cœur battait à se rompre et elle sentait encore sous ses pieds le contact avec la peau squameuse et malsaine de la chose.

Elle se recroquevilla, proche des larmes.

Pourquoi fallait-il que tant d'horreurs se déversent en elle ?

Elle resta un long moment ainsi, sursautant au moindre bruit.

Finalement, elle se redressa, les lèvres serrées, la figure pâle. Sa décision était prise et rien ne pourrait l'en dissuader.

Elle aperçut la façade de la section de la Fontaine de Grenelle. On était au matin et il ne se produisait guère d'activité politique à cette heure. La capitale vivait comme à l'accoutumée. Les petits commerces ouvraient leurs échoppes, les artisans commençaient à travailler et l'immense cohorte des indigents, ruinés par la loi du Maximum[1] et la dépréciation de l'assignat, recommençait son éternelle lutte pour la survie. Ils étaient nombreux, attendant une pièce, un travail, n'importe lequel pourvu qu'ils puissent manger un peu. Ils constituaient aussi des troupes de choc sans pitié pour une faction politique déterminée et pas trop scrupuleuse.

— Non, madame Adélaïde, les Lyonnais sont partis très tôt, ce matin. Ils avaient à faire, m'ont-ils dit.

Le concierge de l'ancienne église des Jacobins Sainte-Dominique connaissait bien la Sibylle, qui lui avait fait la faveur de quelques consultations gratuites. Il avait pris un air mystérieux pour lui parler des compagnons de Jéhu. Déjà, leurs noms circulaient dans Paris. Une histoire incroyable, un nom romanesque, une vengeance implacable : il n'en fallait pas plus pour attiser les imaginations.

— Par contre, ajouta-t-il, il y en a un qui est resté. De drôles de citoyens, ces Lyonnais. C'est comme s'ils chassaient le diable en personne.

Dans la grande salle, exactement comme elle l'avait prévu, elle trouva Héphaïstos Müller occupé à lire les dernières feuilles parues.

— Ma chère Sibylle. Et moi qui désespérais de vous revoir.

1. « Loi du Maximum général » du 23 septembre 1793 : destinée à enrayer la spéculation sur les matières premières et instituant un prix maximum pour les denrées de première nécessité ainsi qu'un plafond pour les salaires.

Le ton badin employé ne parvint pas à briser la gêne qui s'était installée entre eux. Pas d'effusion, pas de sourire, pas de plaisanterie à double sens. Il hocha la tête avec un sourire résigné.

— Mes compagnons sont partis en chasse. La Madelle à l'évêché, où se cachent, paraît-il, quelques prêtres réfractaires comme lui. Chalais au Palais de Justice, où les avocats sans cause sont légion. Et notre bon juge à la Convention, où il connaît nombre de députés du Marais qui, hier, tremblaient pour leur tête mais qui aujourd'hui la portent bien haut.

— Et vous ?

Il haussa les épaules en reposant un numéro des *Annales patriotiques et littéraires*.

— En tant que parfait provincial, je ne connais personne à Paris. À part me promener au hasard dans les rues, ce qui, compte tenu de la taille de la cité, me laisse peu de chances de capturer notre homme, il ne me reste guère d'autre occupation que d'attendre ici la suite des événements.

Elle n'hésita qu'une fraction de seconde.

— Vous me connaissez, moi.

Pendant un instant, son œil reprit la vivacité qu'elle lui avait connue lors de leur première rencontre.

— Oh, une voyante. En fait, j'ignore si mon avenir m'en apprendra beaucoup sur la manière de retrouver Fouché.

Elle sourit franchement, cette fois-ci.

— Je sais l'avenir, mais il m'arrive de glaner quelques petits détails à droite à gauche, des broutilles, la plupart du temps.

— Ah oui ? Quel genre de broutilles ?

— Je ne sais pas, l'adresse de Fouché, par exemple.

Il se leva brusquement et écarta la pile de gazettes qu'il parcourait depuis le matin.

— Qu'est-ce que nous attendons pour nous y rendre ?

Ils marchaient côte à côte. Il avait revêtu son habit noir et coiffé son chapeau à large bord. La fraîche matinée de septembre n'annonçait pas encore les rigueurs de l'hiver. Ce serait une assez belle journée. Maintenant, les groupes d'indigents s'étaient dispersés. Certains avaient regagné leurs pauvres logis, d'autres, tels les plébéiens de l'ancienne Rome, avaient trouvé un patron assez généreux pour les prendre sous son aile contre quelques services dont le moins illégal consistait à défendre le maître en cas de coup de force de la partie adverse lors d'une campagne électorale agitée.

— Où allons-nous ?

— Ce n'est pas trop loin du Louvre, de l'autre côté de la Seine.

— Un quartier populaire, non ?

Elle approuva :

— Oui. Fouché ne vivait pas dans un palais. Chose curieuse quand on pense à toutes les richesses qu'il a pu accumuler.

Le jeune médecin eut un geste rageur.

— D'après ce que j'ai pu apprendre de lui à Lyon, il ne déteste rien tant que l'ostentation. Il formait un étrange assemblage avec Collot d'Herbois, qui ne vivait que pour paraître. C'est la divination qui vous a appris tout cela ?

— Non. Il suffit d'écouter tout ce que mes clients ont à me dire. On m'a beaucoup questionnée sur lui, ces derniers temps.

— Et vous croyez que nous trouverons quelque chose, là-bas ?

La question n'avait rien d'ironique, mais Müller n'avait rien d'un homme crédule. C'est ce qu'elle aimait chez lui : ce mélange de détachement, d'ouverture d'esprit et d'humour, exactement comme son ami Quatremère de Quincy. Mais chez l'architecte, modelé par la raison, on ne trouvait pas ce feu lancinant qui brûlait l'âme du jeune homme. Elle ne put s'empêcher de lui jeter un regard de côté. Quel que soit le sort qui l'attendait, il serait de toute évidence tragique.

« Je ne dois pas m'attacher à lui », se répéta-t-elle. Cela ne lui avait pas porté chance par le passé. Sauf qu'en la circonstance elle ne parvenait pas à deviner s'ils s'aimeraient vraiment et dans l'affirmative quelle serait la fin de cet amour.

« Certainement une fin tragique. » La mort la suivait pas à pas. Elle ne parvenait pas à se défaire de cette sourde impression d'être sans cesse suivie, sans pouvoir espérer s'échapper. Si seulement elle ne possédait pas ce don maudit, peut-être aurait-elle pu simplement se laisser aller au bonheur de l'instant. Au bonheur de marcher en compagnie d'un jeune homme beau, prévenant et dont la souffrance intérieure attirait sa compassion.

La rue Saint-Honoré, paisible en apparence, portait en elle les germes de toutes les révolutions anciennes et futures. On y avait élevé les premières barricades de Paris, pendant les guerres de Religion, lorsque Henri de Guise avait chassé de la capitale un Henri III obligé de se réfugier à Blois. Tous les courants révolutionnaires paraissaient concentrés dans cette rue tellement ancienne que les archéologues la faisaient remonter au temps de l'ancienne Lutèce, la capitale des Gaulois. Ils avaient habité là : factions rivales jusqu'à l'exécration et l'assassinat, dans cette rue étroite qui partait des Halles pour rejoindre l'ancienne porte Saint-Honoré. Le curieux qui se serait promené certains matins aurait pu ainsi y croiser Barras, qui avait occupé un magnifique hôtel particulier jusqu'au tout début de la Révolution. Le docteur Guillotin y tenait cabinet, Marat s'y était, paraît-il, dissimulé en 1790, Vadier, que nos lecteurs connaissent bien, y possédait une maison, Olympe de Gouges y avait écrit sa *Déclaration des droits de la femme et de la citoyenne*. On y trouvait aussi l'ancien couvent des Feuillants qui avait servi de siège au club du même nom. On y avait côtoyé Barère, longtemps maître du Comité de salut public, Chabot, le sans-culotte, guillotiné aux côtés de Danton, Couthon, le fidèle entre les fidèles, mort aux côtés de Robespierre au moment de thermidor. Robespierre, d'ailleurs, y avait loué un appartement au menuisier Duplay. La charrette qui l'avait mené jusqu'à la place de Grève avait emprunté cette même rue.

Marie-Adélaïde tenta de ne pas laisser son esprit s'échapper : il y avait trop d'événements rassemblés ici, passés, présents et à venir. Il semblait que la rue Saint-Honoré était vouée à l'érection de barricades, destinée à lutter contre des rois ou des empereurs qui n'existaient pas encore. Fouché, le malfaisant, y occupait un appartement depuis son retour des provinces. Cela suffisait à en rendre l'atmosphère irrespirable.

Une imprimerie s'ouvrait sur le rez-de-chaussée de l'immeuble.

— Nous y voilà.

La bâtisse n'avait rien d'imposant, nouvelle preuve que Fouché fuyait les apparences.

— Inutile d'interroger le concierge, laissa-t-elle tomber. Il ne sait rien.

— Au moins, la prescience a le mérite de faire gagner du temps, fit remarquer son compagnon.

La cage d'escalier ressemblait à des centaines d'autres dans le centre de Paris. Ni plus large, ni plus sale. L'odeur des latrines installées dans la cour remontait jusqu'au deuxième étage.

— Ce scélérat a bien fait de choisir le troisième étage !

La peinture écaillée des murs laissait apparaître le plâtre sur lequel de nombreuses inscriptions avaient été gravées.

« Vive la République ! »

« À mort, les curés ! »

« Au cul, l'Autrichienne. »

Rien de très original. Ils croisèrent plusieurs femmes, de celles qui portaient un bonnet phrygien et assistaient aux exécutions incessantes place de la Révolution, il y a quelques mois encore. Thermidor leur avait enlevé la plupart de leurs distractions et elles jetèrent un regard morose à la Sibylle et à son compagnon vêtu de noir. Enfin, le couple atteignit le troisième étage. La porte entrouverte s'ouvrait sur le palier. La serrure en avait été arrachée.

— Nous ne sommes pas les premiers visiteurs.

— Il n'y a rien de surprenant à cela. La moitié de la Convention et tous les anciens membres du comité se sont précipités ici, dès l'annonce de la disgrâce de Fouché.

— Vous croyez qu'ils ont trouvé ce qu'ils cherchaient ?

Elle se baissa pour ramasser un vase ébréché qui gisait à terre à côté d'une console renversée.

— Non, je ne le pense pas.

Il n'insista pas. L'appartement de l'ancien envoyé de la Convention dans les provinces présentait une image de désolation et de ruine.

— Ils n'y sont pas allés de main morte.

Meubles disloqués dont on avait exploré le moindre recoin en quête d'un hypothétique tiroir secret, coussins et matelas éventrés, murs percés à intervalles réguliers comme si l'on avait cherché une porte dérobée. Et puis des papiers répandus sur le sol, piétinés.

— Le père Duchesne, constata le médecin en en ramassant quelques-uns. S'il y avait quelque chose à trouver, ce n'est plus ici.

Marie-Adélaïde se plaça au milieu de ce qui avait constitué autrefois la salle principale : une table et des chaises, cassées pour la plupart, une soupière brisée en mille morceaux. Des papiers sur les murs arrachés et dont les lambeaux pendaient encore.

— Je pense que si. Fouché n'est pas un homme ordinaire, vous le savez mieux que moi. Ceux qui sont venus ici étaient des hommes de main, pas des enquêteurs. Ils ont pris ce qui leur est tombé sous la main et ils ont brisé le reste.

Elle resta longtemps ainsi. Immobile, le visage fermé. Elle ne regardait rien en particulier. Il redressa une bergère dont on avait crevé l'assise et s'assit tant bien que mal.

— Vous voyez quelque chose ?

Elle approuva sans changer d'expression :

— Oui, une femme. Et une petite fille aussi. Elles sont inquiètes. La petite est en mauvaise santé.

— Sa fille, sans doute. Il l'a fait baptiser Nièvre. Comme la rivière !

— Elles doivent partir. Elles ont reçu un message. Avec un petit paquet contenant de l'or. Elles ont pour instruction de se rendre en province.

Elle sentit le regard de son compagnon sur elle. La curiosité que la plupart des gens éprouvaient à son sujet l'irritait d'habitude. Mais pas la sienne, il était tellement différent des autres.

« Tu ne vas pas l'aimer, pas lui ! Pas maintenant ! »

Cette pensée l'éloigna pour un temps de ses préoccupations.

Par désœuvrement, Müller ramassa un objet ébréché qui traînait par terre au milieu d'autres immondices et le tourna dans sa main.

Un coquillage.

Marie-Adélaïde fut prise d'un frisson.

Puis ses yeux explorèrent de nouveau les inscriptions que l'on avait gravées sur les murs de plâtre dénudés. L'une d'elles la frappa tout particulièrement. C'était un hymne à la nuit.

J'aime le crépuscule,
Ô astre de la nuit,
Hécate bienfaisante,
Amène le repos,
Ne nous accable pas,
Ne nous fais pas revivre
Ici les affres
Si affreuses de la guerre.

Fais que le sommeil
Raffermisse cœurs et
Âmes mortelles.
Termine le labeur
Et la peine du jour
Resplendit enfin.

Pour quelle raison une semblable poésie avait-elle été écrite sur le mur de l'appartement de Fouché ? Le maître des lieux, car il ne pouvait guère s'agir que de lui, avait jugé bon d'invoquer Hécate, ici, sur ce mur, dans ces pièces dont il avait deviné qu'elles seraient fouillées et retournées à la recherche du moindre indice.

Une nouvelle image l'envahit soudain. Elle se sentit comme soulevée par l'horreur. Fouché le sinistre était en face d'elle et la regardait. D'une main il gravait l'inscription sur le mur mais gardait les yeux fixés sur elle tout en souriant. Fouché souriant, c'était comme un aperçu de l'enfer. D'ailleurs des flammes jaillirent derrière lui. Il s'avança vers elle et elle se mit à hurler.

Mais, alors qu'elle levait les bras pour se protéger, une nouvelle vision vint se superposer à la première. Un vitrail. Ancien mais en très mauvais état, comme si quelqu'un l'avait brisé à coups de pierre. À travers l'ouverture, on distinguait une maison. Une minuscule fenêtre s'ouvrait en face d'elle. Bien entendu, on ne pouvait distinguer ce qu'il y avait derrière, mais brusquement elle sut. L'horreur de la cave. De la cave ultime. Celle où attendait la créature. Elle était loin. Non, elle ouvrait les yeux, ses affreux yeux rouges, et la fixait.

« Je sais que tu es là. Je n'ai qu'un geste à faire pour t'attirer à moi. »

La voix rauque, malsaine, retentit dans son esprit.

Marie-Adélaïde poussa un hurlement et tomba à terre.

Un instant plus tard, Müller passait sa main sous sa tête pour la soutenir et, de l'autre, il débouchait un flacon de sels d'ammoniac. Elle se débattit mais il la maintint avec une fermeté qui contrastait avec sa délicatesse coutumière.

— Ne bougez pas, vous avez eu un malaise.

L'odeur de l'ammoniaque lui arracha une grimace de dégoût et la fit tousser. Elle tenta de parler mais sa propre voix la surprit. Stridente, désagréable, aiguë, comme prête à se rompre.

— Ce… n'est… pas un malaise. Je l'ai vu. « Johannis Frater », c'est lui qui a écrit ces mots. De sa propre main.

Le médecin fronça les sourcils, dépassé.

— Quels mots ? Johannis quoi ? Il n'y a rien de tel inscrit sur ce mur.

— Bien sûr que si ! Prenez la première lettre de chaque vers.

Le jeune homme se retourna vers les deux strophes et examina plus attentivement.

— Par tous les saints, vous avez raison ! C'est trop fort pour une simple coïncidence. Mais êtes-vous bien sûre qu'il s'agisse de Fouché ?

— C'est lui. Je l'ai vu. Une vision atroce : cet homme est le diable. Il nous a laissé un message.

Le jeune homme tourna la tête et considéra dubitativement l'inscription.

— Un message peut-être, mais Dieu sait que j'ignore ce qu'il signifie. C'est du latin. Peut-être l'abbé La Madelle pourra-t-il nous éclairer.

10

Un homme fait qui égorge un enfant
qu'il peut désarmer et punir paraît un monstre !
Un accusé que la société condamne n'est tout au plus
pour elle qu'un ennemi vaincu et impuissant ;
il est devant elle plus faible qu'un enfant
devant un homme fait.

Maximilien de ROBESPIERRE

L'histoire d'Anna-Sigynn.

Son nom est Anna-Sigynn. De cela elle est certaine. C'est d'ailleurs une des rares certitudes qu'elle est parvenue à se forger. « Bonjour, Anna-Sigynn ! » C'est toujours ces mots-là qu'il prononce en entrant.

Les mots. D'étranges sons qui sortent de sa bouche et qui veulent dire quelque chose. Chaque inflexion, chaque murmure possède une signification. Bien entendu, elle ne comprend pas tout, mais c'est si joli à entendre. Alors pourquoi ne parvient-elle pas à les reproduire ? Les sons qui sortent de sa bouche à elle ressemblent à des grincements. D'ailleurs, elle n'a tenté qu'une fois de parler en sa présence. Son visage est devenu mauvais. Elle n'aime pas qu'il devienne ainsi. Il est en colère et la punit. Aussi prend-elle bien garde d'attendre qu'il parte pour essayer à son tour. « Bonjour, Anna-Sigynn », mais cela ne sonne pas du tout pareil. Jamais elle ne parvient à reproduire la musique qui sort de sa bouche.

Il vient parfois mais pas assez. Il se met souvent en colère et son visage devient mauvais, elle n'aime pas lorsqu'il se transforme de cette manière, alors qu'il peut être si bon. C'est à elle de faire des efforts, de tenter de lui plaire. Il ne lui est pas facile de mettre des mots sur ses sentiments, les mots sont si difficiles à comprendre. Il y en a tellement et parfois un même mot peut posséder plusieurs significations. Elle écoute attentivement ceux qui sortent de sa bouche. Les mots méchants qui lui font peur et qu'il prononce lorsqu'elle s'est mal comportée (« souillon », « créature infecte », « monstre ») et les gentils (« mon adorée », « ma petite perle ») qu'il chante pour manifester sa joie.

« Je reviendrai bientôt lorsque j'aurai le temps », lui jette-t-il en partant.

Le temps. Qu'est-ce que c'est ? Il en parle parfois. Des mots qui ne sont pas très utiles dans une conversation, comme « année » ou « mois ». Cela ne signifie rien pour elle. Il n'y a qu'un temps, le présent. Parfois, il lui vient des images de ce qui s'est passé autrefois, mais elle les distingue à peine de ce qu'elle est en train de vivre. Quelques visions floues : des lumières, des gens qui possédaient un visage différent du sien. Mais ce ne sont que des rêves. Toujours elle a été ici, toujours il est venu la voir. Tel était l'ordre immuable du monde.

Le monde ? Qu'est-ce que c'est ? Il n'existe rien d'autre pour elle que l'endroit où elle se tient. À peu près quatre fois grand comme lui. Il n'y a de la lumière que lorsqu'il vient et qu'il apporte un objet au bout lumineux qui lui fait mal aux yeux. D'habitude la lumière est faible. Elle vient de loin, de très haut, et elle n'éclaire pas toujours de la même manière car à intervalles réguliers tout est noir. Anna-Sigynn aime bien le noir, les choses sont tellement plus belles lorsqu'on n'en distingue que la silhouette obscure. Et puis cela ne la dérange pas, car elle connaît la moindre parcelle de son monde. Le récipient au-dessus duquel elle doit se glisser pour faire ses besoins (sinon, il prend son visage méchant et elle a horreur de cela, alors elle fait attention de ne pas faire à côté), le lit où elle repose d'habitude : le matelas, les planches en dessous, les draps. Il y a aussi les murs qui constituent en quelque sorte la frontière qu'elle ne franchit jamais. Ils sont très hauts et partent du sol fait de planches jointes pour aboutir à ce qu'il appelle un plafond, qui n'est rien d'autre qu'une sorte de mur mais horizontal au lieu d'être vertical. À côté de son lit, il y a la table où repose le récipient d'eau avec la tétine qui lui permet de boire en tendant juste la tête, et l'autre où elle peut boire du lait. Parfois, il tarde à venir et les deux se vident. Alors elle commence à avoir faim et soif. Elle a mal et pourtant jamais l'espoir ne l'abandonne. Il revient toujours. Donc pourquoi s'inquiéter ? À la fin, il revient toujours. Il est toujours là, pour elle.

De temps à autre, il la recouvre d'un grand tissu et la déplace. Le monde bouge autour d'elle et elle entend des sons (des voix) qu'elle ne connaît pas. Lorsqu'elle retrouve le sens de la vision, le monde autour d'elle a un petit peu changé. Elle ne peut pas lui demander les raisons de ce changement puisqu'il ne supporte pas ses tentatives pour s'exprimer. D'ailleurs, serait-elle parvenue à l'interroger sur le monde et ses changements ? Aurait-il répondu à ses questions ? Elle n'en est pas sûre mais préfère ne pas essayer. Peut-être deviendrait-il méchant. Elle déteste lorsqu'il devient méchant. Il la tape parfois aussi et ça lui fait mal.

Mais souvent, il est gentil et doux.

« Oh, ma chère Anna-Sigynn, dans quel état je te trouve ? Je t'ai délaissée, tu dois avoir faim et soif et souffrir. » Alors il s'occupe d'elle, lui donne de l'eau et du lait, il lui enlève l'étoffe souillée qui la recouvre et lui passe de l'eau sur le corps à l'aide d'un chiffon humide. « Comme ta peau est douce, Anna-Sigynn, mais comme elle est fragile aussi. Je dois te passer cet onguent. » Et, très vite, elle se sent soulagée, car la crème qu'il met dans sa main (il a des mains qu'il peut bouger et avec lesquelles il peut faire beaucoup de choses très diversifiées et parfois surprenantes) et qu'il passe là où la douleur est la plus forte lui procure un bien fou qui n'est rien d'autre que l'absence de douleur.

« Quelles escarres, ma pauvre Anna-Sigynn. Si seulement tu pouvais bouger. La nature t'a faite ainsi et si tu ne m'avais pas, voilà longtemps que tu serais morte. »

Morte. Un autre mot qu'elle ne comprend pas très bien. Être morte, c'est ne pas être là, ne pas exister. Ne pas être à côté de lui. Être morte doit être terrifiant, peut-être pire que quand il prend son air méchant.

Lorsqu'il présente ainsi de bonnes dispositions, il lui parle longtemps, lui raconte des histoires fantastiques. Elle ne les imagine qu'avec peine car elles évoquent le plus souvent des lieux qu'elle n'a jamais vus, des lieux qui n'appartiennent pas au monde dans lequel elle se trouve.

« Paris est une ville qui mélange la grandeur et les aspirations les plus élevées à la tourbe et aux péchés les plus effrayants. C'est un lieu terrifiant où, à tout instant, la mort peut surgir et vous emporter sans que vous ayez pu l'imaginer de la moindre manière. C'est un pandémonium qui aurait directement vue sur le paradis. Ah, tu es bien loin de tout cela, ma pauvre petite Anna-Sigynn. »

Parfois, il est triste, pas méchant mais triste. Son visage ne sourit plus et des larmes coulent de ses joues.

« Si tu savais comme ils sont cruels et malins. Ils ne me comprennent pas, Anna-Sigynn, ils ne peuvent pas me comprendre. J'ai des projets trop ambitieux pour leur conscience étriquée. S'ils me découvrent, ils me tueront. Déjà, ils me traquent comme une bête féroce. Bien entendu, ils ne sont pas assez intelligents pour m'inquiéter, mais si tu savais comme c'est fatigant de travailler à améliorer l'humanité et de se voir opposer sans cesse une médiocrité sans nom. Toi seule me comprends, Anna-Sigynn, ma chère petite Anna-Sigynn, toi seule peux soulager ma peine. »

Là, il se couche près d'elle, se déshabille, et elle sent son beau corps, si harmonieux, si agile, si vivant contre ses chairs immobiles et torturées. Il s'unit à elle et c'est un grand bonheur de voir sa figure s'illuminer, sa bouche l'embrasser, et de l'entendre gémir de contentement.

D'autres fois, il entre dans de violentes colères et elle a peur qu'il ne revienne jamais.

« Tu n'es qu'un monstre, une chose infâme, répugnante, une parodie d'humanité. Je me demande pourquoi je me soucie de toi ! » Et il la frappe.

Mais, toujours, il finit par devenir plus calme. Il se blottit contre elle et alors qu'elle lui caresse la nuque à l'aide de son seul bras valide, il murmure :

« Je ne les laisserai jamais te prendre ni t'arracher à moi, Anna-Sigynn. Nous sommes du même sang, nous sommes faits pour nous comprendre, pour nous unir. Et qui sait, de cette union peut-être un jour naîtra une nouvelle race. Plus pure, plus belle. Une race qui sera destinée à briller au firmament des hommes. »

Elle ne sait pas très bien de quoi il veut parler, mais ses paroles la rendent heureuse. Plus heureuse peut-être que ne peut l'être n'importe quelle créature vivante en ce monde.

Mais ce qu'elle préfère, c'est quand il lui parle de leur mère.

« Elle était si belle, Anna-Sigynn. Si parfaite, si tendre. Je n'étais qu'un tout petit garçon, mais je m'en souviens comme si c'était hier. Elle me prenait dans ses bras, comme je le fais avec toi aujourd'hui, et elle me chantait une chanson. Je me rappelle encore les paroles :

Tendre rossignol des bois,
Pourquoi chantes-tu encore ?
C'est l'hiver dans la maison du roi.
Toute ta famille dort.
Chante rossignol des bois.
Chante encore…

Elle aime entendre sa voix et parfois, sans même qu'elle s'en rende compte, sa gorge produit des sons qui font comme un accompagnement à la mélodie. Il ne la bat pas alors. Car il ne pense qu'à elle. À leur mère.

« Elle est morte, pauvre petite Anna-Sigynn, et ce fut un grand malheur. C'est toi qui l'as tuée. Toi, pauvre petite chose incapable de parler et de bouger. Incapable de comprendre. Mais je ne t'en veux pas. Tu n'as été qu'une arme. Un instrument. Les hommes sont méchants, ma pauvre petite Anna-Sigynn. Ils l'ont fait mourir, et ils ont fait de toi un monstre. »

Et il pleure contre elle. Sans réellement comprendre la cause de son désespoir, elle joint ses larmes aux siennes.

11

On a supposé qu'en accueillant des offrandes civiques la Convention avait proscrit le culte catholique. Non, la Convention n'a point fait cette démarche téméraire. La Convention ne la fera jamais. Son intention est de maintenir la liberté des cultes qu'elle a proclamée et de réprimer en même temps tous ceux qui en abuseraient pour troubler l'ordre public ; elle ne permettra pas qu'on persécute les ministres paisibles du culte, et elle les punira avec sévérité toutes les fois qu'ils oseront se prévaloir de leurs fonctions pour tromper les citoyens et pour armer les préjugés ou le royalisme contre la république.

Maximilien de ROBESPIERRE

Il était midi lorsqu'ils retrouvèrent l'église des Jacobins Sainte-Dominique. Marie-Adélaïde se sentait épuisée ; la marche peut-être, mais aussi ces visions si perturbantes. Le jeune Müller en était réduit à faire seul la conversation :

— Vous avez vu ce nid de cloporte où il vivait ? Ce n'est pas l'appartement d'un honnête homme, d'un représentant du peuple. Non, c'est la tanière de quelque bête fauve. Le repaire de celui qui s'est volontairement retranché du genre humain. Voilà bien un endroit où l'on ne sent guère la crainte de Dieu.

Il continua ainsi tout le temps qu'ils redescendirent Saint-Germain vers la section de la Fontaine de Grenelle. Elle lui en fut reconnaissante : ces simples mots prononcés lui évitaient de penser au reste. Elle se sentait comme en équilibre au-dessus d'un gouffre noir. Un gouffre où se déchaînaient les forces du mal. Le peu qu'elle parvenait à en distinguer l'horrifiait et la plongeait dans un état de quasi-catalepsie. « Je dois résister. Je dois penser à autre chose. »

Et elle serra plus fort la main que lui offrait son compagnon. Elle l'examina à la dérobée : comment un être aussi sensible, aussi délicat, avait pu passer par de telles épreuves sans perdre cette fragilité presque enfantine qui lui conférait ce charme qui était le sien ? Si seulement elle avait pu se laisser aller, si seulement elle pouvait voir quel avenir leur était réservé.

La mort, toujours la mort, l'obscurité, la souffrance.

La grande salle des Jacobins était presque déserte, hormis un mendiant couvert de haillons qui dormait dans un coin. Ils trouvèrent les trois compagnons de Jéhu attablés devant un maigre repas et occupés à discuter avec Quatremère de Quincy.

— Messieurs, leur lança Müller, nous rapportons peut-être du nouveau.

Le juge Pilar grommela :

— Alors vous avez eu plus de chance que nous. Fouché semble avoir disparu dans la nature. Personne n'est capable de dire où il se terre. Où diable êtes-vous allé le chercher ?

Le médecin présenta une chaise à la jeune femme, qui le remercia d'un geste de la tête.

— Tout simplement chez lui.

Quatremère se pencha, intéressé et sceptique à la fois.

— Savez-vous, jeune compagnon de Jéhu, que vous n'êtes pas le premier à y avoir pensé ? En fait, dès le lendemain de sa disgrâce, à peu près tout ce qui reste de la Convention, les membres déchus des comités, quelques autres factions auxquelles je crois on peut compter des espions anglais, les Vendéens et les représentants de la moitié des sections de Paris se sont bousculés chez lui et ont fouillé de fond en comble sa modeste demeure. Pendant quinze jours, c'était le dernier endroit où l'on pouvait se retrouver à Paris. Un véritable rendez-vous de mouchards, d'hommes de main ou d'agents étrangers.

Le jeune homme sourit à l'architecte.

— Nous avons reconnu les traces de leur passage. Une inscription semble avoir néanmoins échappé à la sagacité de tout ce beau monde.

Aussitôt, les quatre hommes fixèrent le médecin.

— De quelle inscription voulez-vous parler, mon fils ?

— Pour l'amour de Dieu, dites-le-nous, renchérit l'avocat.

Il prit son temps, comme pour bien peser son effet. Encore un aspect de son caractère qui avait conservé sa fantaisie malgré les épreuves. Il leur récita d'abord l'ode à la nuit puis la recopia sous leurs yeux et ce n'est qu'au bout de plusieurs minutes que le visage de Quatremère s'éclaircit.

— *Frater Johannis*. Voilà ce qu'il y a d'écrit. La première lettre de chaque vers. J'aurais dû comprendre beaucoup plus vite !

— Du latin ? s'enquit Chalais.

— J'ai pensé que l'abbé pourrait nous renseigner sur cette étrange formule.

La Madelle, apparemment plongé dans une grande perplexité, ne quittait pas Müller des yeux.

— Hum... *Frater Johannis*, le « frère de Jean ». L'expression désigne traditionnellement Jacques, le frère de saint Jean l'évangéliste. On l'appelle aussi « le majeur » ou « le fils de Zébédée ».

— Celui qui est enterré à Saint-Jacques-de-Compostelle ? Nous avons trouvé les restes d'une coquille Saint-Jacques dans l'appartement.

— Précisément. Mais je ne vois pas pourquoi Fouché aurait fait allusion à saint Jacques. Il ne croit en rien, même pas au diable !

Le juge objecta :

— Certes, mais il dispose d'une solide culture ecclésiastique. Avant la Révolution, il enseignait à Nantes chez les frères de l'Oratoire. Dites-nous, l'abbé, saint Jacques a-t-il accompli quelques faits terribles ?

— Son image a été invoquée au cours de la reconquête de l'Espagne par Isabelle de Castille et Ferdinand d'Aragon. On raconte qu'il serait apparu au cours d'une bataille, vêtu en chevalier, et aurait massacré un grand nombre de Maures, donnant ainsi avantage aux chrétiens. Il est aussi appelé « Matamore ». Ce qui signifie littéralement « le tueur de Maures ».

Le jeune Chalais intervint :

— Nous nous égarons. Admettons que Fouché ait voulu laisser quelque indice à des complices, aurait-il invoqué des guerres vieilles de plus de trois siècles ? Soyons pragmatiques. Mon cher Quatremère, connaissez-vous à Paris un monument remarquable consacré à saint Jacques ?

L'architecte, qui suivait la conversation avec un intérêt marqué, prit à peine le temps de réfléchir.

— En vérité, il existe deux églises Saint-Jacques : celle du Haut Pas et celle de la Boucherie… ou du moins ce qu'il en reste.

— Alors, la solution est simple, conclut Chalais, séparons-nous en deux groupes et allons chacun visiter une église.

Le juge ne parut pas partager cet avis :

— Il me semble dangereux de nous diviser alors que nous approchons peut-être du but. Visitons la plus proche. La journée n'est pas finie. Une ce soir et nous examinerons l'autre demain.

— Mais demain, il ne sera peut-être plus là, objecta son interlocuteur. Le temps nous est compté, juge.

Le prêtre leva la main, le visage grave.

— Mes amis, nous ne sommes pas certains que cette inscription a été écrite de sa main, ni même qu'elle constitue une indication laissée par notre ennemi. Je pense que nous devrions continuer nos efforts communs et chercher d'autres pistes.

— Il ne serait pas raisonnable de laisser passer une telle occasion ! protesta Chalais.

— Même si l'idée me répugne un peu et que je préconise quelque prudence dans notre démarche, je ne suis pas loin de partager l'opinion de notre jeune ami, renchérit Pilar.

— Dieu nous inspirera. Je me méfie de Fouché et des indices qu'il nous laisse. Qui sait s'il n'a pas projet de nous attirer dans quelque piège…

Marie-Adélaïde suivait cette conversation avec un détachement qu'elle ne s'expliquait pas. Elle ne parvenait pas à s'intéresser aux échanges entre les trois hommes. Puis, petit à petit, la vision devint plus précise et elle comprit les causes de son étrange état d'esprit. Ils étaient là, Pilar, Chalais et La Madelle, tous les trois autour de la table : l'avocat, jeune, timide, mais pourtant farouche et passionné ; le juge, circonspect, attaché aux choses de la terre, un peu enveloppé et plus âgé ; et enfin le prêtre, maigre, le crâne élevé couronné de cheveux blancs, les yeux brillants et le verbe incisif. Mais maintenant elle ne distinguait plus que trois cadavres décharnés, les orbites vides. Ils caquetaient en émettant des sons discordants, essaimés de claquements et de bruits semblables à ceux que produiraient des brindilles sèches que l'on briserait. Ils argumentaient avec passion en secouant leur crâne et en remuant les os de leurs bras squelettiques. L'image était à la fois tellement terrifiante et grotesque qu'elle resta longtemps à examiner cette dispute incompréhensible entre trois corps dont l'apparence se ressentait des longs mois passés au tombeau.

Ils allaient mourir, c'était certain. Elle aperçut un groupe d'hommes en noir, armés de bâtons et de couteaux, qui les entouraient. Il leur restait peu de temps : la vision possédait l'effrayante netteté des choses inéluctables. Elle tenta d'intervenir :

— Excusez-moi, messieurs.

Les trois squelettes à peine recouverts de peau jaunie et de chairs rendues fragiles par la dessiccation s'interrompirent brutalement et tournèrent leurs orbites dans sa direction. C'était tellement gênant de se sentir examinée, jaugée par ces trois créatures tout droit sorties du monde souterrain qu'elle ne parvint à bredouiller qu'après un long silence embarrassé :

— Je crois qu'il ne serait pas bon de continuer vos recherches ces jours-ci. J'ai un mauvais pressentiment vous concernant.

Silence, puis les mâchoires se remirent à claquer de plus belle. Des mots vinrent se superposer aux bruits désordonnés émis par les cadavres.

— Pourquoi donc resterions-nous enfermés alors que tout nous réclame à l'extérieur ?

— Il n'y a pas plus de danger ici qu'ailleurs.

— S'il vous plaît, messieurs, laissez-la parler !

Quatremère de Quincy s'était levé et d'un geste avait fait taire les hommes réunis autour de la table. Marie-Adélaïde souffla, soulagée. La vision avait disparu, les trois compagnons de Jéhu avaient repris leur apparence normale.

Son ami continua :

— Je suis aussi rationnel qu'un autre, mais j'ai pu constater que nombre de ses intuitions s'avéraient fondées. Écoutons-la, je vous prie.

— Une bohémienne, grommela l'abbé. Ce que votre rationalisme vous permet, la religion me le proscrit. Le roi Saül s'en était allé quérir l'avis d'une magicienne car il souhaitait connaître ce que les morts pouvaient lui dire des projets que David avait contre lui. Non seulement la pythonisse ne lui a rien appris qu'il ne sache déjà mais en outre l'Éternel, indisposé contre lui par cet acte d'impiété, lui enleva et la victoire et la vie.

Il finit par se taire. Tous les regards étaient braqués sur elle, elle s'éclaircit la voix et, une boule au fond de l'estomac, parla d'une voix sourde :

— Je ne suis pas une pythonisse. La seule personne qui sera damnée, ce sera peut-être moi car c'est souvent une malédiction que de connaître l'avenir. Voilà ce que j'ai vu, il n'y a aucun mensonge dans mes paroles. Vous n'êtes pas des clients, des naïfs que j'essaie de berner. Je n'ai rien à vous vendre, aucun argent à vous soutirer. Si vous continuez vos recherches, vous mourrez, voilà ce que je vois. Vous tomberez dans un guet-apens et des gens malintentionnés à votre égard vous tueront à coups de bâton et de couteau. Maintenant, croyez-moi ou traitez-moi de folle si cela vous chante. Cela ne changera rien. Car malheureusement, et c'est là la véritable malédiction, ce que je vois, je n'ai aucun pouvoir de le changer. Et croyez-moi, vous n'êtes pas les premiers à subir cette loi. J'ai déjà vu des êtres chers mourir dans ces prémonitions et aucun effort, aucun avertissement n'a pu les sauver.

Elle étouffa un sanglot : il lui était presque impossible de continuer.

— C'est ainsi que mon père a disparu…

Quatremère prit sa main et ce contact la réconforta quelque peu. L'architecte mourrait bien plus tard, âgé, après une vie à la fois heureuse et pleine d'honneurs. Voilà pourquoi, outre son amitié et sa grande compréhension, elle s'était attachée à lui. D'ailleurs, il ne lui avait jamais posé la moindre question à ce sujet. C'était beaucoup mieux comme cela.

Il prit la parole :

— Mes amis, croyez ou ne croyez pas en son pouvoir, mais je puis vous garantir que nulle malice n'entache ses propos.

Les trois hommes, un peu ébranlés, se regardèrent. À ce moment, Müller, qui n'avait pas dit un mot, se pencha pour lui murmurer à l'oreille :

— Et moi, vais-je mourir avec mes amis ?

Elle secoua la tête.

— Vous n'étiez pas dans ma vision.

— Alors, je vivrai.

— Je ne sais pas, balbutia-t-elle. La mort nous accompagne où que nous allions, mais tout est tellement confus. Peut-être mourrons-nous tous les deux. Je ne comprends pas le sens de mes visions.

— Il y a pire sort que de périr à vos côtés.

Il avait prononcé ces derniers mots en un souffle. Elle se tourna et le regarda en face. Ses yeux voyaient la mort. Les siens aussi. Leurs sorts étaient liés.

Le juge Pilar sortit le premier de la torpeur où la prédiction de la Sibylle avait plongé les compagnons de Jéhu.

— Si je comprends bien, que nous agissions ou que nous restions dissimulés, nous mourrons.

Elle approuva.

— Dans ce cas, s'exclama Chalais, autant agir, je ne déteste rien de plus que l'idée d'affronter la mort en me cloîtrant comme un lâche. N'est-ce pas, l'abbé ?

L'ecclésiastique se leva.

— Vous avez bien parlé, mon fils. Nous continuerons nos recherches. Ne laissons pas une prophétie, peut-être inspirée par le malin lui-même, nous détourner de notre route. C'est Satan en personne que nous chassons, ne l'oubliez pas. S'il prend un tel soin à nous détourner de notre route, c'est que nous approchons du but. Madame, si vos supposés dons existent, ne peuvent-ils pas nous révéler où se dissimule Fouché ?

Elle hocha la tête, interloquée. La réponse franchit ses lèvres avant qu'elle ne pût y réfléchir :

— Il est ici, tout près d'ici. Je crois qu'il nous regarde.

Elle venait distinctement de vivre la scène qui s'était déroulée, mais à travers les yeux de celui qu'ils cherchaient. Comment pouvait-il faire ? Avait-il glissé un espion jusqu'à la section de la Fontaine de Grenelle ? Non, c'était impossible. À moins que… Elle fouilla la grande pièce du regard puis se tourna vers son ami.

— Monsieur Quatremère, il n'y avait personne d'autre que nous ici qu'un pauvre vagabond que j'ai aperçu à l'entrée ? Il paraissait dormir mais…

L'architecte se leva d'un bond.

— Lui, c'est un malheureux à qui les comités ont enlevé la famille, le nom et la fortune. Je réponds de lui comme de moi-même. Il suffit de lui parler pour comprendre…

Malheureusement, l'homme avait disparu. Ils le cherchèrent en vain. Le concierge interrogé ne put rien leur apprendre.

— Ma foi, je ne sais que vous dire. Peut-être est-il passé, peut-être pas. Il est si discret dans sa misère. C'est comme une ombre. À peine dans le monde des vivants mais pas encore dans celui des morts.

Les compagnons de Jéhu, un peu déconcertés, se levèrent :

— Allons, nous avons deux églises à visiter. Mes enfants, je suggère que nous allions rendre nos grâces à Saint-Jacques-le-Grand. Monsieur Quatremère, pouvez-vous nous indiquer le chemin pour nous y rendre ?

Fouché remonta la rue des Saints-Pères vers la Seine aussi vite que le lui permettait son déguisement. Il avait eu tort de sous-estimer cette Sibylle. Vadier, qui avait eu affaire à elle autrefois, l'avait pourtant prévenu. L'avait-elle reconnu ? Il ne pouvait en être autrement. Un don de voyance ? Ridicule. Mais une idée l'amusa. Elle avait prédit la mort des fanatiques qui le pourchassaient. Bonne idée. Il se ferait exécuteur de ses visions… Quelle bonne blague !

Le Traité des supplices

[Extrait]

... Ce qui frappe de prime abord l'homme de science s'intéressant à la mort, c'est la multiplicité des causes de celle-ci. Le profane qui, par jeu, tente de dénombrer ses différentes manifestations voit son imagination tarir dès la dixième, ou la quinzième s'il possède de l'astuce.

En vérité, les causes possibles sont infiniment plus nombreuses que le commun ne l'imagine. Les roueries du sort, la complexité de l'organisme humain, la méchanceté ou l'inconséquence des hommes ouvrent un champ d'investigation presque infini.

Les accidents les plus baroques, les plus imprévus, les concours de circonstances les plus invraisemblables, la multiplicité des maladies, leurs interactions font qu'il existe pratiquement autant de catégories que de décès.

Détailler ces innombrables possibilités aurait demandé un ouvrage propre, que dis-je, une vie entière de recherches.

Tel n'est pas mon propos.

Plus que les raisons, ce sont les conséquences qui m'intéressent. Quelle sera la réaction de l'organisme face à telle ou telle atteinte à son intégrité, et, à partir de là, quelles seront les sensations éprouvées par l'individu ?

À partir de cette utilité, j'en arrivai à classer les causes de décès en deux grandes catégories :

Celles qui ne laissaient point le loisir à l'observateur de recueillir les impressions du mourant, et celles qui, par leur longueur, permettaient au contraire de recueillir et de noter différentes observations sur leur nature et leur évolution.

Encore que, de la première catégorie, il est possible de dégager deux sous-catégories :

Celles qui ne permettent pas de recueillir les desideratas de l'agonisant par le fait de la soudaineté du décès. Il en va ainsi des gens qui meurent dans leur sommeil ou par le fait d'un accident soudain et immédiatement mortel, comme une chute de grande hauteur ou un coup de pistolet tiré droit au cœur. Mais aussi celles qui ne permettent pas à l'observateur de communiquer avec le patient : il en va ainsi des morts par noyade ou par suffocation. Le noyé ou le pendu ne peut évidemment pas s'exprimer. C'est là un désagrément bien fâcheux, car ce type de mort, assez commun, m'intéressait. Peut-être la recherche me permettrait-elle de lever cet obstacle. Je me promis d'y remédier.

Quant à la dernière catégorie, celle laissant un délai suffisant et des conditions aptes au travail scientifique, ce fut évidemment le principal objet de mes études.

J'avais épuisé au bout de peu d'années le chapitre des morts dites « naturelles », comme la vieillesse, les maladies pulmonaires, la peste ou la syphilis. Je m'étais intéressé un moment aux femmes qui mouraient en couches. Mais mon ouvrage, s'il s'était arrêté là, n'aurait que peu fait progresser les sciences médicales.

Si la maladie possède, à ce qu'il semble, une imagination débordante, celle des hommes ne lui en cède que fort peu.

C'est en fréquentant les pires geôles d'Europe que je parvins à faire progresser mes recherches de la manière la plus spectaculaire. Ces mécanismes aux formes rebutantes et aux noms parfois poétiques – vierge de Nuremberg, aigle de sang, lingchi, cage à marée – dispensaient de longs et douloureux trépas. Le supplicié, prompt à croire que celui qui l'écoutait venait pour soulager sa souffrance, n'avait de cesse de s'exprimer pour attirer la pitié de son visiteur.

Malheureusement, les anciennes traditions finirent par se perdre, les supplices baroques se simplifièrent, s'uniformisèrent, et pour tout dire se banalisèrent. On chercha à diminuer la souffrance des condamnés.

Vint un jour où il fallut me rendre à l'évidence : je devais moi-même suppléer au manque cruel d'imagination des bourreaux…

12

Paraître un objet de terreur aux yeux
de ce qu'on révère et de ce qu'on aime,
c'est pour un homme sensible
et probe le plus affreux des supplices ;
le lui faire subir, c'est le plus grand des forfaits.

Maximilien de ROBESPIERRE

La nuit était tombée sur Paris. Du haut de l'étroite fenêtre grillagée, Roland contempla les jardins de la Salpêtrière, son royaume. Au loin, la ville apparaissait comme une ombre gigantesque et menaçante, à peine éclairée par quelques lumignons. Il haussa les épaules : que Fouché ou ceux de sa race règnent sur la cité déliquescente, cela lui était indifférent. Il était maître en sa demeure. Et puis même… que lui importait la mort ? Depuis que la mitraille avait emporté la moitié de son être, il n'était plus qu'à moitié vivant. « Au-delà du trépas, il n'y a que le néant. » Telle était la leçon impitoyable que lui avait apprise son maître chez les frères de l'Oratoire. Il ne l'avait pas comprise tout de suite. Il avait fallu ces longs mois à se tordre de douleur sur son lit d'hôpital, puis l'horreur de l'infirmité pour commencer à apprendre. Désormais, Roland ne craignait plus rien, plus personne : ni Dieu ni le diable ! Au temps de la terreur, il aurait ri au nez de Fouquier-Tinville : à quoi bon le décapiter, lui qui avait déjà perdu une moitié de son être ? Les morts retrouvés comme une piste sanglante derrière l'ombre de Fouché ne l'effrayaient pas. Il aurait aimé voir la mort en face pour lui cracher tout son mépris. Dans la cellule qu'il avait fait aménager pour son plaisir personnel, deux tribades s'entredéchiraient cruellement en poussant des onomatopées stridentes. Ces folles, énervées par l'alcool, se comportaient comme des animaux, pire encore, car les animaux ne s'enivrent pas. Elles se battaient en s'arrachant les cheveux et en se déchirant la figure de leurs ongles. Leurs vêtements n'étaient plus que lambeaux laissant apparaître leur nudité couverte d'écorchures et d'ecchymoses.

Martial, son deuxième lieutenant, entra dans la pièce, évita les deux furies et se pencha pour parler à son patron. Roland fronça les sourcils. D'habitude, ses hommes respectaient ses fantaisies innocentes d'estropié.

— Le concierge a disparu.

Le concierge : un imbécile qui faisait l'important et qui passait la moitié de son temps à se soûler. S'il ne possédait pas un ascendant certain sur les pensionnaires lié à son ancien poste de surveillant, Roland s'en serait débarrassé déjà depuis longtemps.

— Va voir à la cave.

Mais l'autre secoua la tête.

— Non, ce n'est pas ça. Les filles ont vu quelque chose. J'en suis certain, mais vous savez comme il est difficile de les comprendre, ces folles.

— Interroge les normales.

— Elles sont parties. Toutes.

Cette fois-ci, Roland ne sut que penser. Les filles, les normales, venaient là parce que la clientèle affluait. Elles lui payaient un confortable octroi et ajoutaient à la diversité de l'offre, ce qui était bon pour les affaires. Qui avait bien pu les chasser ?

— Prends trois hommes, fais enfermer les filles. Interroge tout le monde. Les clients. Fais surveiller toutes les issues.

Il montra du doigt les deux hystériques qui se mordaient jusqu'au sang en un concert de feulements et d'exclamations inarticulées.

— Et débarrasse-moi de ces deux-là. Remets-les en cage. Elles me cassent les oreilles.

— Bien, patron.

Il resta seul dans sa cellule. Une vague inquiétude l'effleura. Quelque chose avait effrayé les prostituées du boulevard et du Palais-Royal réfugiées ici après thermidor, elles qui avaient connu la menace de l'exil en nouvelle France, la flétrissure par un fer chauffé au rouge et l'opprobre général des soi-disant honnêtes gens. Voilà qui pouvait être intéressant. Il se pencha et récupéra son fusil dissimulé sous son fauteuil. Qui que soit celui qui viendrait semer le trouble dans son royaume, il serait bien reçu.

Il sursauta. Un coup de feu venait de résonner dans la cour, suivi par un concert de hurlements. Les pensionnaires, dont la plupart étaient attachées dans leurs cellules en attendant le client, criaient leur peur viscérale. Il resserra l'arme contre lui.

Le silence retomba petit à petit puis, soudain, un cri masculin et une voix rauque qui s'exclama :

— On tue, ici !

Suivis d'un gargouillement de mauvais augure.

Martial entra de nouveau : il paraissait au bord de la panique.

— On ne sait pas ce qui se passe dans la cour. Aucune nouvelle de Lucas et de René. Les gars n'osent pas y aller en force.

Roland eut envie de vider son arme sur cet incapable qui crevait de trouille à la première alerte.

— Dispose les hommes en groupes de deux. Chacun face à face pour ne pas être surpris. Un groupe à chaque entrée et un autre à chaque escalier. Toi, patrouille et reviens à chaque tour me rapporter ce qui se passe.

Martial tremblait de peur, néanmoins l'air décidé du maître souteneur lui redonna quelque courage.

— Bien, patron.

Avec deux hommes armés à chaque entrée et à chaque escalier, l'inconnu n'irait pas bien loin.

Il se passa de longues minutes durant lesquelles on n'entendait que la démarche galopante de Martial qui arpentait les couloirs et dévalait les escaliers. À chaque tour, fidèlement, il revenait rendre compte.

Roland examina sa montre : il calcula qu'il fallait environ dix minutes à son lieutenant pour faire le tour des trois étages qui constituaient le bâtiment de la Force et remonter jusqu'à lui.

Trois coups de feu furent tirés presque simultanément. Pas un cri, sauf ceux des femmes. L'avaient-ils eu ?

Puis de nouveau une décharge. Cela se rapprochait.

Martial fit irruption dans la cellule.

— Nous avons perdu le rez-de-chaussée. J'ai vu leurs corps. Patron, je ne sais pas de qui il s'agit. Il est invisible. Personne ne le voit.

Cette fois-ci, Roland tira. La balle alla s'écraser contre le montant de la porte, à quelques centimètres du visage de Martial.

— Espèce d'imbécile ! Si ce n'est pas lui qui te tue, ce sera moi. Retournes-y. Il tente de nous impressionner. Un point c'est tout.

L'homme respirait la peur, mais la crainte d'une balle de son patron fut plus forte. Il repartit.

Peu après, il y eut un cri étouffé, suivi d'une détonation. Les hurlements des folles venaient encore amplifier cette mort qui s'avançait à grands pas vers lui.

Il pensa un instant s'enfermer. La porte avait été réparée par un maître serrurier et renforcée de barres de fer. Il aurait fallu un canon pour l'ouvrir, une fois fermée de l'intérieur. Il repoussa cette idée avec dédain. La mort, il ne la craignait pas. Il l'attendait même avec une certaine curiosité. Que pouvait-elle lui faire subir de plus après qu'elle eut pris la moitié de son corps ?

— Patron…

La silhouette de Martial se découpa dans la porte. L'homme tituba… puis s'effondra. Roland constata qu'une lame de couteau avait découpé de profondes blessures dans le dos de son lieutenant. Il raffermit son arme. Lui mourrait de face.

Plus aucun bruit, à part quelques gémissements venant des cellules des femmes, ne se faisait entendre. Morts, ils étaient tous morts. Il releva le chien de son fusil, bien décidé à entraîner son assaillant avec lui dans la mort. Puis son attention fut attirée par un bruit de pas. Tranquille. Comme un de ces promeneurs du dimanche qui remontent les boulevards au bras de leur épouse.

— Roland, c'est moi. Je viens te chercher.

La voix avait résonné, douce, un peu étouffée. Presque amicale.

— Viens, montre-toi que je te tue !

— Voyons, Roland, tu ne peux pas me tuer… Moi qui suis la mort.

L'intéressé n'eut pas le temps de réfléchir à cette révélation, une silhouette venait d'apparaître devant lui, enjambant le corps de Martial. La mort, il la voyait sous la forme d'un masque infiniment sinistre, des traits remontant à une Antiquité païenne très ancienne et odieuse.

Il se réveilla de sa torpeur. Après tout, il ne s'agissait que d'un masque de carnaval, mais un claquement sec résonna soudain et une douleur intense lui arracha un cri. Un fouet venait de lui faire sauter son arme des mains. Une seconde plus tard, le masque était tout contre lui. Ses yeux vides le contemplèrent un instant. Puis la mort, ou l'homme quel qu'il fût, s'empara d'un petit sac de toile qu'il lui enfila prestement sur la tête. Il fut bientôt aveuglé et ligoté. Quelqu'un le souleva avec une grande aisance. Il n'était plus qu'une marionnette impuissante. Malgré tout, il ressentait plus de curiosité que de peur. Que pouvait-on lui faire qu'il n'avait déjà subi ?

Un choc et il n'y eut plus rien.

Roland n'avait aucune conscience d'avoir bougé de son fauteuil. Il était assis, plutôt confortablement. Pourtant, même si le meuble imitait bien celui qu'il utilisait quotidiennement, il sentit quelques petites différences dans le rembourrage de l'assise et dans les accoudoirs.

Et surtout, fait hautement inhabituel, il était soigneusement attaché. Avec art, d'ailleurs, les liens, ni trop serrés ni trop lâches, ne lui blessaient pas les avant-bras et la taille mais empêchaient tout mouvement. Quant à ses jambes, il aurait été inutile de gaspiller le moindre bout de corde pour les maintenir. Son ravisseur le savait certainement.

Le sac de toile gênait sa vision et répandait une poussière qui chatouillait désagréablement ses narines. Il se demanda si l'on avait l'intention de le tuer tout de suite ou si on lui soutirerait quelques renseignements avant. Il ne dirait rien. Non qu'il respecte une quelconque loi du silence. Il méprisait ouvertement le milieu parisien et tous les autres souteneurs, mais c'était une question de principe. Personne ne le forçait à faire ce qu'il n'avait pas décidé. Pas depuis ce maudit coup de canon.

« Je suis hier, je suis l'aube de ce jour et je suis le lendemain. Je suis le maître des naissances, la nature mystérieuse… »

Il sursauta, pas par crainte mais saisi par l'incongruité de ce qu'il venait d'entendre.

Une sorte de cantique chanté par une voix venue de très loin, comme projetée par un écho.

« Je suis le créateur des dieux qui procurent leurs aliments aux habitants de la Terre. Je suis le grand nautonier oriental, je suis celui qui possède deux visages. Je suis le maître de l'aube, dont les rayons de soleil montent au ciel et redescendent jusqu'au crépuscule pour que s'opère la mystérieuse alchimie de la mort… »

Il en avait assez entendu. On voulait se gausser de lui avant de le tuer. Il leur montrerait qu'il ne craignait rien : ni Dieu ni diable !

— Holà ! Arrêtez un peu vos momeries. Je me moque de toutes vos simagrées. Tuez-moi et qu'on en finisse.

La psalmodie s'arrêta. Au moins avait-il attiré l'attention de ses ravisseurs. Brusquement, le sac de toile se souleva. Il cligna des yeux, aveuglé par la lumière, et il ne lui fallut pas loin d'une minute pour distinguer la scène qui s'offrait à lui.

Il se trouvait dans une pièce apparemment immense. En tout cas, les bougeoirs à sept branches dont la lumière l'éblouissait n'éclairaient pas son extrémité. Il ne put pas déterminer le lieu où il était, si ce n'est que le sol était recouvert d'un parquet grossier.

Mais, surtout, l'autre était devant lui. Celui qui était venu l'enlever. L'homme au masque, assis sur une sorte de trône à seulement quelques pas. Il le fixait de ses yeux vides creusés dans le bois et, d'une main gantée de noir, caressait le fléau d'une sorte de balance posée à ses côtés. Roland s'agita dans son fauteuil, impatienté par tout ce décorum.

— Écoutez, si vous tentez de me faire peur, vous avez échoué. Tout ce que je conclus de cette mise en scène, c'est que vous êtes presque aussi fou que moi. Alors, vous me tuez, oui ou non ?

Il attendait une réaction, quelque chose, mais rien ne vint. L'homme au masque restait immobile. Les bougies créaient d'étranges ombres dans la pièce dont certaines se dessinaient sur le masque.

« On dirait une sorte de loup stylisé, ou de chien », songea Roland.

— Qui êtes-vous ? finit-il par laisser échapper.

Aussitôt la voix revint derrière le masque, ce qui donnait cette impression d'éloignement.

« Je suis celui qui ressort intact et dont le nom est inconnu. Je suis celui qui ouvre les portes du ciel et qui règne sur le trône. Ma vraie forme est cachée en moi car je suis l'Inconnaissable, Roland. Je suis la voix de ta conscience, ou plus exactement la voix de la conscience des enfers. »

L'autre obéissait vraisemblablement à une sorte de rituel. Le proxénète attaché poussa un soupir : il n'en tirerait rien de plus que des paroles creuses et des énigmes grotesques.

— Je crois que vous avez décidé de me faire mourir d'ennui. Je vous en prie, s'il vous reste quelque parcelle d'humanité, tuez-moi tout de suite.

« Roland, tu devrais prendre plus au sérieux l'ancien rituel. Celui qui guide les âmes vers leur juge. »

Il haussa un sourcil. Voilà qui devenait intéressant.

— Je suis ici dans un tribunal ?

Pour la première fois, le ravisseur masqué fit un geste de la main. Un geste tout simple, pour imposer le silence à son interlocuteur, mais qui montrait de manière évidente qu'il était bien un homme. L'idée amusa Roland : croyait-il vraiment pouvoir le berner avec une telle mascarade ?

« Roland, tu es ici au Tribunal des âmes. Je vais décider de ton sort futur. Soit un séjour honorable dans l'immortalité, soit un châtiment permanent. L'enfer. »

— Et comment procéderez-vous ? Y aura-t-il des témoins, des plaignants ?

Il trouvait amusant de placer ce pauvre fou devant ses propres contradictions.

« Ton âme va être pesée, jaugée. Le moindre de tes actes, la moindre de tes pensées seront posés sur la balance. J'abomine la mauvaise conduite et je n'ai aucune considération pour elle. Je crois en Maât, fille de Rê, qui a pour royaume la justice et la vérité. Prends garde, Roland, car ses jugements sont inflexibles. Sa balance ne se trompe jamais. Chacun de tes péchés pèse lourd comme le plomb et tes bonnes actions possèdent la légèreté de la plume. Elle est là, à côté de toi, prête à te dévorer et à te faire subir des tourments bien plus grands que ceux que tu as connus. »

À ces mots, Roland ne put s'empêcher d'éclater de rire : le faire souffrir, lui, voilà qui était vraiment trop drôle.

— Qui que tu sois, tu es un imbécile ! Penses-tu me faire peur avec l'idée de la souffrance et de la mort ? La moitié de mon corps est déjà morte et le reste ne vaut guère mieux. Et crois-moi, souffrir, je sais ce que c'est. Pendant des mois je me suis tordu en hurlant sur ce maudit lit d'hôpital. La souffrance, chaque être humain en possède une certaine quantité en réserve. Moi, cette réserve est épuisée. Brûle-moi au fer rouge, cloue-moi sur ce parquet, vide mes entrailles. Amuse-toi si tu veux, mais ne compte pas me faire peur.

Au lieu de répondre, l'autre reprit sa psalmodie :

« Ton œil droit est Maât.

Ton œil gauche est Maât.

Tes chairs et tes membres sont Maât.

Les souffles de ton instinct et de ton intelligence sont Maât.

Ta nourriture, c'est Maât.

Ta boisson, c'est Maât. »

Puis il reprit de sa voix normale :

« Roland, je reconnais que tu as posé un problème à la déesse. La nature a déjà tenté sur toi de grandes et louables expériences, t'amenant aux limites extrêmes de ce qu'un être humain peut supporter. Il m'a fallu trouver un supplice qui n'agresse point ta chair. »

— Mon esprit n'est guère moins insensible ! s'exclama le prisonnier.

Le masque se baissa lentement puis se releva. Son juge approuvait.

« C'est exact. Nous avons donc décidé de nous attaquer à d'autres parties de ton anatomie. À un endroit où se love une souffrance que tu ne soupçonnes pas. Roland, tu mourras dans les pires tourments. La justice l'exige. Mais Maât est compatissante car elle est la justice. Tu renaîtras enfin libéré de tes tourments. Vis cette souffrance comme une délivrance, comme une purification. N'aie crainte car après la douleur viendront enfin pour toi le repos et le soulagement. Tel est le jugement de Maât. Il est sans appel. »

Cette dernière incantation prononcée, l'homme masqué avança la main pour empoigner la balance. En fait, Roland reconnut une sorte de levier que l'autre ramena à lui. Aussitôt, un crissement sous son fauteuil se fit entendre. Il se sentit soulevé. Sans doute un quelconque mécanisme, peut-être un monte-charge, avait-il été disposé là. Il s'éleva ainsi de la hauteur de deux hommes. Quelque chose lui cacha la lumière du candélabre. Comme un dôme qui l'entourait de toutes parts. Que mijotait donc ce fou ?

« Roland, je te laisse à ta souffrance. Elle sera longue et pénible, je t'en donne ma parole. Si tu veux la raccourcir, il te suffira d'obéir à mes ordres et de me décrire plus particulièrement les symptômes que tu ressens. Va, maintenant, c'est l'heure. »

« L'heure ? » Que diable avait en tête ce fou ? Il réfléchissait encore à ce mystère lorsqu'un mouvement au-dessus de lui attira son attention. Même en levant la tête, il ne put voir grand-chose. Mais brusquement le tonnerre éclata et ce fut comme si le monde explosait d'un coup.

Alors il comprit. L'homme au masque l'avait tout simplement mis à l'intérieur d'une cloche d'église et le battant venait de heurter le manteau d'airain campaniforme qui entourait le supplicié comme une prison. Et lorsque les gigantesques ondes sonores qu'on entendait parfois à plusieurs lieues autour du clocher lui brisèrent presque instantanément les tympans ainsi que tous les mécanismes délicats de l'oreille interne et que son propre crâne se mit à vibrer à l'unisson, il comprit ce qu'avait voulu dire son ravisseur et ne put que joindre son cri, lamentable, expression d'une souffrance indicible qu'il n'avait jamais connue jusqu'alors, au bourdon de la cloche.

13

La guerre civile est-elle près de s'éteindre par les flots du sang français ?

Maximilien de ROBESPIERRE

L'église Saint-Jacques-du-Haut-Pas était la plus proche. Il leur suffisait de descendre la rue des Boucheries, contourner l'Odéon puis emprunter la rue de la Liberté, anciennement rue Monsieur-Le-Prince, pour rejoindre le faubourg Saint-Jacques. Ils marchaient tous les quatre, de front, dans ces quartiers huppés où s'élevaient les monumentales façades de riches hôtels particuliers. En cette heure matinale, les badauds se poussaient pour laisser passer, avec respect et un peu de crainte, ce petit groupe d'hommes tout vêtus de noir et à la mine décidée. Le juge Pilar portait sa canne à bout ferré d'une main ferme. Chalais, outre son bâton, tenait un pistolet glissé dans sa ceinture, Müller laissait ostensiblement son couteau à large lame pendre à son étui. Quant à l'abbé, le plus impressionnant des quatre, il marchait en tête, un crucifix à la main. Ainsi les chevaliers du Temple venus d'Europe, casqués et bardés de fer, devaient-ils arpenter les ruelles du Caire ou de Constantinople au temps ancien des croisades. Aucun n'avait reparlé des prédictions de la Sibylle, la veille au soir. Plusieurs fois, le jeune médecin avait failli y faire allusion, mais un regard de La Madelle, qui avait deviné les doutes de son compagnon, l'en avait dissuadé.

— L'abbé, vous avez beaucoup discuté avec notre ami Quatremère de Quincy, hier soir, et, selon vous, quelle église est concernée par l'énigme de Fouché ? Celle du Haut-Pas ou celle de la Boucherie ?

L'ecclésiastique réfléchit, son visage sévère se fit encore plus impénétrable.

— Il est difficile pour un homme ordinaire comme moi de pénétrer dans le labyrinthe des paradoxes et des vices que constitue l'esprit d'un être dénaturé comme Fouché. L'église de Saint-Jacques-du-Haut-Pas est consacrée à Jacques le Mineur, qui n'était pas le frère de Jean, or l'inscription mentionnait bien « Johannis Frater ».

— Mais Fouché a peut-être confondu les deux Jacques, répliqua le juge. Moi-même, j'ignorais qu'il y en avait deux.

Le prêtre le fixa avec sévérité.

— Fouché est un homme d'une intelligence remarquable, ne l'oubliez jamais. Par ailleurs, il possède une éducation religieuse extrêmement poussée, rappelez-vous qu'il a enseigné chez les oratoriens de Nantes. Il occupait le poste de préfet des études lorsque la Révolution a éclaté. Il connaissait forcément ce détail.

— Mais alors, pourquoi nous rendre là-bas ? protesta le magistrat.

La Madelle serra la mâchoire et la sévérité de son visage s'accentua encore.

— D'abord parce qu'un esprit aussi pervers peut tenter de nous lancer sur de fausses pistes. Et aussi parce que l'église Saint-Jacques-du-Haut-Pas appartenait jadis aux oratoriens. Il est possible qu'il ait conservé des amis en ces lieux.

Les quatre hommes parvinrent enfin sans encombre au faubourg Saint-Jacques. Un peu plus loin, sur une place en retrait, s'élevait le bâtiment. Sobre, sans ornementation ostentatoire, tout rappelait qu'il avait été un haut lieu du jansénisme au siècle précédent.

— Allons-y ! leur lança l'abbé.

La messe du matin venait de finir. L'église faisait partie des quelques lieux saints que la Convention nationale avait restitués à la population de Paris pour qu'elle y exerce sa liberté de culte. Au moins, ils ne la trouvèrent pas transformée en entrepôt de vivres, en carrière de pierre ou en manufacture !

Les fidèles sortaient de l'église. On y voyait des gens fort bien habillés rejoignant le carrosse qui les attendait non loin. Des aristocrates revenus d'exil, ou tout simplement sortis de leur cachette. Un tel spectacle aurait été impensable il y avait à peine quelques mois.

Le prêtre raccompagnait plusieurs personnes âgées hors des lieux saints lorsqu'il aperçut le petit groupe. Il salua rapidement ses ouailles et se dirigea vers eux.

— Vous êtes venus… Comme ils l'avaient annoncé. Je vous en prie, fuyez, fuyez vite !

La Madelle considéra le nouvel arrivant. Il portait encore son habit liturgique mais sur son visage, c'est l'effroi qu'on pouvait lire.

— Bonjour, mon frère, nous venons de loin. De Lyon exactement, et nous cherchons un mécréant, un criminel de la pire espèce. Qui a bien pu vous prévenir de notre venue ?

L'autre regardait de droite et de gauche comme s'il craignait de voir surgir Satan en personne.

— Je suis le père Duval, le curé élu de cette paroisse. J'ai beaucoup de fidèles et certains ont pris fait et cause contre les Jacobins. C'est vous qu'ils visent.

Les quatre compagnons se regardèrent, surpris.

— Nous ne sommes pas des Jacobins, intervint le juge. Au contraire, nous avons fait ce que nous avons pu, à Lyon, pour aider les victimes des envoyés de la Convention et c'est l'un d'eux que nous cherchons.

— Quelqu'un leur a parlé. Je ne sais pas qui. Ils sont persuadés de votre culpabilité. Vous savez, ils ne sont pas très intelligents. Ce sont des déserteurs, d'anciens repris de justice, de petits commerçants ruinés par la loi du Maximum, des faillis.

La Madelle ne perdit pas son calme.

— Il s'agit sûrement d'un malentendu. Je vais leur parler et tout finira par rentrer dans l'ordre.

Mais le prêtre lui prit le bras.

— Je vous en prie, au nom du Christ, partez au plus vite. On leur a donné de l'or, je crois. Beaucoup se sont enivrés, cette nuit. Ils n'écouteront rien.

La Madelle frémit à ce contact. Ce prêtre était un jureur. Un commis de la république, un traître à la véritable Église. Néanmoins, la panique qu'on lisait sur son visage et dans ses paroles l'interloqua.

Il se demandait quoi faire lorsqu'une voix retentit derrière lui :

— Regardez, ils sont là. Exactement comme il l'a dit. Ne vous avais-je pas dit de lui faire confiance ?

Le petit groupe se retourna. Ils étaient face à une bande composée d'une quinzaine d'hommes vêtus de noir, comme eux. Ils portaient des bâtons et des couteaux. Chalais les détailla : le jeune avocat connaissait la souffrance et savait reconnaître ceux qui l'avaient subie. Certains avaient bu, mais c'était plus par désespoir que par véritable ivrognerie.

Le père Duval poussa un gémissement et se précipita à l'intérieur de son église, laissant les compagnons de Jéhu face aux nouveaux arrivants.

La Madelle s'avança.

— Mes enfants, ne vous laissez pas abuser par de fausses paroles. Nous sommes des Lyonnais qui ont subi tout comme vous la fureur des républicains. Nous cherchons un ennemi de Dieu qui…

— Vous voyez, il nous avait prévenus : ils tentent de nous faire accroire leur mensonge.

Il y avait un meneur au milieu qui ne ressemblait pas aux autres. Une insolence calculée dans le regard, des tatouages sur la figure. Celui-là n'avait pas connu les prisons de la Terreur, Chalais aurait pu en jurer, mais les chaînes du forçat !

— Il nous a promis de l'or, beaucoup d'or, continua le meneur. Il nous a nourris, il nous a donné à boire. Allons, mes amis, débarrassons Paris de ces mouchards.

La Madelle fit un pas en avant comme pour tenter de convaincre la faction d'hommes en noir, mais une pierre jaillit du groupe et frappa au front le saint homme, qui vacilla.

— À l'attaque !

Les trois compagnons ne réfléchirent pas un instant, ils prirent leurs bâtons et se précipitèrent au secours de leur chef. Tout de suite, ce fut la mêlée.

Chalais se battait avec une sorte de rage qui effrayait ses ennemis. Il poussait de grands cris et faisait de grands moulinets avec son bâton. Ses coups, portés avec une force décuplée par la colère, renversèrent plusieurs muscadins qui s'étaient portés au-devant de lui. Il écumait d'une fureur trop longtemps contenue.

— Laissez-nous ! Partez d'ici ! Rien ne peut s'opposer à nous… rien !

À ses côtés, Müller, plus prudent et plus circonspect, protégeait ses flancs. Faisant voler la large lame de son couteau, il frappait avec précision et une économie qui contrastait avec l'exubérance du jeune avocat. À eux deux, ils continrent la plus grande partie des assaillants.

— Han !

Un coup porté avec une force de bûcheron par Chalais fit exploser le nez d'un déserteur, qui s'écroula en hurlant sur les pavés de la grand-rue Saint-Jacques. Mais une canne vicieusement glissée entre ses jambes faillit le faire trébucher et il ne dut son salut qu'au médecin venu à sa rescousse.

De son côté, le juge se précipita au secours de La Madelle, aveuglé par le sang qui coulait de sa blessure au front. Il écarta quelques téméraires en agitant sa canne, mais ne prit pas garde à celui qui semblait être le chef des assaillants. L'homme se glissa à son tour à côté du prêtre, comme s'il voulait le soutenir lui aussi, mais Pilar ne vit pas la lame effilée qu'il tenait dans la main.

Le prêtre poussa un grand cri et s'effondra à genoux face au portail de l'église.

Le juge le soutint et tenta de le relever : lorsqu'il retira sa main, elle était pleine de sang. Le coup porté au côté avait déchiré le foie de l'ecclésiastique et provoqué une abondante hémorragie.

— Mon père, mon père !

La Madelle ouvrait de grands yeux comme stupéfaits, et sa bouche, ouverte elle aussi, ne laissait échapper aucun son.

— Un médecin, vite, Müller, à l'aide ! On meurt, ici !

La plus grande confusion régnait devant l'église. Les deux jeunes gens, entourés d'assaillants qu'ils repoussaient à grand-peine, ne pouvaient pas intervenir. Plusieurs téméraires s'approchaient du juge qui tenait encore entre ses bras la dépouille du prêtre.

— Partez, partez d'ici, ou par notre Seigneur je jure que je vous tue, tous !

Les hommes en noir hésitèrent un instant ; mais après tout ce n'était qu'un gros bourgeois, et le chef de la bande, le curé, était mort. Une autre pierre atteignit Pilar derrière la nuque. Il poussa un cri et chancela.

Ce fut la curée : trois hommes se précipitèrent, le renversèrent et lui arrachèrent sa canne. Il fut traîné sur les pavés et roué de coups. On lui déchira ses vêtements. Au moins cinq muscadins s'étaient jetés sur lui. Ils frappaient comme des brutes, le sang maculait le pavé et le juge, qui n'était plus capable d'esquisser le moindre geste de défense, se contentait de pousser des hurlements lamentables, de plus en plus faibles. Un coup lui arracha une oreille, un autre lui perça un œil. Il avait perdu sa perruque depuis bien longtemps et les assaillants s'acharnèrent sur son crâne dénudé mais aussi sur sa cage thoracique. De nombreuses côtes brisées l'empêchaient de respirer. Il crachait du sang.

— À l'aide, à l'aide, au nom de Dieu !

Mais son cri étouffé ne lui fut d'aucune aide. Le meneur s'était agenouillé devant lui et prit son visage ensanglanté entre ses mains.

— Tu as voulu te venger de Fouché, souffla-t-il à voix basse. Vois ce qu'il en coûte.

D'un geste sûr, l'homme força le juge à ouvrir la bouche et, d'un coup d'une extrême précision, lui coupa la langue qu'il brandit comme un trophée en se relevant.

De leur côté, Müller et Chalais battaient en retraite, acculés contre le portail de l'église.

Plusieurs gredins en noir gisaient sur le sol, étourdis, un membre brisé ou une profonde estafilade sur le visage. Mais les autres, sans doute grâce à l'alcool et à la perspective de l'or, ne faisaient pas mine de reculer. Au contraire, ils repoussaient les deux jeunes gens, comme deux poissons vers l'entrée de la nasse.

À ce moment, Chalais aperçut le morceau de chair sanglant brandi par l'assassin. Il vit le juge, étendu sur le sol, presque nu, massacré. Le corps du prêtre sans vie. Il poussa un hurlement sauvage et se rua sur les combattants.

C'était la fin. Il frappa de tous côtés avec une énergie redoublée, mais ils étaient trop nombreux, un coup porté à l'arrière du crâne l'étourdit, un coup de poignard à l'arrière de la cuisse le fit chuter.

À genoux, il frappa et frappa encore, mais plus rien ne pouvait les arrêter. Bientôt, à son tour, il fut traîné sur le sol, déshabillé. Leur bourreau avait une autre idée.

Il se pencha sur le corps supplicié avec un mauvais sourire.

— Prendre la langue d'un avocat, ce serait une bonne idée, mais j'ai déjà celle du juge. Voyons comment la nature t'a pourvu, jeune Chalais d'Ornoi…

Et il donna l'ordre aux autres de finir d'arracher ce qui restait de son pantalon.

Juste avant que le poignard ne le castre et ne lui arrache des cris à fendre l'âme qui résonnèrent quelque temps dans tout le quartier, jusqu'à ce que l'hémorragie lui enlève la vie, l'avocat ne put s'empêcher de se demander : « Comment peut-il connaître mon nom et mon métier ? »

Mais le couteau accomplit son œuvre de boucher, et il n'exista plus pour lui qu'une souffrance sans nom. Les quelques instants qui lui restaient à vivre, le jeune homme les passa à hurler en se tordant alors qu'à chaque battement de cœur un peu de sa vie se répandait sur le sol pavé de la grand-rue Saint-Jacques.

14

Eh ! Cloots, nous connaissons tes visites et tes complots nocturnes. Nous savons que, couvert des ombres de la nuit, tu as préparé avec l'évêque Gobel cette mascarade philosophique.

Maximilien de ROBESPIERRE

Une cloche sonnait au loin. Marie-Adélaïde l'entendit dans son sommeil et frissonna. Le son venait d'une porte, une de ces portes où régnait la mort et qu'elle n'osait pas franchir. Il n'y avait plus rien à faire ici. Un être vivant était en train de mourir de la plus cruelle des agonies. Une torture telle que l'âme du malheureux poussait des cris qui lui glaçaient le sang. Elle avança encore pour fuir ces lieux d'ignominie et de scélératesse. Éperdue, elle parvint à cette même porte qu'elle n'avait jamais encore osé franchir. Sa porte.

« Tu ne veux pas ouvrir, Marie-Adélaïde ? »

La voix résonnait dans son esprit : insinuante, sinistre.

« Pas encore. Si j'ouvre, je libérerai peut-être les forces qui me détruiront. Je ne veux pas mourir. »

« Personne ne le veut, sauf les fous ou les désespérés. Tu n'es ni l'une ni l'autre. Penses-tu qu'en retardant le moment de savoir tu retarderas aussi la mort ? »

« Peut-être, la vie m'a appris que savoir était souvent une malédiction. »

« Tu pourrais en sachant te prémunir contre les dangers qui te menacent. »

« Tu sais que c'est un mensonge. Je n'ai jamais pu rien arrêter ni rien modifier. C'est encore pire de savoir et de tenter en vain de faire fléchir le sort. »

La voix dans son esprit paraissait amusée par son attitude. Quel que soit celui qui ainsi la torturait, il prenait plaisir à ses tourments. C'était une forme de torture raffinée et singulièrement efficace. Viendrait le jour où elle n'aspirerait qu'à l'oubli et au trépas. Alors elle renoncerait à lutter et se laisserait aller à ses penchants morbides. Ce jour approchait, elle le savait.

Un bruit la fit sursauter. D'où pouvait-il venir ? De derrière la porte ? Non, ce n'était pas possible.

Le bruit recommença, insistant, obsédant même. Tout proche. Comme des cailloux que l'on jetterait.

Des cailloux ?

Elle se réveilla en sursaut. Ses draps, imprégnés de sueur, lui recouvraient le visage comme des algues marines et l'empêchaient de respirer. Elle les écarta d'un geste brusque. Le bruit recommença. Léger mais tout proche, comme un signal.

Épuisée, tremblante, elle repoussa le tissu et s'assit sur sa couche. La fenêtre : le bruit venait de la fenêtre. Telle une somnambule, elle se leva et ouvrit la croisée. C'est cela, quelqu'un lançait des cailloux à sa fenêtre.

La cour du petit immeuble de la rue de Tournon était déserte… sauf une silhouette qu'une encoignure de porte protégeait des rayons de la lune. Au loin une cloche finissait de sonner les douze coups de minuit.

— Qui est là ? chuchota-t-elle en ne pouvant s'empêcher de se trouver ridicule.

À sa grande surprise, quelqu'un lui répondit :

— Marie-Adélaïde, c'est moi…

Elle le reconnut instantanément.

— Docteur Müller !

— Ouvrez-moi, vite !

La voix était étouffée mais pressante. Elle enfila une veste d'intérieur en gros coton qu'elle mettait lorsqu'elle voulait rester confortablement chez elle, et se précipita dans la cage d'escalier. Elle n'avait pas sitôt ouvert le verrou que le jeune homme entra et se jeta presque dans ses bras.

Il ressemblait à un homme qui venait de voir l'enfer. Les cheveux défaits, les yeux exorbités, les mains tremblantes, il pouvait à peine marcher.

Plusieurs taches sombres maculaient sa chemise.

Du sang.

— Vous êtes blessé !

Il lui prit l'épaule avec une force qui la fit grimacer de douleur.

— Oui, un peu, mais ce n'est rien. Eux n'ont pas eu ma chance. Morts, ils sont tous morts !

Il continua ainsi à bredouiller des propos incohérents. Elle le prit sous le bras et l'aida à monter les marches. Dans l'obscurité, elle sentit sa sueur, mais aussi son sang et quelque chose d'autre. Il s'était battu, roulé dans la poussière. Peut-être s'était-il réfugié dans des égouts. Elle le sentait trembler contre elle.

Enfin, il s'écroula sur le sofa qui trônait au fond de la salle de consultation de la voyante. Elle put lui administrer un cordial, qu'il but d'un trait, et examiner ses blessures. Sa veste noire avait presque été arrachée et plusieurs estafilades avaient labouré sa poitrine, mais elles n'étaient pas profondes. Elle les nettoya du mieux qu'elle put pendant qu'il divaguait.

— Morts, tous morts. C'était horrible. Vous aviez raison, Sibylle. Au nom de Dieu et de tous les saints je peux l'attester, dussé-je être damné pour cela, tout ce que vous aviez vu s'est produit. C'était un piège monstrueux. Ils nous attendaient. Ils étaient prévenus. Il ne peut en être autrement. Horrible : ce brave La Madelle éventré comme un sanglier. Pilar massacré. Et Chalais, mon Dieu ! Il n'existe pas de termes pour décrire ce que j'ai vu…

En recoupant ses propos décousus, elle finit par reconstituer les événements : un groupe d'hommes armés les attendait à l'église Saint-Jacques-du-Haut-Pas. Ils les avaient pris à partie sans aucune provocation de la part des compagnons de Jéhu. Les quatre hommes avaient résisté tant bien que mal, mais ce n'étaient pas des combattants. Leur mort avait été brutale, atroce. Elle vit l'agonie du juge à la bonhomie si avenante, l'atroce supplice du jeune avocat, à la fois si naïf et si passionné. Cependant, plusieurs détails lui parurent étranges : d'abord, leurs assaillants, à la description que lui fit le médecin, ressemblaient à des royalistes. Ensuite, le petit groupe de Lyonnais constituait certainement leur cible. Comme si les muscadins avaient été commandités pour les exécuter.

Elle repensa alors au vagabond, à la section de la Fontaine de Grenelle. Elle n'avait pas eu le temps de sonder son âme, juste un bref contact, comme si le destin lui avait refusé de pénétrer plus avant le mystère de cet homme. Le peu qu'elle avait pu distinguer lui avait coupé les jambes. Voilà qui expliquait l'embuscade. L'espion, quel qu'il fût, avait soudoyé un groupe de ces muscadins, prêts à en découdre au moindre prétexte avec quiconque ne partageait pas leurs vues.

Il y avait là un complot. Un essaim d'intrigues qui gravitait toujours autour du même, de celui qui la harcelait jour après jour, nuit après nuit dans des visions toujours plus mortifères : Joseph Fouché.

— Marie-Adélaïde…

— Oui, Héphaïstos ?

— Je voudrais savoir, comment vais-je mourir ?

Il tremblait de tous ses membres et ressemblait à un petit garçon effrayé par un mauvais rêve.

Elle ferma les yeux : de nouveau ces visions de morts, ces hurlements de damnés, ce sang qui coulait. Et la porte, l'inexorable porte qui menait à l'horreur ultime, indicible, qu'elle n'avait fait qu'entrapercevoir jusqu'à présent.

— Je ne sais pas, Héphaïstos, je ne sais pas.

Avec une force insoupçonnée, il la prit par le bras et l'attira vers lui. Lorsqu'elle fut couchée contre lui sur le sofa, il se serra contre elle, la tête sur la poitrine de la jeune femme.

Il continua à pleurer et à sangloter encore longtemps, émaillant parfois ses gémissements de propos sans suite. À la fin, il finit par se calmer. Peut-être s'était-il endormi. Elle resta dans cette position jusqu'à ce qu'une lointaine horloge indique deux heures du matin.

L'horloge. Pour une raison inconnue, ce son familier plongea la jeune femme dans une vive frayeur. Une porte, encore une porte à ouvrir.

« Viens, Marie-Adélaïde, s'il te plaît. Viens à mon secours. »

Une voix qu'elle ne connaissait pas, ou du moins qu'elle n'avait pas encore entendue aussi distinctement. Une âme perdue qui l'appelait au secours. Mais où porter ses pas ? Elle eut la brève vision d'un bâtiment gothique, de pans de mur en ruine. D'une haute et sinistre silhouette en haut de laquelle c'est la mort qui sonnait elle-même le glas toutes les heures.

Saint-Jacques-de-la-Boucherie !

Elle se redressa : c'est là-bas que les compagnons de Jéhu avaient eu projet de se rendre en second. Nul doute que l'impitoyable Fouché avait là aussi laissé les instructions les plus cruelles pour se débarrasser de tout visiteur importun. Mais non, ce n'est pas cela qu'elle sentait. Quelqu'un était en train de mourir dans les plus affreux tourments en haut de la tour en ruine. Quelqu'un qui l'appelait, quelqu'un qui avait besoin d'elle !

Elle porta son regard sur le visage du jeune Müller, éclairé par la petite lampe à huile à la forme ésotérique de démon ailé qu'elle avait posée sur la table circulaire de consultation. La sueur coulait de son front, mais il paraissait plus calme. Parfois, ses lèvres tremblaient et laissaient échapper un petit gémissement, mais le plus gros de la crise était passé. Aidé par le cordial qu'elle lui avait généreusement administré, il dormirait au moins jusqu'à l'aube.

Elle se leva et, surveillant son invité du coin de l'œil, entreprit de s'habiller. Pour l'occasion, elle délaissa les fluides robes à l'antique dont elle avait fait l'acquisition pour briller dans les salons fréquentés par Barras et Joséphine, et ne choisit pas non plus sa tenue de sibylle : chlamyde de prêtresse assyrienne de couleur nuit qu'elle avait rachetée à un théâtre en faillite. Non, elle jeta son dévolu sur un costume masculin : un de ceux que son fidèle Flammermont lui avait ordonné d'endosser alors que la terreur grondait et qu'à tout moment elle pouvait être traînée devant le tribunal révolutionnaire. Une culotte grise, une chemise de flanelle et une veste sombre. Un bicorne qui retombait sur son visage. Si elle attachait ses cheveux en arrière et recouvrait le tout d'un manteau, on pouvait de loin, et si l'on n'y prenait pas trop garde, la prendre pour un garçon. Elle n'avait jamais osé se risquer à un tel stratagème, car il est facile pour l'œil exercé de reconnaître la grâce d'une démarche féminine, même sous des oripeaux masculins. Néanmoins, pour ce soir, elle ne ressentait pas un tel danger. Ce qu'elle voyait l'attirait et la repoussait à la fois. Elle ne pourrait sauver le malheureux, pas dans ce monde, mais du moins aurait-elle la réponse à la plupart de ses questions. Elle le savait, même si l'imposant fleuve du temps s'avérait insondable sur ce point.

Entreprendre un projet sans en connaître peu ou prou les tenants et les aboutissants, voilà ce à quoi elle n'était pas habituée. Pourtant, outre la peur, elle en ressentit une certaine exaltation. Cela devait ressembler à ça de ne pas maîtriser son destin. Elle griffonna un mot adressé à Müller pour l'informer de ses projets et de son lieu de destination.

Moins d'un quart d'heure plus tard, une silhouette androgyne se glissa dans la rue de Tourny obscure et déserte. Loin de s'aider d'une lanterne, il semblait que le promeneur mystérieux veuille au contraire se fondre parmi les ombres de la nuit.

15

Lorsque le cœur ulcéré de tous les crimes
dont nous étions les témoins et les victimes ;
lorsque, versant des larmes amères et impuissantes
sur la misère du peuple éternellement trahi,
éternellement opprimé, je cherchais à m'élever
au-dessus de la tourbe impure des conspirateurs
dont j'étais environné en invoquant
contre eux la vengeance céleste,
à défaut de la foudre populaire.

Maximilien de ROBESPIERRE

Une silhouette menue et un peu gauche longeait la Seine. Marie-Adélaïde n'avait pas l'habitude de porter l'habit masculin. Elle se sentait comme un de ces travestis de théâtre qu'on applaudissait sur les scènes parisiennes, depuis que les comédies tendaient à se délurer.

Vainement, elle interrogeait l'avenir et n'y distinguait que deux choses : la mort d'abord, qui l'attendait là-bas, non pour elle mais pour quelqu'un qu'elle ne connaissait ni n'avait jamais rencontré. Et toujours cette image d'un vitrail brisé et, au-delà, d'une maison borgne où résidait l'horreur qui la tourmentait dans ses visions.

Il lui était impossible d'en savoir plus.

Le long des quais de la Seine, quelques marchands circulaient en carrioles tractées par des ânes ou des bœufs pour alimenter les marchés de la capitale. La Sibylle distinguait parfois de discrètes silhouettes préférant l'ombre à la lumière de la lune. « Comme moi », se dit-elle. Pourtant, elle ne percevait aucun danger de ce côté-là, aussi avança-t-elle d'un pas décidé le long de la rue Planche-Mibray qui partait des quais et montait vers le nord de la ville.

Le vieux quartier de la Grande Boucherie, constitué de baraques, d'étals en plus ou moins bon état, et de boutiques miteuses qui entouraient la tour Saint-Jacques, ne lui sembla guère actif. Quelques commerçants déchargeaient, mais furtivement, en regardant souvent par-dessus leur épaule. « Du marché noir. » Les provisions livrées là ne garniraient pas les boutiques mais iraient remplir le garde-manger de quelque riche accapareur qui attendrait la montée des prix.

Les ruelles, étroites et malcommodes, faites de maisons de guingois aux murs de torchis, sentaient l'urine et la viande avariée. Elle s'aventura à travers l'antique quartier dominé par la haute tour de l'église Saint-Jacques, masse obscure qui se détachait dans le ciel éclairé par l'astre de la nuit. Marie-Adélaïde ne distinguait toujours aucun danger, à part celui de salir ses basques dans les fondrières laissées par les chariots de livraisons. Aussi s'aventura-t-elle jusqu'aux ruines de l'église.

Une carrière, voilà ce qu'était devenu l'ancien bâtiment ecclésiastique consacré à saint Jacques le Majeur, et dont la tradition prétendait qu'il avait été fondé par Charlemagne en personne. Elle s'arrêta un instant pour contempler le gâchis : les restes gothiques ressemblaient à quelque animal géant, éventré, couché sur le sol, dont les côtes saillantes se dressaient vers le ciel. Quelques piliers n'avaient pas été abattus et plusieurs arcs d'ogive s'élevaient encore. Sinon, rien ne rappelait la beauté de l'ancienne église, vendue comme bien national à des entrepreneurs de bâtiments. Les pierres taillées avaient été démontées une à une, chargées sur des chariots et expédiées aux quatre coins de la capitale pour servir à la construction qui d'un pont, qui d'une caserne, qui d'un hôpital. Les rosaces, les remplages, toute cette dentelle de pierre propre au gothique flamboyant, avaient été achetés par de riches particuliers désireux d'embellir quelque propriété de province. « Il n'y a rien de plus triste qu'un lieu de culte enlevé à sa destination première », songea-t-elle.

Et combien y en avait-il à Paris, vendus comme biens nationaux ? Même Notre-Dame menaçait de tomber en ruine et n'aurait été l'énormité du chantier, elle serait déjà tombée sous les coups des démolisseurs. La Révolution voulait faire table rase du passé et la Sibylle tenta d'imaginer Paris sans aucune des églises qui l'ornaient : majestueuses ou modestes, gigantesques ou minuscules. Remontant aux premiers temps de la chrétienté ou construites par les derniers Bourbons… Elle n'y parvint pas.

Marie-Adélaïde n'avait jamais trop pratiqué. Depuis sa jeunesse dans un pensionnat de bénédictines, elle se méfiait des religieux de tous poils, mais surtout elle n'osait pas prier, de peur que l'Éternel ne lui réponde directement. De toute manière, que pouvait-elle lui demander, puisqu'elle connaissait tout d'avance ?

La demie de deux heures sonna au-dessus d'elle : au moins les ouvriers n'avaient-ils pas encore démantelé le clocher. Curieusement, il lui semblait percevoir un son étrange, presque entièrement couvert par celui du bourdon. Un son qui la mit mal à l'aise.

Elle franchit aisément les barrières qui protégeaient le chantier et, renonçant à explorer le capharnaüm de murs éventrés, de colonnes renversées, de gravats et poussière qu'était devenue l'église, elle se fraya un difficile chemin jusqu'au clocher.

La mort l'attendait là-haut : elle le savait.

Le cœur battant, après avoir failli tomber plusieurs fois dans quelque trou laissé par une tombe pillée ou par une crypte effondrée, elle atteignit l'escalier qui s'élevait très haut, au-dessus de la grande Boucherie. Elle en escalada les marches avec lenteur. Son cœur battait plus fort. Certes, aucun danger pour sa vie ne l'attendait là-haut, mais il s'y dissimulait quelque abomination que son imagination ne parvenait pas à se représenter. Comme une sorte de parodie d'humanité, un visage déformé, immobile, figé en une expression d'horreur. Elle secoua la tête : quoi qu'il puisse se trouver là-haut, ce ne pouvait être pire que les visions qui la hantaient.

Elle parvint enfin à l'étage où étaient disposées les cloches. Elle distingua la charpente monumentale qui soutenait les grandes pièces de bronze. Ses pas résonnèrent sourdement sur le grossier parquet fait de planches mal rabotées. Il y avait trois cloches. La plus importante d'entre elles, située au milieu, était la seule à être reliée à une corde épaisse qui descendait sur le côté et disparaissait par une ouverture pratiquée dans le sol.

Une nouvelle question la tarauda : qui pouvait bien actionner la cloche si régulièrement ? Il n'y avait plus de prêtre ou de bedeau depuis longtemps ici… Encore un mystère. Elle eut la brève vision d'une silhouette accrochée à une corde, mais rien de bien distinct. Son attention fut attirée par une sorte d'échafaudage en dessous de la grande cloche. Elle s'avança et, à la lueur trompeuse de la lune, distingua un mécanisme, équipé de crémaillères, de poulies et de roues dentées.

Mais elle n'eut pas le temps de réfléchir plus avant. Un bras venait de surgir de là-haut, juste sous la cloche, et serra le foulard qui lui protégeait la gorge.

— Je vous en prie, croassa une voix éraillée, sortez-moi de cet enfer. Je vous en prie…

Le cœur battant, elle escalada le mécanisme et trouva sous le bronze une silhouette gémissante, assise dans une sorte de fauteuil. Elle ne voyait presque rien, aussi c'est à tâtons qu'elle remarqua que l'individu était attaché là. S'aidant du petit couteau qu'elle avait glissé dans sa poche, elle tenta de couper ses liens. Compte tenu de l'obscurité presque totale qui régnait là, il lui fallut un long moment pour parvenir à ses fins. L'homme gémissait faiblement et poussait d'étranges cris. Enfin, elle put le descendre de son fauteuil et, avec mille difficultés, le coucher sur le parquet grossier du clocher de Saint-Jacques.

Un rayon de lune passait à travers les abattants en bois qui protégeaient du vent l'intérieur de la construction. Il se fixa juste sur le visage du malheureux et elle poussa un cri. Car c'est bien l'image qu'elle avait entraperçue au cours de ses visions qui se montrait à elle.

La moitié du visage arrachée, l'autre déformée en une sorte de rictus, un masque de terreur brute tel qu'elle n'en aurait pas imaginé dans ses pires cauchemars. L'homme n'avait plus d'oreilles. Il les avait frottées avec un tel acharnement sur les montants du fauteuil qu'il ne restait à leur place que deux trous sanglants d'où pendaient les débris des lobes martyrisés et par lesquels on pouvait apercevoir une pulpe méconnaissable : tout ce qui restait du délicat mécanisme de l'oreille interne.

Elle recula de quelques pas, prise du soudain désir de s'enfuir loin d'ici. Pourtant, même monstrueux, c'était un être humain. Il avait subi d'invraisemblables tourments et elle devait l'aider.

Elle se rassit par terre, à côté de lui.

— À boire, je vous en prie, à boire…

Elle avait emporté une petite gourde en peau, remplie de vin coupé. Elle en pressa l'ouverture au-dessus de ses lèvres. Il but avidement.

— Merci, qui que vous soyez… merci.

Il paraissait plus calme, mais ses oreilles semblaient le faire toujours souffrir. Il y porta ses mains mais elle l'en empêcha doucement. Avec de telles plaies à vif, il fallait un bandage d'urgence et elle n'avait ni le matériel ni les compétences.

« Héphaïstos aurait pu m'aider », songea-t-elle. Mais il n'était pas là et de toute façon elle savait ce qu'il allait advenir. Le malheureux allait mourir. La seule manière de l'aider consistait à adoucir, autant que possible, ses derniers instants.

La victime, un peu rassérénée par le vin, contempla enfin sa sauveuse. Marie-Adélaïde eut l'impression d'être examinée par un damné échappé de l'enfer.

— Je vous remercie bien vivement, madame. Si vous ne sauvez pas ma vie, sans doute sauverez-vous mon âme…

Il avait parlé d'une voix rauque, hésitante. Il dérapait parfois dans l'aigu ou au contraire se mettait à marmonner indistinctement, comme s'il ne contrôlait plus les mots qui lui sortaient de la bouche.

— Il est inutile de me dire quelque chose, madame… Je suis sourd, totalement. Comme j'ai pu m'en rendre compte moi-même, je n'ai même plus d'oreilles. Plus rien… Vous ne pouvez pas imaginer la souffrance qu'il m'a fait subir. Je pense que dès le premier coup de cette maudite cloche mes tympans ont éclaté. Mais le supplice n'était pas fini, loin de là. Les vibrations, je pense que ce sont les vibrations concentrées sous cette cloche qui ont continué à me torturer. Elles pénétraient mon crâne et s'y enfonçaient comme deux aiguillons chauffés au rouge. À chaque coup ma tête explosait. Ou plutôt non, je croyais qu'elle le faisait, je le sentais, mais elle restait intacte, car sinon mon supplice aurait été abrégé, ce qu'il ne voulait à aucun prix.

Elle vit la scène, elle s'imagina, elle aussi, assise dans l'impitoyable fauteuil, enserrée sous la voûte d'airain. Elle sentit tout son corps trembler, comme secoué par une vague irrépressible qui faisait vibrer ses os, ses articulations et surtout sa voûte crânienne, entraînant d'indicibles souffrances.

Elle secoua la tête et tenta de se libérer de la vision.

— Entre deux sons de cloche, je tentais vainement d'extraire en moi tout ce qui pouvait me servir à entendre. Vous voyez, j'ai tout arraché à force de frotter comme un damné sur les montants de ce fauteuil. C'était douloureux, atrocement douloureux, mais en vérité rien en comparaison du glas sonné par la cloche…

Il se mit à sangloter, spectacle affreux que ce mourant défiguré, mutilé, qui pleurait comme un enfant…

— Ça ne servait à rien du tout. Dès que la cloche sonnait, la souffrance revenait, cette maudite souffrance. Et ça va recommencer, bientôt. La demie il y a peu, ça va être bientôt l'heure. Je ne peux plus supporter cela, tuez-moi, je vous en prie, tuez-moi !

Infirme, il remuait faiblement en un geste de supplique.

— Il m'a promis la mort. Je l'ai entendu, mais pourquoi ne vient-elle pas ? Précipitez-moi du haut de cette tour, enfoncez votre couteau juste au cœur. Pitié, madame, pitié !

Il se recroquevilla, secoué par les sanglots. Ses mains recouvraient maintenant les affreuses blessures de ses oreilles, comme pour les protéger.

Marie-Adélaïde ne savait pas quoi faire. Il allait mourir, mais comment abréger ses souffrances ? Il resta longtemps ainsi. Toute raison semblait l'avoir abandonné. Il n'y avait plus en face d'elle qu'une pauvre créature gémissante et tremblante. À peine un homme.

Elle tenta de lui parler, mais bien entendu il ne pouvait rien entendre.

Un bruit derrière elle attira son attention. La corde attachée au lourd mécanisme de la cloche s'était tendue. Quelqu'un tirait en bas. Le lourd bloc d'airain se balança au-dessus d'elle, d'abord imperceptiblement puis de plus en plus vite. Les mouvements de la cloche devenaient plus amples. Elle s'éloigna de quelques pas et se boucha les oreilles.

DONG !

Le bruit énorme la rendit sourde un instant, et encore elle n'était pas comme le malheureux à l'intérieur même de la voûte de bronze. Le mourant frémit, se redressa. De nouveau l'expression d'horreur, celle qui l'avait tant impressionnée tout à l'heure, réapparut. C'était comme un masque d'un damné. Il poussa une sorte de cri indistinct, puis, soudain, il retomba sur le sol. Lorsque les trois coups eurent retenti, elle s'approcha avec précaution. L'homme était mort, mais il gardait au-delà du tombeau cet indicible rictus, immobile, figé, comme un affreux masque de cire. Elle détourna le regard et courut vers l'escalier. Elle venait d'ouvrir une des portes aperçues dans ses visions et y avait découvert l'horreur la plus pure.

Que trouverait-elle dans les autres ?

Tremblante, un goût de cendre dans la bouche, encore hantée par l'expression de souffrance de l'homme défiguré, elle redescendit. Il y avait quelqu'un en bas, elle le savait, aussi ne s'étonna-t-elle pas de trouver un homme se réchauffant à la flamme d'un brasero, au milieu de la carrière de pierres qu'était devenue l'église Saint-Jacques.

Il parut à peine surpris de sa venue et lui fit signe de venir se chauffer près de lui.

— Bonjour, citoyen. Alors c'est donc vous qui m'avez donné dix livres pour actionner cette vieille cloche ?

Son déguisement l'avait abusé et il la prenait pour quelqu'un d'autre. Elle se contenta de hocher la tête en se frottant les mains au-dessus de la flamme.

— C'est curieux, je ne vous voyais pas comme ça. Peut-être plus grand, mais ça n'a pas d'importance. Vous avez entendu, le vieux Léon a fait sonner les cloches. Toutes les demi-heures, comme dans l'ancien temps.

Il la regarda à peine et, plongé dans ses pensées, continua à soliloquer.

— C'est sûr qu'il y a quelques mois, un tel concert m'aurait amené sur la place de Grève, mais aujourd'hui, tout le monde s'en fiche. Personne n'est venu voir. Même les gens du quartier… Vous avez entendu, j'espère. Je ne vous ai pas volé votre argent.

Nouveau hochement de tête.

— Vous n'êtes pas bavard. Remarquez que je ne vous demande pas d'explications. Pour moi, quelqu'un qui est prêt à donner dix livres avec autant d'insouciance peut se payer toutes les cloches qu'il veut. Maintenant que c'est fait et que vous m'avez donné mon argent, je peux vous le dire… j'aurais accompli le travail pour beaucoup moins cher.

Un large sourire apparut sur son visage. Coiffé d'un tricorne à l'ancienne mode et vêtu d'un habit de grosse laine usagé, il ressemblait à n'importe lequel de ces vieillards qu'on trouvait dans les quartiers les plus modestes : anciens commerçants, rentiers ruinés par la chute du cours de l'assignat. On en voyait des milliers comme lui, mais elle devina qu'il avait quelque chose de différent.

— Pour le plaisir, citoyen, je l'aurais fait. Pour le plaisir d'entendre cette bonne vieille cloche sonner. Pendant trente ans j'ai tiré sur cette corde… jusqu'à ce que ces maudits conventionnels, que Satan emporte leurs âmes noires ! (il cracha par terre) vendent notre pauvre église à ce marchand de cailloux. Je l'aimais, cette cloche, je l'aimais… Vous aussi peut-être. Vous n'êtes pas bien vieux, à ce que je vois, mais vous l'avez peut-être entendue autrefois. C'est moi, le vieil Albert, qui l'actionnais.

Elle ne l'écoutait plus. Elle voyait… Albert n'était pour rien dans le supplice du malheureux du clocher. Il avait trouvé un mot dans la masure qui lui servait d'abri. « Voici dix livres. Faites sonner la cloche de

Saint-Jacques comme autrefois, à l'heure précise. Prenez bien garde à obéir, car sinon je reviendrai chercher l'argent. »

Pas de signature. Albert ne savait rien de plus et il lui avait été impossible de distinguer ne serait-ce que la silhouette de celui qui l'avait payé.

Albert avait torturé et tué sans le savoir. À quoi bon lui révéler l'étendue du crime commis ? Elle lui fit un vague signe de tête et repartit. Le visage baissé, la démarche lourde : elle sentait la fatigue l'accabler. La mort, partout, dans quelque direction qu'elle tourne ses pas, elle la rencontrait.

L'église en son milieu était un peu plus dégagée, il restait même l'ancien autel de marbre qu'on n'avait pas encore enlevé. Dans l'obscurité, elle alla s'y accouder.

« Si je pouvais dormir, songea-t-elle, dormir sans que ces maudites visions viennent me hanter ! »

Combien serait-elle prête à donner pour être débarrassée de ce don ? Liberté, honneur, argent… Rien ne pouvait compenser l'enfer qu'elle vivait depuis des semaines.

« Il n'y a que la mort qui pourra me délivrer », conclut-elle sombrement. Et la mort était là, toute proche.

Un bruit de pierre tombant sur le sol lui fit lever la tête. Aussitôt, elle aperçut la lueur.

« Le vitrail cassé, exactement comme chez Fouché. »

Sa vision lui revint avec une netteté inhabituelle. Elle y voyait comme en plein jour. Le pan de mur, le vitrail et au-delà… Une maison avec une fenêtre éclairée… C'est là que se trouvait…

Un frisson, une brusque envie de vomir… Ce qu'il y avait derrière cette fenêtre dépassait en horreur tout ce qu'elle pouvait imaginer. Pourtant, il y avait aussi la petite fille. Celle qui l'avait appelée au secours. Elle était là-bas, prisonnière. Marie-Adélaïde se releva. Elle se sentait décidée à vaincre sa peur. Si son destin était là, si l'ultime porte, celle qui scellerait son sort, devait être ouverte, alors elle n'hésiterait pas. Car plus que la mort, c'est la crainte d'un avenir qu'elle ne parvenait pas à distinguer qui la taraudait.

Elle se rappela Héphaïstos qui dormait chez elle. En se réveillant, il trouverait le mot qu'elle avait pris soin de lui écrire, mais il n'aurait pas l'idée de pousser jusqu'à cette maison.

Il n'avait pas de visions, lui.

Elle avait gardé une plume et une petite bouteille d'encre dans les poches de son manteau, ainsi que quelques cartes de son fameux tarot. Elle s'appuya sur l'autel et écrivit : « Je suis dans la maison qui fait face à ce vitrail cassé que vous apercevez au nord. Quelque chose s'y trame, j'en suis persuadée. Peut-être m'y retrouverez-vous. Je dois m'y rendre. Sachez que j'ai beaucoup songé à vous, ces derniers jours. »

Elle regarda les mots tracés à la lueur de la lune et regretta d'avoir été aussi directe. D'un haussement d'épaules, elle rejeta ces scrupules : d'abord, c'était la vérité, et ensuite, à quoi bon se soucier des bonnes manières en un tel moment ?

Elle disposa la carte sur l'autel, au sommet d'un petit tas de pierres de manière qu'elle ne puisse échapper à l'attention d'un observateur normalement attentif, et se fraya un chemin vers les ruines du portail nord de l'église.

16

La punition de cent coupables obscurs
et subalternes est moins utile à la liberté
que le supplice d'un chef de conspiration.

Maximilien de ROBESPIERRE

Fouché se reposait. Il avait beaucoup travaillé, ces jours-ci, mais son intense action allait bientôt donner ses fruits. N'avait-il pas reçu une lettre de Boissy d'Anglas ?

Mon cher ami,

Je pense que tu seras satisfait des nouvelles que je t'apporte. Ta mise en accusation traîne en longueur, les témoignages recueillis à ton encontre sont peu clairs, parfois allusifs et surtout contradictoires. Tes ennemis ne parviennent pas à se mettre d'accord sur les crimes dont ils t'accusent, ce qui est tout de même le comble ! Et puis notre nouvelle Convention a d'autres problèmes à résoudre, dont l'approvisionnement, ces maudits Vendéens qui ne veulent rien entendre et je t'en passe, tu connais les affaires mieux que moi. Barras lui-

même m'a parlé de toi, il y a peu. Il évoquait le retour des bandes criminelles, des agitateurs, royalistes et autres, qui envahissent les rues de Paris. « Il faudrait un homme de poigne qui connaisse bien la rue pour remettre de l'ordre dans ces écuries d'Augias. J'en viens à regretter Fouché lui-même ! Si seulement il n'avait pas disparu corps et biens. » Tu me connais : j'ai parlé en ta faveur : « Cher Barras, il est possible que tes vœux s'accomplissent. Je gage que notre ami, s'il a pris un peu de recul par rapport à son accusation, n'est pas loin d'ici, toujours prêt à servir la république. Pour peu que ces absurdes accusations soient écartées... »

Il a approuvé de la tête. « Nous verrons, nous verrons, c'est une idée... »

Tu as toujours pu compter sur ma loyauté et mon dévouement. Tu le sais et j'espère que tu n'as pas tenu compte de mes déclarations, le jour de ton audience : il me fallait donner le change pour mieux te venir en aide par la suite.

Je te tiens informé.

Ton ami fidèle et dévoué,

François-Antoine,
comte de Boissy d'Anglas

L'ancien envoyé de la Convention fourra la lettre dans sa poche en souriant. Boissy ne fonctionnait que par la peur et désormais il avait plus peur de lui que de ses « amis » de la Plaine et des provinces.

C'était plutôt bon signe.

Il se leva : avec ses murs lépreux et noircis par l'humidité, ses pierres disjointes envahies par les mauvaises herbes, l'austérité de son architecture et l'odeur de la mort qui semblait indissociablement attachée à la construction, la cour du Grand Châtelet au petit matin n'incitait guère à l'optimisme ni à la joie de vivre, mais il voyait le ciel et ne serait sans doute bientôt plus contraint de se déguiser, ce qui constituerait un gros progrès.

Travailler pour Barras : pourquoi pas ? Les scrupules ne l'étouffaient pas et il avait bâti sa carrière sur l'opportunisme. Fouché aimait bien ce genre d'individus. Faciles à acheter, faciles à manœuvrer tant qu'on leur procurait de l'argent et des maîtresses. Restaient encore quelques problèmes à résoudre avant de se considérer comme définitivement tranquille.

Quatre heures : les hommes envoyés à Saint-Jacques n'avaient-ils pas accompli leur mission ? Il les payait bien assez cher. On frappa à l'entrée du Grand Châtelet. Le concierge, encore ensommeillé, sortit de son gourbi pour entrouvrir le guichet.

— C'est pour quoi ?

Une voix étouffée retentit de l'autre côté :

— La mort a encore frappé. Nous t'amenons ce qui reste des victimes.

— Il est encore tôt, bougonna le concierge. Repassez !

— Ouvre ! s'exclama Fouché, qui avait reconnu la voix.

Le fonctionnaire obéit sans plus discuter et bientôt un petit groupe d'hommes, chargés de brancards, pénétra dans la cour du Grand Châtelet.

Tout de suite, l'ancien conventionnel leur fit signe.

— Dans la Basse Geôle, la lumière du jour ne doit pas contempler un tel spectacle.

Les hommes, vêtus de noir et emmitouflés dans leurs manteaux, le suivirent sans discuter. Le concierge leur ouvrit la sinistre porte des enfers parisiens et ils traversèrent la première salle où s'amoncelaient les cadavres ramassés dans la Seine ou au coin des rues. Ils se rendirent directement dans la deuxième salle. Là, ils posèrent les trois brancards sur la table destinée à la toilette des corps. Fouché fit aux autres le geste de reculer.

— Voyons voir ce que nous avons là…

Il souleva le premier drap de grosse toile, rapiécé par endroits et couvert de taches brunâtres, qui faisait office de linceul.

— Tiens, mais c'est notre ami Pilar. Le bon juge ! Vous l'avez bien abîmé.

Il se pencha sur le corps presque nu et couvert de blessures pour lui écarter la mâchoire, découvrant l'intérieur sanguinolent de sa bouche.

— La langue, hum… Tu es incorrigible.

Celui qui semblait être le chef du petit groupe dévoila ses dents cassées par un large sourire.

— Je l'ai gardée, tu veux la voir ?

L'autre secoua la tête distraitement.

— Inutile. Voyons voir les autres.

Il observa les restes de Chalais d'Ornoi. On lisait encore sur son visage les stigmates d'une horreur sans nom.

— Après le juge, l'avocat. Tu ne lui as pas pris sa langue, à celui-là ?

L'autre sortit un petit paquet enveloppé dans du tissu sanguinolent qu'il conservait dans sa poche.

— Je varie mes plaisirs. J'ai un autre trophée que je monnaierai fort cher !

Un rictus déforma le visage de Fouché.

— Chalais respirait la vertu et l'innocence, fait exceptionnel chez un avocat ! Il n'a guère eu l'occasion de s'en servir avant que tu lui prennes.

— Alors, elle ne lui manquera pas !

— N'as-tu pas quelque chose de plus consistant que ces deux imbéciles heureux ?

L'homme désigna le troisième corps, celui du prêtre, saigné par plusieurs coups de couteau.

— La Madelle, en personne ! Que lui as-tu pris, à celui-là ?

Le ruffian eut un geste de dénégation outrée.

— Un homme de Dieu, allons, Fouché, même moi je ne suis pas capable d'un comportement aussi indigne !

L'ancien envoyé de la Convention examina l'un après l'autre les trois restes lamentables et sanglants.

— Il n'y avait que ces trois-là, personne d'autre ?

Son interlocuteur cligna de l'œil, comme un tic nerveux.

— Non, je t'assure, Fouché. Ces trois-là, personne d'autre.

Fouché se détourna puis, d'un geste d'une rapidité inouïe, sans qu'aucun des hommes présents ait pu intervenir, attrapa le chef de bande par le cou. Un poignard, apparu comme par magie, appuyait sur sa gorge découverte.

— Tu te moques de moi, murmura-t-il à l'oreille de sa victime. Ces trois-là n'étaient que des imbéciles, des doux rêveurs, incapables de la moindre action cruelle. Et c'est eux que je devrais craindre ? Ce seraient eux, mes mystérieux poursuivants ? Tu mens. Parle, ou c'est quatre corps et non trois que le concierge devra laver, ce matin !

L'homme émit un gargouillis indistinct.

— Fouché, pitié ! L'autre n'était pas plus terrible que ces trois-là, je te le promets. Il a réussi à s'enfuir juste parce qu'on s'est un peu amusés avec les autres. Il était resté en arrière et il est parti par l'église. Nous ne l'avons pas retrouvé, mais il ne doit pas être loin, je te l'assure. Laisse-moi deux jours et je te rapporte sa tête !

Fouché le relâcha.

— Sa tête, oui, cela peut être amusant. Müller a participé à la fête des mitraillades de Lyon, ce sera un témoin gênant en moins au procès. Ces Lyonnais sont des imbéciles et il est presque indécent de les tuer, tellement ils se montrent prévisibles et inoffensifs. Cela ne résout toujours pas mon problème. Qui me poursuit donc, qui suit mes pas comme une ombre ?

Le bandit s'était éloigné en se frottant la gorge qui avait senti la lame aiguisée du poignard. Il n'était pas bon de déranger Fouché lorsqu'il réfléchissait.

— Où peut-il avoir filé, maintenant ? Il ne connaît personne à Paris, à part ces cafards de la section de la Fontaine de Grenelle, et je l'aurais su, s'il y était retourné…

— Il y a la deuxième église, intervint timidement le comparse.

— Qu'est-ce que tu dis ?

Le conventionnel se retourna vers lui. L'homme eut un frisson : avec son visage tranchant comme une lame de couteau et son regard glacé, Fouché ressemblait à un ange de la mort. Le bandit déglutit avec difficulté.

— Tu leur as laissé un indice qui désignait la tour Saint-Jacques.

— Tu as comme moi entendu parler des bruits qui courent sur le quartier de la Boucherie depuis deux semaines : ces disparitions, ces allées et venues, ces cris nocturnes… Je me demandais si là ne se situait pas le repaire de mes poursuivants. Mais ils ont choisi la mauvaise église…

— Mais peut-être le dernier s'est-il rendu à l'autre… à la tour Saint-Jacques. En tout cas, je serais à sa place, c'est ce que je ferais, tu ne crois pas ?

Fouché ne répondit pas. Il rangea son poignard, s'enveloppa dans son manteau et quitta la pièce, laissant le chef des bandits encore secoué et ses compagnons perplexes. Sur la grossière table de bois maculée de traces sanglantes, les trois compagnons de Jéhu, aux visages figés en une expression d'horreur ou d'agonie, contemplaient de leurs yeux vitreux les voûtes de la Basse Geôle.

Le Traité des supplices

[Extrait]

... Quiconque se distrait à lire quelques récits de voyageurs ramenés d'Orient ou d'Afrique ne peut qu'être intéressé, ou effrayé, par la variété des supplices infligés par l'homme à son semblable, destinés à lui rendre le trépas plus long et plus douloureux. Je ne m'intéresserai pas aux causes d'un tel acharnement qui, à mon sens, sont universelles : désir de vengeance, volonté de marquer par l'effroi ceux qui se risqueraient à d'illicites projets, traditions séculaires... Non, en examinant les différentes méthodes utilisées, soit par les livres, soit en les constatant par moi-même, je suis parvenu à classer ces différentes sortes de supplices en plusieurs catégories.

Il y a d'abord ceux qui ont essentiellement pour but de marquer les esprits : de plonger l'assistance dans l'horreur la plus vive, sans se préoccuper particulièrement du sort du condamné. C'est le cas, par exemple, de la décapitation ou de la pendaison, mais aussi de la noyade dans un sac, comme elle a été pratiquée à Nantes, ces dernières années. L'accent est mis là sur l'esthétique du supplice et non sur les sensations éprouvées par la victime. En réalité, le trépas s'avère le plus souvent rapide et médiocrement douloureux.

Une deuxième catégorie, au contraire, ne se soucie que de ces dernières, parfois même au détriment du décorum. La vierge de Nuremberg, par exemple, est douloureuse mais peu spectaculaire puisqu'on n'y voit pas la mort accomplir sa besogne. Pareillement pour le feu : les flammes et la fumée rendent invisible aux yeux du spectateur le mourant consumé par l'incendie. Évoquons encore le garrot : version cruelle de la pendaison puisque l'étouffement y est prolongé et la rupture de la nuque ralentie. Y a-t-il quelque chose de plus ennuyeux que la vision d'un condamné assis dans un fauteuil tandis que le bourreau se contente de tourner le bois qui serre la corde… ?

Mais il existe une troisième sorte de supplice qui allie à la fois le spectaculaire et la cruauté. Ce sont les grandes exécutions, réservées aux criminels les plus endurcis ou aux ennemis les plus acharnés de l'ordre établi, quel qu'il fût.

Que j'aurais aimé assister à l'exécution de Damien, qu'on écartela et qu'on jeta au feu encore vivant malgré ses membres arrachés ! Que j'aurais aimé assister à ce supplice chinois, réservé aux crimes de lèse-majesté, où le supplicié se voyait proprement tranché comme un rôti : vivant alors qu'on lui prélevait à l'aide d'une grande lame, spécialement affûtée, les muscles des bras, de la poitrine… jusqu'à ce qu'il ne reste que des morceaux pourtant encore animés d'une vie douloureuse et ténue.

Le pal, si goûté des Turcs et des peuplades des Balkans, possède quelque chose de magique et, pour l'avoir pratiqué avec plus ou moins de succès, nécessite du bourreau un art consommé et une connaissance au moins empirique du corps humain.

Car, lecteur, tu l'as compris : faute d'exécution respectant les anciens usages monarchiques et lassé par la banale guillotine, il m'a fallu procéder personnellement et acquérir l'art très ancien et très raffiné de prolonger la mort. Je m'amusais particulièrement à construire des machines, des merveilles dont je trouvais les modèles autant dans les coulisses des théâtres que dans les anciennes cours de justice d'Europe et d'Asie. Bras mécaniques articulés, actionnés par de délicats engrenages, trappes inattendues, rideau de fumée dissimulant quelque lame affûtée ou un récipient rempli de métal fondu, je n'avais parfois qu'un tour de manivelle à donner pour déclencher l'enfer.

Les coquins ne manquent pas en ce monde, d'ailleurs la vie m'a appris que peu d'hommes en vérité méritent de vivre. Je leur offrais l'occasion de servir la science. À la place du bourreau, j'avais tout loisir d'examiner leurs réactions, de me réjouir de leur effroi, de recueillir leurs précieux témoignages : car, au moment de mourir, bien que se sachant perdu, l'homme ne peut s'empêcher d'espérer. Il parle, il supplie, il se plaint, me donnant ainsi autant d'indications que je consignerai dans ce livre.

Parallèlement à ces travaux, c'est en homme appréciant la justesse de l'esprit scientifique, la rigueur et la véracité des descriptions que je lus l'œuvre du comte Volney sur ses voyages en Syrie et en Égypte, ainsi que ses considérations philosophiques sur les ruines et la révolution des empires : « Je suis tout ce qui a été, tout ce qui est, tout ce qui sera ; et nul mortel n'a levé mon voile. » Voilà l'inscription qu'il plaçait sous la statue d'Isis voilée. Je voulus en apprendre plus sur cette religion qui avait exploré dans ses plus sombres arcanes les misères de l'existence et la beauté de la mort. Apulée décrit dans son *Âne d'or* certains mystères d'Isis mais sous une forme abâtardie, décadente, qui laisse à peine deviner la sombre beauté de ce culte.

« Nul mortel n'a levé mon voile. » Aussi je décidai, pour mieux abuser mes victimes, de les plonger dans un effroi sacré, de me donner le nom d'Inconnaissable et d'accompagner mes expériences de rites inspirés des anciens mystères. Le résultat dépassa mes espérances : mes victimes me regardaient comme la mort elle-même. En vérité, je devenais la mort en pratiquant mon art, en une transsubstantiation à la fois merveilleuse et terrifiante que j'apprenais petit à petit à maîtriser et à perfectionner.

La mise au point, ou plus exactement la reconstitution de mystères de plus en plus sophistiqués sur le plan à la fois technique et mystique, influa profondément mon grand œuvre. *Le Traité des supplices* ambitionnait désormais de devenir l'équivalent du *Livre des morts*, mystérieux grimoire, dispensateur de trépas, de châtiment ou de résurrection, évoqué dans le deuxième livre des *Histoires* d'Hérodote, lui-même initié aux mystères d'Osiris.

Alors que j'avais expérimenté nombre de formes de mort et construit un rituel à la richesse symbolique de plus en plus ésotérique me vint une nouvelle obsession. Mes victimes n'étaient que d'ordinaires coquins, des petites gens, innocents ou coupables, peu importe, des êtres humains nantis de toute la médiocrité propre à l'espèce. Et si je pratiquais l'art dont j'apprendrais peu à peu les subtilités sur un bourreau ? Sur quelqu'un proche de moi qui saurait apprécier mon talent, peut-être, et pourquoi pas me guider à travers les arcanes de cette science si subtile visant à détruire le corps en prolongeant la vie ?

Ce serait, je n'en doutais pas, le point culminant de toute mon œuvre. Restait à trouver le modèle de mes essais futurs.

En ces périodes troublées où la vie humaine ne valait pas cher, ce ne fut pas difficile…

17

Si un roi égorgeait votre fils sous vos yeux,
s'il outrageait votre femme ou votre fille,
lui diriez-vous : Sire, vous usez de votre droit ;
nous vous avons tout permis... ?
Permettriez-vous au citoyen de se venger ?

Maximilien de ROBESPIERRE

Au coin de la rue des Écrivains, face au portail nord de l'église en ruine, s'élevait une maison fort ancienne mais modeste, sur laquelle on lisait l'inscription : « Chacun soit content de ses biens, Qui n'a souffisance il n'a riens. » Marie-Adélaïde connaissait bien cette demeure, du moins de réputation, car elle avait appartenu, il y a bien longtemps de cela, à Nicolas Flamel, l'alchimiste dont elle avait étudié les écrits.

Elle trouva facilement la clé, dissimulée derrière les lames du volet, et la saisit.

Sa gorge se serra, une boule dans la poitrine l'oppressait. Pour la première fois de sa vie, elle allait ouvrir une porte en ne sachant pas exactement ce qui l'attendait derrière. Allait-elle y trouver la petite fille perdue, celle qui appelait à l'aide, ou le monstre innommable dont elle avait rêvé ?

Elle ne prêta aucune attention au rez-de-chaussée, en grand état de délabrement et peu meublé. Cela se passait à l'étage. Elle trouva une lanterne et l'alluma. La mauvaise lumière éclairait mal et des zones entières de la maison restèrent dans l'ombre, comme si la bâtisse ne permettait qu'avec répugnance qu'on découvre ses secrets. Elle gravit l'escalier, lentement, mais c'est essoufflée qu'elle parvint à l'étage. La porte du fond l'attendait. La porte de sa vision. Elle avança. Il lui semblait revivre un de ses cauchemars. Elle imagina un instant reculer, mais non : quelque chose l'attirait là. Il lui était impossible de repartir.

Si seulement elle rêvait encore. Si seulement elle pouvait se réveiller…

Très lentement, elle posa la main sur la poignée et ouvrit.

La lanterne éclaira une toute petite chambre. À peine meublée, pas de décoration, pas même un tableau ou une simple gravure. Rien qu'un lit.

Tout d'abord, elle ne distingua rien : la chandelle de suif ne produisait qu'une bien médiocre lumière. Quelque chose remua. Là, sur le lit. Une brusque montée de panique faillit la faire reculer. Ça bougeait, ce n'était pas humain… Pourtant, elle se trouva face à un visage.

Un visage ?

Non, ce n'était pas un visage, ça ne pouvait pas être humain.

NON !

Le cri lui avait échappé, elle tendait la main comme pour éloigner l'abomination qui la regardait.

Deux tout petits yeux, rouges tellement ils étaient injectés de sang et presque recouverts de croûtes purulentes, la fixaient. Une figure de fouine. Une bouche semblable à une plaie ouverte sur quelques dents cassées et noirâtres. Marie-Adélaïde, fascinée malgré elle, approcha la lampe et elle découvrit le corps. Ou plutôt ce qui en faisait office.

Contrefaits, les membres minuscules étaient tordus dans une invraisemblable position. Une peau blanche était marbrée de grandes taches rouges et ravagée par les escarres d'où s'échappait une humeur jaunâtre.

Et cela bougeait, s'agitait, comme la monstruosité de ses rêves.

Elle prit conscience que la chose émettait des sons et cela la révolta encore plus.

CAR C'ÉTAIT UNE VISION BIEN RÉELLE ET NON UNE FANTASMAGORIE ISSUE DE SON IMAGINATION !

Elle fit demi-tour, brusquement, instinctivement.

Mais, alors qu'elle trébuchait pour regagner le couloir, elle distingua parmi les gémissements de la chose… des mots.

Des mots ?

« Anassiguin… Anassiguin. »

Elle s'arrêta. Si la créature contrefaite prononçait des mots, alors c'est qu'elle était humaine.

Marie-Adélaïde se retourna, approcha la lampe et examina avec beaucoup d'attention l'habitante de ces lieux.

Un visage à mi-chemin entre le gnome des légendes et le rat qui hantait les égouts de Paris. Un corps martyrisé qui agitait faiblement des membres tordus et débiles. Un tronc à peine couvert d'un tissu déchiré qui avait dû être autrefois une chemise.

C'était humain. Et pire encore, c'était une fille, une petite fille. Mais qu'est-ce qui avait bien pu en faire cette parodie d'humanité ?

Les petites onomatopées qu'elle poussait en roulant ses yeux rougis évoquaient une peur panique.

La jeune femme posa la lanterne sur une petite table de bois brut et s'approcha. La créature tenta de se reculer jusqu'au fond du grabat.

— Il ne faut pas avoir peur de moi. Je ne te veux aucun mal.

L'occupante des lieux tremblait, de la bave coulait de sa bouche.

— N'aie pas peur, je m'appelle Marie-Adélaïde… et toi ?

Après une longue hésitation, l'autre répéta ces mêmes sons étranges :

— Anassiguin… Anassiguin.

Alors elle comprit : Anna-Sigynn.

De nouvelles images l'envahirent. Une petite fille… à laquelle son corps n'obéissait pas. Elle pouvait à peine bouger et n'avait guère connu du monde que cette chambre où elle avait passé toute sa vie. Une vie de recluse, seule ou presque toujours… Il y avait quelqu'un, une silhouette qui venait s'occuper d'elle de temps à autre… Pas assez souvent. Mais elle ne put distinguer son visage. Aux yeux de l'infirme il n'y avait que lui, c'était la seule créature humaine qu'elle connaissait. Voilà pourquoi elle avait eu si peur en découvrant Marie-Adélaïde.

Une pauvre petite fille perdue qui appelait à l'aide. Qui aspirait à rencontrer quelqu'un… à qui parler.

— Moi soif…

Les sons rauques formaient des syllabes.

La Sibylle explora plus attentivement la chambre : sur la table, il y avait un seau qui avait dû être rempli d'eau ou de quelque liquide nourrissant. L'infirme en aspirait le contenu grâce à une sorte de tuyau de cuir. Il était vide depuis bien longtemps. Il y avait aussi un vase d'aisances, sur le côté du lit, c'est là que la pauvre Anna-Sigynn pouvait faire ses besoins. Il était plein. Il se dégageait du corps déformé de l'infirme une odeur insoutenable. La jeune femme se leva : qui pouvait être assez barbare pour laisser une enfant, même hideuse, même contrefaite, vivre dans de telles conditions ?

Elle prit sa lanterne et alla explorer le reste de la maison. En bas, une pompe permettait de tirer de l'eau, sans doute d'une cuve alimentée par les eaux de pluie. Elle en remplit le récipient. Elle trouva également dans un coffre quelques effets féminins très anciens et rapiécés : des chemises, des bas. Elle les remonta.

L'heure qui suivit fut consacrée à la toilette de la recluse, qui se laissait faire et poussait parfois de petits gémissements de satisfaction. Comme un chaton. Pour finir, la Sibylle vida le vase de nuit, désaltéra la fillette et lui démêla les cheveux qui formaient comme une couronne inextricable de ronces autour de sa tête.

Ses mains débiles ne pouvaient presque rien saisir ni attraper, mais elle put néanmoins toucher sa chevelure qui lui retombait sur les épaules.

« Doux, doux… » murmura-t-elle.

En la lavant avec un linge trempé d'eau, Marie-Adélaïde examina la fillette. Son dos était paralysé, tordu, ses membres grêles ne bougeaient qu'avec difficulté. Elle rampait sur le lit et n'était pas capable de se mettre debout. Son cou supportait à peine sa tête qui présentait tous les symptômes de la microcéphalie.

Même débarrassés de leurs impuretés, ses yeux voyaient peu : ils clignotaient, gênés par la lumière. Anna-Sigynn se mit à parler. Des mots pas toujours compréhensibles. Elle parlait comme une sourde qui ne peut contrôler le son de sa voix.

— Tu es gentille, gentille, comme lui. Il n'est pas venu depuis longtemps. Il va venir. Il faut attendre. Il est bon, mais des fois, il me fait peur. Il m'aime. C'est ce qu'il dit tout le temps. Je suis son amoureuse. Mais d'autres fois, il est méchant, il n'aime pas quand je parle.

Elle jeta à la Sibylle un regard teinté d'inquiétude.

— Toi, tu ne te fâches pas quand je parle ?

La jeune femme secoua la tête.

— Non, Anna-Sigynn, tu peux parler, cela ne me dérange pas.

— Tu aimes quand je parle ?

— Oui, Anna-Sigynn, j'aime cela. Continue.

Et l'infirme continua :

— Parfois, il me dit que je suis belle, parfois que je suis un monstre. Marie-Adélaïde, tu penses que je suis un monstre ?

— Non, bien sûr que non, Anna-Sigynn, tu n'es pas un monstre, tu es juste une petite fille.

Et la créature gloussait de plaisir. La femme ne mentait pas, en vérité : la repoussante créature qui tremblait sous le linge humide était bel et bien une petite fille perdue, abandonnée. Exactement comme dans ses visions. Une immense compassion l'envahit : si seulement elle pouvait la sortir de son isolement, si seulement elle avait pu lui donner une vie normale.

Mais la tristesse revint : bien sûr, c'était impossible. Elle était trop différente, trop hideuse pour cela. Comment faire comprendre à une petite fille que jamais elle ne pourrait jouer avec d'autres enfants, que jamais elle ne connaîtrait l'étreinte d'une mère ? Finalement, Anna-Sigynn se laissa aller : elle ronronnait comme un petit animal et dodelinait de sa tête minuscule. Son visage prit enfin une expression apaisée. Elle était presque jolie, ainsi.

Marie-Adélaïde se mit à espérer une vision de la petite fille heureuse, ne serait-ce que quelques semaines, dans un environnement normal. Chez elle, rue de Tourny, elle lui aurait prêté sa chambre, elle l'aurait bercée dans son propre lit. Hélas, aucune vision de la sorte ne lui apparaissait. Elle ne voyait que la dernière porte : l'ultime horreur, celle de sa propre mort, et Anna-Sigynn ne lui serait d'aucune aide.

L'aube approchait. De maigres rayons de lumière pointaient à travers les volets bien clos. Enfin, l'infirme s'endormit : calme, détendue. Heureuse.

« Je lui aurai au moins donné cela, se dit-elle, un tout petit peu de bonheur dans une vie de recluse. »

Elle la veilla un long moment, puis se décida à explorer un peu plus avant la maison. Quelque chose l'attendait ici. Ce n'était pas très précis : un livre, peut-être. Qui lui donnerait des explications, tout au moins l'espérait-elle.

Marie-Adélaïde redescendit. Elle n'avait plus besoin de la lanterne : le jour éclairait le rez-de-chaussée d'une lumière grise. La maison, à part la chambre d'Anna-Sigynn, n'était pas habitée. Celui qui venait la voir, pour qui elle éprouvait un étrange mélange d'amour fou et de peur viscérale, ne vivait pas ici. Il avait loué sans doute la demeure pour y loger l'infirme, loin des regards curieux. Dans une pièce qui avait servi d'échoppe autrefois, elle trouva un grand lutrin d'église. Un livre. *Le Traité des supplices*. Il était là. Le cœur battant, impatiente de connaître les explications de tous ces mystères, elle s'approcha et en tourna les pages.

De tous les tourments qui agitent l'âme humaine, il en est un qui paraît si universellement répandu qu'il semble lié à l'essence même de ce qui constitue la nature de l'homme, et en même temps ce qui le différencie le plus profondément de l'animal : il s'agit de la crainte du trépas…

Un bien curieux ouvrage. L'écriture nerveuse, anguleuse, parfois difficilement lisible, s'étalait sur les pages de papier jauni. L'auteur paraissait fasciné par la mort sous toutes ses formes, avec une attirance particulière pour les plus atroces.

Elle tourna les pages : ce n'étaient que tortures décrites avec minutie, aucun détail n'était épargné. Elle eut la vision de chairs meurtries, de jets de sang, d'os brisés, de brûlures… Elle faillit refermer l'ouvrage.

« Pourtant, c'est là que je trouverai la réponse à mes questions. »

Une page vers la fin attira son attention.

Une exposition à un son trop fort et trop puissant pour que l'oreille puisse le supporter peut entraîner sur le sujet certaines conséquences très intéressantes. Son ouïe est troublée par un sifflement que seule la personne peut entendre. On constate ce phénomène, par exemple, chez les soldats affectés au maniement d'une pièce d'artillerie. D'abord passager, le phénomène tend à s'accentuer avec le temps et finit par devenir irréversible. Je suis parti du principe que plus le son serait fort, plus le traumatisme serait considérable, pouvant entraîner la mort du sujet, ne serait-ce que par la douleur causée par le sifflement.

En vérité, je me trompais à peine.

Le son auquel j'exposai le sujet était trop fort : l'intérieur d'une cloche constitue un concentré de vibrations. Il suffit de disposer une bassine d'eau juste sous la cloche pour s'en apercevoir : on peut alors visualiser les vibrations en question. C'est par ce phénomène mécanique que ses tympans et son oreille interne se sont trouvés détruits. Mais là est le point le plus intéressant de l'expérience : même en état de surdité totale, même le fragile mécanisme des osselets irrémédiablement détruit, le sujet continuait à percevoir le fameux sifflement. En vérité, aucun autre son ne pouvait plus être capté par son sens de l'ouïe et rien ne pouvant plus désormais capter son attention, c'est décuplé que ce sifflement lui causait les plus vives souffrances. Je crois également que toute la structure crânienne, sensible très certainement par sympathie au son de la cloche, vibrait d'une manière qui constituait une torture véritablement affreuse.

Le sujet était un homme blessé par la guerre mais moralement d'une grande vigueur. Son équilibre nerveux s'en est trouvé presque de suite ébranlé…

Elle referma violemment le livre : l'auteur avait précisément décrit le supplicié de la tour Saint-Jacques, celui qui avait fini par s'arracher les oreilles, certainement pour mettre fin au sifflement qui ne s'arrêterait jamais puisqu'il était en lui.

Son cœur battait et de nouveau la panique la reprit : pourquoi était-elle là ? Pourquoi était-elle restée aussi longtemps au chevet d'Anna-Sigynn ? Mais il fallait qu'elle lise encore les dernières pages. Elle y trouverait ce qu'elle cherchait. Elle le savait.

Il serait fascinant de pouvoir d'un coup de baguette magique ouvrir tous les cercueils entreposés dans un cimetière. On y trouverait sans aucun doute une proportion importante de corps présentant des postures étranges ou grotesques. Des expressions horrifiées sur le visage. La plupart des médecins ayant constaté de tels cas évoquent de simples phénomènes liés à la décomposition, mais qu'en est-il alors de ce seigneur anglais inhumé pendant la guerre de Cent Ans ? Lorsque, plusieurs siècles plus tard, le cercueil fut ouvert, on y a trouvé son cadavre momifié. Il paraissait tordu, comme s'il avait tenté de se débattre et de s'enfuir de sa prison souterraine. Ses mains avaient été rongées. On a pensé à un rat, mais le médecin ayant ouvert l'estomac du malheureux y trouva les restes de ses pauvres doigts, comme si, réveillé dix pieds sous terre, incapable de prévenir quelqu'un à l'extérieur, il avait prolongé sa misérable vie en se dévorant lui-même. Et que dire de cet abbé dont l'intérieur du cercueil laissait apparaître de profondes taches marron et des morceaux d'ongles fichés dans le bois ? Il y a aussi cette femme, morte alors qu'elle était en couches : l'ouverture de sa tombe a permis de découvrir deux cadavres et non un. Elle avait accouché dans la tombe et avait fini par mourir, sans doute à cause du manque d'air. C'est du moins ce que l'on a raconté à la famille car, même profondément enterré, un peu d'air passe forcément, suffisamment tout du moins pour maintenir en vie le malheureux qui ne peut plus espérer qu'une mort longue et douloureuse.

Ces quelques phrases firent l'effet à la jeune femme d'un coup porté en pleine poitrine. Elle recula comme sous l'effet d'un choc violent.

Elle venait de visualiser l'innommable. Était-ce cela qui l'attendait derrière l'ultime porte ? Celle qu'elle n'avait jamais osé ouvrir ?

Partir, il fallait partir vite !

Là-haut, elle entendit le croassement de l'infirme. Quelque chose l'effrayait. Cette maison était maudite et il fallait en sortir. Elle se retourna et…

Il y avait une statue, juste face à elle. Non, ce n'était pas une statue. Elle distingua nettement un masque.

Tout de suite, elle se rappela cet ancien tarot égyptien dont elle s'était servie naguère. Quel était ce visage ? Oui, cette couronne très particulière, cette longue barbe finement tressée, cette couleur verte, celle de la décomposition : le dieu Osiris avait été assassiné et seuls les efforts d'Isis, son épouse, avaient permis de reconstituer, au bout d'une longue quête, le corps dont les membres avaient été dispersés par Seth, son frère jaloux. Osiris, qui régnait sur le monde souterrain et dont le pouvoir permettait aux âmes des élus de vivre éternellement dans l'au-delà.

Mais, par les fentes du masque, elle aperçut deux yeux brillants. La statue vivait.

Tétanisée, comme l'animal que l'on va sacrifier d'un coup de poignard sur l'autel des dieux, elle ne put prononcer un mot ni seulement se débattre. D'un geste souple et d'une incroyable rapidité, l'intrus se précipita sur elle et lui glissa un sac noir sur la tête.

Une seconde plus tard, ce fut l'obscurité totale et ses cris se perdirent derrière l'épais tissu et les murs de la maison de Nicolas Flamel.

18

Un genre de vie continue, une nourriture saine
et convenable à l'enfance, des travaux graduels
et modérés, des épreuves successives
mais continuellement répétées, voilà les seuls moyens
de créer les habitudes ; voilà les moyens efficaces
de donner au corps tout le développement
et toutes les facultés dont il est susceptible.

Maximilien de ROBESPIERRE

La souffrance, il la connaît. Il la connaît bien. En fait, il n'a toujours connu qu'elle et elle est devenue comme une amie, une vieille compagne.

Il est impropre de parler de souvenirs d'enfance en ce qui le concerne. En fait, il est toujours dans l'enfance. Rien n'a changé depuis. Parmi les gens, certains ont disparu, d'autres sont toujours là et ont changé. Mais lui est toujours un petit garçon. Celui qui parvenait parfois à échapper à l'attention des domestiques pour aller dans la chambre.

C'est une porte haute et triste. Il n'aime pas cette porte. Il lui faut se mettre sur la pointe des pieds pour tourner la poignée. Elle fait du bruit, beaucoup de bruit, et il a toujours peur que quelqu'un n'arrive.

Il lui est interdit de rentrer dans la chambre ou même d'en approcher. Si la femme de chambre le surprend, ce n'est pas grave : elle le gronde un peu mais il répond : « Je veux voir maman ! » Le visage de la femme change d'expression, il n'est plus du tout sévère, mais elle l'entraîne loin de la porte interdite.

Si, par contre, un ou plusieurs domestiques mettent la main sur lui, ils s'emparent de lui sans ménagement et le traînent au grenier, jusqu'à sa propre chambre.

Le pire, c'est son père. Le visage de l'homme ne sourit jamais et ressemble à un sévère masque de granit, comme on en voit parfois dans les églises. Chacun de ses regards constitue un reproche. D'ailleurs, ils fusent régulièrement : « Tu ressembles à un imbécile, à un petit pouilleux ! » « Tu manges comme un porc ! » « Qu'est-ce que tu traînes par ici à ne rien faire ? Je vais te donner du travail, moi ! » La plupart du temps, ces remarques ne sont pas suivies de punition, sauf lorsqu'il est de très mauvaise humeur. L'enfant a appris à reconnaître de telles prédispositions chez son père : il fronce les sourcils dès qu'il voit son fils. Alors arrivent les claques, les coups. Parfois, il le jette à terre et lui laboure les côtes à coups de pied.

Il a appris que la meilleure résistance à ces moments-là est de ne pas réagir, de rester inerte comme quelque chose d'inanimé ou de mort. Son père se lasse rapidement et quitte la pièce en claquant violemment la porte. Les coups lui font mal et régulièrement ses côtes cassées lui procurent une souffrance presque insupportable à la moindre respiration. C'est pire lorsque plusieurs corrections se succèdent à seulement quelques jours d'intervalle.

Mais ce n'est rien comparé aux vraies punitions lorsqu'il a fait une bêtise.

Par exemple, lorsque son père le surprend près de la porte : il est traîné par les cheveux jusqu'à l'extérieur de la maison. Dans la cour. Là, son père l'attache au puits, le visage au-dessus du gouffre noir, et prend une longe à chevaux.

La première fois, le garçon a tenté de s'échapper mais évidemment, face à un homme en colère aidé par de fidèles domestiques, un enfant n'a aucune chance. Il a été rattrapé, roué de coups et laissé pour mort dans la boue de la cour.

Beaucoup plus tard, à la nuit tombée, lorsque plus personne ne sort dehors, la bonne l'a ramassé, emmené jusque dans sa chambre et soigné sommairement.

Deux semaines plus tard, au détour d'un couloir il a croisé son père et celui-ci lui a donné une taloche. « Qu'est-ce que tu fais, bon à rien ? » sans évoquer l'incident de la cour.

Alors il a arrêté de résister. Lorsque son père l'attache au puits, il ne bouge pas. Il reçoit parfois cinq coups, parfois dix. Parfois, le père frappe violemment en poussant des « han ! » de bûcheron, parfois, il cible vicieusement le haut des cuisses ou le sexe de son fils.

Il ne faut rien dire : rester immobile, supporter la lanière de cuir qui lui déchire le dos. C'est une habitude à prendre. Lutter contre la nature qui pousse à s'enfuir, à tenter d'échapper au supplice. En cela, il acquiert petit à petit une capacité, un don qui le met au-dessus de l'animal mais aussi au-dessus de la plupart des humains : accepter la douleur immédiate pour éviter une douleur encore plus grande. En fait, la douleur devient une habitude : on peut vivre avec. Il suffit de penser à autre chose. Autre chose. Sa mère.

Il veut rentrer dans cette chambre où il sait qu'elle se trouve. Il brave la crainte de la punition, la colère de son père pour aller là. Dans ce lieu interdit.

C'est une pièce sombre avec de grandes fenêtres, mais elles sont toujours fermées et, comme la bonne n'a pas le droit de s'y rendre elle non plus, elle est pleine de poussière et de détritus. Qu'importe. Lorsqu'il parvient à franchir le seuil, il ne voit que le grand lit, au milieu. Sur ce lit, plongée dans une pénombre permanente, il y a sa mère.

Lorsqu'elle entend quelque chose, la malade parvient à se soulever. Mais sa faiblesse ne lui permet pas de le voir parce qu'il rampe sur le sol, pour faire moins de bruit, pour qu'on n'entende pas ses pas dans la pièce du dessous. Il s'est déjà fait prendre de cette manière et a appris à ne jamais commettre deux fois la même erreur.

Un visage émacié, des cheveux plaqués sur le crâne, des yeux aux contours soulignés de noir.

— C'est toi, mon petit.

— Maman…

Une seconde plus tard, il monte dans le lit et se blottit contre elle. Il sent son odeur, un peu écœurante, mais c'est la sienne, celle de sa mère : un mélange de sueur, de camphre et d'excréments, car la femme peut à peine quitter son lit pour ses besoins.

Cela ne le surprend pas. Il ne se révolte pas contre cette situation, pas plus qu'il ne se révolte contre la dureté de son sort. Il l'a toujours connue ainsi.

Couchée, incapable de se déplacer, enfermée perpétuellement dans sa chambre.

— Maman…

Elle lui caresse doucement les cheveux.

— Mon petit, mon tout petit.

Ce sont les rares moments où il n'a pas peur. Le bonheur ? Il ne sait pas ce que c'est, il n'en a aucune idée. C'est un concept qui dépasse son entendement. Elle lui raconte une histoire, un conte de fées merveilleux qu'il connaît par cœur.

La légende de Yehonathan.

Il était une fois un petit garçon nommé Yehonathan qui vivait avec son papa et sa maman dans le beau pays de France. Ils avaient tout pour être heureux et habitaient dans une grande et belle demeure. Il semblait que jamais les soucis ne puissent les atteindre de quelque manière que ce soit.

Hélas, en ces temps anciens, les hommes se querellaient pour leur religion. Il y avait beaucoup de morts. Régulièrement, des bandes armées pénétraient dans un village et là, les pauvres gens qui y vivaient savaient qu'ils allaient mourir, car les soldats étaient féroces et n'épargnaient personne, ni le père, ni la mère, ni les enfants.

Yehonathan entendait de telles histoires et il avait peur.

« Ne crains rien, mon fils, lui dit sa mère. Si jamais un jour tu nous perds, il te suffira de penser très fort à nous et nous serons toujours là. »

Cette idée rassurait le garçon et sa peur disparut petit à petit.

Malheureusement, il se trouva un jour que les troupes du duc de Falkenstein, qui n'étaient rien d'autre qu'un ramassis de brigands et de pillards, passèrent non loin de son village. Il jouait tout seul près de la source auprès de laquelle il avait l'habitude de se rendre pour se baigner lorsque les soldats surgirent et l'entourèrent.

Il reconnut tout de suite le duc à sa grande armure noire et à ses regards terribles.

« Enfant, je pourrais te tuer d'un simple geste. Mais tu as bonne mine et je ne tue pas ceux qui me sont agréables. Dis-moi où se trouve ton village et je te laisserai en paix. »

Le duc de Falkenstein était vraiment terrible, deux grandes épées étaient glissées dans deux grands fourreaux qu'il portait à la ceinture. Sur son bouclier on voyait peinte l'image d'un démon grimaçant.

Yehonathan se mit à genoux.

« Je vous en prie, seigneur, ne me faites pas de mal. Mon village est à une demi-lieue d'ici. Il vous suffit de suivre la crête de la colline puis de longer la rivière et vous y arriverez. »

Le duc éclata de rire.

« C'est très bien, petit. Comme je l'ai promis, tu auras la vie sauve, tu peux continuer à te baigner. »

Yehonathan les regarda s'éloigner, mais il avait peur. Pourquoi le duc voulait-il se rendre à son village ? Il décida donc d'y retourner.

Il connaissait un chemin plus rapide mais aussi plus malcommode. Dans sa précipitation, il tomba plusieurs fois et se fit mal à la cheville, si bien que finalement il parvint au village bien après les hommes du duc.

Hélas, il ne reconnut plus rien : toutes les maisons brûlaient, les paysans qu'il connaissait depuis l'enfance gisaient morts, leurs corps couverts de grandes blessures infligées par les deux terribles épées du duc. Les enfants avaient été pendus à l'arbre et les femmes, tuées elles aussi, ne portaient plus leurs vêtements. Leurs corps gisaient pêle-mêle au milieu de la place.

Horrifié, il se rendit jusqu'à la demeure qui elle aussi avait été pillée et saccagée. Là, dans la cour, il y trouva le corps de son père, percé d'un coup d'épée, et, tout contre lui, celui de sa mère.

Alors il s'agenouilla et se mit à pleurer.

Pourtant, au milieu des pleurs, il se rappela les paroles de sa mère et décida de penser très fort à elle.

Il se rappela les événements les plus heureux de son enfance et bientôt une voix un peu lointaine lui parvint.

« Yehonathan chéri. Nous sommes toujours là, à tes côtés. Ne t'inquiète pas. »

« Mais, maman, tu es morte, papa aussi et tous les villageois. Ils ont tout brûlé. C'est de ma faute, je n'aurais pas dû leur indiquer le village. J'aurais pu les diriger dans une mauvaise direction, mais je n'y ai même pas pensé. Tout cela est de ma faute. »

La voix répondit :

« Non, tu n'es pas responsable. Calme-toi maintenant, tout ira bien. Nous serons toujours près de toi. »

« Mais comment vais-je faire, tout seul ? »

« Il te suffit de m'écouter. Il y a encore à manger pour toi pour tout l'hiver, les bandits n'ont pas trouvé toutes nos provisions. Écoute-moi attentivement et tout ira pour le mieux. »

Le petit garçon reste comme cela longtemps à écouter l'histoire, jusqu'à ce que la bonne, en bas, fasse tinter ses casseroles. C'est un signal, même s'ils n'en ont jamais parlé ensemble. Il sait que si les casseroles font du bruit, dans la cuisine située juste en dessous de la chambre, c'est qu'il risque de se faire surprendre. Alors il descend du lit et rampe jusqu'à la porte et s'éloigne le plus vite possible de la chambre interdite.

Et il attend, jusqu'à la prochaine occasion. Il a appris la patience. Il faut de la patience pour survivre, la précipitation est dangereuse.

Une fois, il a failli être surpris dans la chambre. Quelle punition lui aurait réservée son père ? Sans doute l'aurait-il fait rouer de coups jusqu'à l'évanouissement. Peut-être pire.

Ce jour-là, il est là, blotti entre les bras de sa mère. Sans crainte, sans douleur. Alors il entend du bruit dans les cuisines. Il tente de fuir, comme d'habitude, mais des pas retentissent dans le couloir.

Ces pas, il les connaît bien. Ce sont ceux de la souffrance. Il se raidit : l'inévitable va arriver. Son père va le torturer et sans doute le tuer. Il est comme l'animal entouré par la meute qui cesse toute résistance car il sait qu'il n'y a rien à faire.

— Sous le lit, sous le lit.

Sa mère ne peut qu'émettre un murmure étranglé.

Sous le lit ? Quelle drôle d'idée, il n'y aurait pas pensé. D'ailleurs son père le verra. Il voit tout, devine tout.

— Vas-y, vite !

C'est sa mère qui le lui ordonne. Après tout, pourquoi pas ?

Il se glisse sous le cadre en bois. Il y a de la poussière, beaucoup de poussière, mais la cache semble sûre.

La porte s'ouvre. Il reconnaît le pas. Il reconnaît les souliers, les bas noirs, la culotte noire.

Le père.

Il va le trouver, le sortir de sa cachette et le frapper. Mais non. Il s'arrête devant le lit et parle. Il parle fort, sur un ton dur. Exactement celui qu'il emploie pour s'adresser à son fils. Sa mère répond, mais beaucoup plus faiblement. Il est en colère, très en colère. Va-t-il la punir, elle aussi ?

Non, il entend un bruit au-dessus de lui, comme si un grand poids venait de tomber sur le lit. Son père vient de s'y précipiter. Il y a des cris, des mouvements, beaucoup de mouvements. Sa mère gémit fort, très fort. Elle a mal ou autre chose. Comme si ce n'était pas uniquement la douleur qui la faisait crier. Il se bouche les oreilles, il ne veut plus entendre sa mère crier.

Cela dure longtemps, très longtemps. Puis c'est le silence. Son père descend du lit et marche à grands pas vers la porte. Le garçon tremble. Ses jambes peuvent à peine le porter lorsqu'il sort enfin de sa cachette. Il n'ose pas se retourner pour voir sa mère. Elle est encore en vie car il entend sa respiration : saccadée, souffrante. Mais il ne se retournera pas. Il rampera jusqu'à l'extérieur de la chambre, le plus vite possible.

La légende de Yehonathan (suite).

Cela se passa comme l'avait annoncé la voix. Il porta les corps de ses parents jusque dans la grande salle du château et les assit dans leurs fauteuils. Il venait les voir très souvent pour leur demander conseil. Ils lui dirent comment enterrer les villageois, comment éteindre les incendies, prodiguer des soins à leurs chairs mortes afin qu'elles se conservent le plus longtemps possible et surtout, ils lui révélèrent là où se cachaient les provisions.

Et tous les soirs, il venait s'asseoir entre eux et s'endormait ainsi en les tenant tendrement enlacés.

L'hiver passa, mais malheureusement les corps de ses parents devenaient chaque jour plus fragiles. Ils tombaient petit à petit en poussière. Il leur prodiguait les soins les plus attentifs : il changeait leurs vêtements, enduisait leurs peaux desséchées de crème et d'huile, mais leurs visages s'étaient creusés, ils avaient perdu leurs yeux et leurs cheveux jaunis tombaient par plaques sur leurs fronts où l'on distinguait maintenant l'os du crâne.

Mais, pire que tout, leurs voix se perdaient petit à petit.

Lorsque le printemps arriva, il ne restait de ses parents que quelques os blanchis sur lesquels un peu de chair corrompue continuait à s'accrocher. Et, un matin, il ne les entendit plus.

Yehonathan resta longtemps à pleurer sur les misérables restes de ses parents. Malheureusement, ils ne lui répondirent plus. Au bout de quelques semaines, il lui fallut se rendre à l'évidence : l'autre monde où ils s'étaient rendus les avait entièrement absorbés. Il ne les verrait plus. Il rassembla donc quelques provisions, l'or dissimulé dans la cachette, et quitta le château.

Par la suite, les choses changeront. Sa mère, qui était malade, le deviendra encore plus. La preuve, le médecin vient. Le médecin ne vient jamais d'habitude, d'ailleurs il ne sait pas qui c'est. La bonne, qui regarde par la fenêtre de la cuisine, lui glisse :

— Miséricorde. Le médecin. C'est la mort qui frappe à notre porte !

C'est donc cela, un médecin : celui qui apporte la mort.

Le visiteur et son père se rendent à l'étage, mais il n'ose pas les suivre. Une heure plus tard, lorsqu'ils descendent, dissimulé sous l'escalier, il entend les paroles échangées par les deux hommes : le médecin, celui qui apporte la mort, et son père, celui qui prodigue la souffrance.

— Je vous avais prévenu, Jonas, une nouvelle grossesse lui sera fatale.

Le père gronde :

— Et alors, je suis un homme, non ? Dieu l'a créée pour accomplir Sa volonté. Si c'est Sa volonté qu'elle meurt en enfantant, qui sommes-nous pour nous y opposer ?

— Jonas, vous allez trop loin. Vous savez comme moi comment s'est passé son premier accouchement. Elle n'est pas assez résistante pour en supporter un deuxième. Le seul espoir qui lui reste, c'est que l'enfant ne parvienne pas à terme.

— La volonté de Dieu s'accomplira.

Le médecin pousse une sorte de grognement dégoûté et s'en va. De sa cachette, le garçon entend la porte claquer. Lorsqu'il revient dans la cuisine, la bonne aussi a entendu la conversation car elle pleure doucement.

Il n'a pas vraiment compris les mots. Il sait seulement que sa mère est en danger de mort.

— Que se passe-t-il lorsque les gens meurent ? demande-t-il à la vieille femme.

Mais celle-ci se met à pleurer de plus belle. Il ne peut rien en tirer de plus.

Les semaines et les mois qui suivent, il retourne voir sa mère. Rien n'a vraiment changé, du moins ne s'en aperçoit-il pas. Son ventre gonfle, mais il n'y prend pas garde. Il ne voit d'elle que ses yeux. Ses grands yeux soulignés de noir.

— Maman, est-ce que tu vas mourir ?

— Mais non, bien sûr que non, mon petit.

Il sait qu'elle ment. Il emploie ce même ton lorsqu'il ment à son père et celui-ci devine tout de suite que son fils ne dit pas la vérité.

Elle va mourir, mais quand ? Et que se passera-t-il après ?

Et il y a ce soir. Ce soir si inhabituel. Tragique ? Ce n'est pas un concept qu'il comprend. Différent à coup sûr et effrayant. Il se souviendra toute sa vie de ce fameux soir. Chaque instant, chaque sensation, chaque odeur, chaque son restera inscrit dans sa mémoire. Lorsqu'il est seul, il ferme les yeux et se les remémore. En suivant un cérémonial immuable qui lui fait ressentir une nouvelle fois les douleurs, les craintes, les bouleversements qu'il a éprouvés alors. D'abord, il y a les gémissements. Ils viennent de la chambre de sa mère. Ce ne sont pas ses pleurs ou ses plaintes habituels. On dirait une bête blessée qui hurle à la lune. En ce moment, il reste recroquevillé, dans la cuisine, il est assis et se tient les genoux pour essayer de ne pas trembler. Ce cri, il voudrait ne plus l'entendre, se boucher les oreilles hermétiquement, mais ce n'est pas possible, il le sait. Il a déjà tenté de se fourrer des petits morceaux de tissu trempés dans la cire, mais cela ne fait qu'assourdir, un peu.

La bonne va et vient, elle renverse des choses : elle aussi a peur.

Une autre voix qui vocifère : c'est son père, il marche à grands pas et parfois donne un violent coup de poing à une porte ou à un meuble. Il est très énervé. Sans doute, s'il rencontrait son fils, le tuerait-il.

Les domestiques courent. Ils sont affolés. Qui sait de quoi est capable le maître de maison ?

Un galop de cheval, la grande porte s'ouvre. Tremblant, le garçon ose se glisser jusqu'à la porte pour voir : le médecin. Il a vêtu un long manteau et un tricorne de cuir qui le protège de la pluie. Avec son col relevé, il ressemble à un spectre.

« Un fantôme, il vient chercher maman ! »

Il porte une sacoche, la sacoche maudite, celle qui dissimule les instruments du démon.

— Venez, elle souffre et l'enfant ne sort pas.

Le docteur ne répond rien, il ne regarde même pas le père. Ils montent l'escalier tous les deux. Là-haut, il y a des bruits de pas, des voix, mais pas assez fortes pour qu'il puisse entendre ce qu'elles disent.

Alors il réfléchit : son père est là-haut et il n'en redescendra pas tout de suite. Les domestiques ont peur, ils n'obéissent plus aux ordres.

Il lui suffirait de prendre quelques provisions, un vêtement de pluie, et de partir. Loin d'ici. La ville n'est qu'à quelques lieues. Son père cache toujours un peu d'argent et il sait où. Ce ne serait pas difficile de se glisser jusqu'à sa chambre et de s'en emparer. Avec de l'argent il pourra survivre et ne plus souffrir.

L'absence de douleur lui paraît inconcevable. En fait, il n'imagine pas une vie sans. C'est sans doute pour cela qu'il ne part pas. Et puis une autre force le retient ici.

Sa mère. Il veut la voir. La bonne sanglote dans un coin, le majordome tente de rassembler les domestiques. Personne ne fait attention au petit garçon qui sort de la cuisine et, dans la grande entrée, contemple l'escalier d'honneur en pierre.

Il est haut et un peu effrayant. Plus d'une fois il en a dévalé les marches, poussé par la botte paternelle. Il en connaît chaque parcelle. Même pas besoin de réfléchir pour aller là-haut. Il avance, monte une marche, puis une autre. Les cris n'ont pas cessé. Ils deviennent plus aigus et en même temps un peu plus faibles. Pourtant, la douleur ne s'amenuise pas. Il connaît la douleur, il sait lorsqu'elle diminue ou lorsqu'elle augmente. Là, c'est qu'elle se fatigue. La douleur ravage le corps et le rend moins capable, moins agile, moins résistant. Mais, lorsqu'on parvient à la vaincre, c'est le contraire qui se produit : à force, on devient plus fort, plus résistant, plus capable, à moins que l'on n'en meure…

Une marche, puis une autre. Il est sur le palier.

Pas de bougie ni de lanterne : ce sont les éclairs qui de loin en loin illuminent son chemin.

De toute façon, il n'a pas besoin d'y voir. Il connaît trop bien le chemin… celui de la chambre de sa mère. Toutes les lattes de plancher, celles qui grincent et celles qui restent silencieuses, lui sont familières. Mais aujourd'hui il n'a pas besoin d'y prendre garde. Personne ne l'écoute.

Pourtant, il fait comme d'habitude. Il saute d'une latte silencieuse à l'autre. Comme un fantôme.

La porte est ouverte. De la lumière en sort. Et des cris aussi. Il se rapproche et s'agenouille sur le seuil, dans la pénombre, à l'abri des regards.

Ce spectacle, depuis cette nuit fatidique, il le revoit quotidiennement. Il défile sans cesse devant ses yeux dès qu'il les ferme. Il y a le médecin : il a enlevé son tricorne et ouvert sa mallette. On y distingue des flacons qui brillent à la lueur incertaine des bougies. Et surtout…

Un poignard, un couteau ?

Non, c'est autre chose : un peu comme un instrument de boucher.

— Laissez-moi faire. Je dois sacrifier l'enfant, sinon elle va mourir.

— N'en faites rien. Elle est condamnée. De toute façon, elle est trop faible.

— Je suis médecin, pas boucher !

Son père reste froid, le visage fermé des mauvais jours. Soudain, il tient quelque chose à la main. Le garçon reconnaît la gueule noire d'un pistolet.

— Ouvrez-la, ou je vous fais exploser la cervelle !

— Vous êtes fou, Jonas ! Jamais je ne me rendrai complice d'un crime !

— Vous préférez en être victime, peut-être ? Allons, je ne vous demande pas de tuer quelqu'un mais d'abréger les souffrances d'une mourante. Et peut-être de sauver un héritier.

— Vous en avez déjà un : bien des hommes vous envieraient cette chance.

Le père renifle.

— Lui, un demeuré ! Un poids mort inutile, incapable de la moindre compréhension. Et vicieux avec cela. Ouvrez-la.

Le médecin hésite, il se tourne vers la femme étendue dont les cris maintenant sont presque inaudibles.

D'où il est caché, le garçon ne peut pas la voir. Il n'aperçoit que la masse de ses cheveux noirs et sa main tendue, si frêle, à la peau d'une finesse transparente, qui semble supplier.

Alors l'homme se penche sur la parturiente, il murmure quelque chose. La réponse ne tarde pas à venir : presque incompréhensible.

— Faites-le, je vous en prie, docteur. Faites-le, pour mon bébé.

L'homme a pris sa décision. Il revient à sa mallette, en tire un flacon dont il verse une partie du contenu sur un morceau de tissu.

Le garçon ne voit pas ce qu'il fait, mais bientôt les gémissements diminuent encore.

— Ouvrez-la, par tous les diables ! Vous voyez bien qu'elle se meurt.

L'instrument de boucher brille dans sa main. Il y a une sorte de crissement, comme lorsqu'on découpe une pièce de gibier. Il fait un « ha » sous l'effort.

Et…

Un nouveau cri.

Différent de ceux qui ont déjà retenti : beaucoup plus aigu.

Un bref instant le temps semble s'arrêter. Tout le monde reste immobile. Il n'y a que ce petit gémissement suraigu, cette plainte venue d'un autre monde.

Alors le père se rapproche, il repousse le médecin.

— Quelle horreur ! Qu'est-ce que c'est que cette chose ?

— Non, ne faites pas cela !

Les deux hommes sont prêts à en venir aux mains. Quelque chose vole à travers la pièce. C'est gros comme un chat et cela s'écrase sur le sol avec un bruit spongieux, de l'autre côté.

— Une abomination ! C'est une abomination ! Maudit soit le ciel !

Le père se précipite hors de la pièce, vers la porte. Il ne voit même pas son fils qui se jette sur le côté. Au moment où il passe, il parvient à distinguer son visage et à y lire son expression.

Une expression qu'il ne connaît pas chez l'auteur de ses jours. Une expression qui lui est pourtant familière.

La peur.

Son père a peur.

— Maudits, nous sommes maudits !

Et il dévale l'escalier en courant.

Hébété, le médecin se retourne vers la morte. Son tablier est taché de sang et une terreur sans nom se lit sur son visage.

— Seigneur, pardonnez-nous… murmure-t-il.

La pièce est vide maintenant, et les bougies s'éteignent petit à petit, ayant consommé toute leur cire.

Il peut rentrer. Personne ne le surprendra. Il a entendu les chevaux dans la cour : le médecin mais aussi son père sont partis. Il est seul.

Pourtant, il fait comme d'habitude : il rampe jusqu'au lit maternel.

— Maman ?

Il se redresse et regarde.

Elle est couchée, les yeux fermés, encore plus frêle que d'habitude. Mais c'est plus bas qu'il découvre un spectacle inimaginable.

Même encore de nombreuses années plus tard, il éprouve l'équivalent d'un coup à l'estomac chaque fois qu'il se remémore la scène. Et il le fait chaque nuit, oscillant entre terreur et une certaine forme de ravissement. Lorsque apparaît enfin l'horreur suprême, il advient une sorte de soulagement car rien ne pourra la dépasser.

Le ventre flasque de sa mère est nu. Mais une plaie béante s'y ouvre comme deux lèvres monstrueuses. Et le sang. Il y a du sang et des humeurs partout. En vérité, le lit entier est recouvert du sang qui a jailli de la blessure, comme le jus d'un fruit trop mûr qu'on écrase dans sa main.

Il veut crier, mais rien ne sort de sa bouche. Il recule petit à petit, avec précaution, comme si la vision du cauchemar allait se redresser tout d'un coup.

Puis son pied glisse sur quelque chose de mou et il tombe.

Face contre terre, recroquevillé, il n'ose pas faire un mouvement, ni même respirer. La vision écarlate est là, encore. Il ne voit pas mais la devine mieux que s'il l'avait sous les yeux, là-haut, dans le lit.

Près de lui, une respiration. Quelque chose se tient là, à quelques pas.

Il y a quelqu'un. Non, c'est bien trop faible, ce ne peut être humain.

Péniblement, il parvient à lever les yeux.

Alors il tombe nez à nez avec… Il ne le sait pas, tout d'abord. Un animal ? Non, c'est humain, mais si petit. Cela bave et remue faiblement, si faiblement. C'est couvert de sang et ça gémit un peu, un tout petit peu. Étonné, il regarde la chose, l'examine sous toutes ses coutures. Il a déjà vu des bébés, mais c'est différent. Ç'a le corps comme tordu. L'un des bras est beaucoup plus petit que l'autre et une jambe forme un angle invraisemblable par rapport au reste. Et le visage. Il n'y a presque pas de mâchoire. Il a l'impression qu'un bonnet lui couvre la tête, jusqu'à ce qu'il s'aperçoive que le crâne entrouvert laisse voir en partie ce qu'il y a en dessous.

Quelle que soit la chose, cela vient de sa mère. Il la ramasse, la dissimule dans son manteau et la porte jusqu'en bas.

La bonne est là, dans la cuisine, et pleure à chaudes larmes. Il pose la chose sur la table et lui dit :

— Occupe-t'en.

La vieille femme pousse un cri en découvrant la monstruosité minuscule qui gémit et se tord devant elle. Effrayée, et après de nombreux signes de croix, elle s'exclame :

— Par tous les saints, il ne pouvait rien sortir de moins monstrueux d'une telle union contre nature ! Mon enfant, quel que soit le fruit de ces couches, cela ne doit pas voir la lumière du jour. Je vais t'en débarrasser, tu n'en entendras plus jamais parler.

Mais lui a déjà décidé.

— Il n'en est pas question. Cela a tué ma mère, mais cela vient d'elle. Je veux que cela vive car ainsi je pourrai toujours la voir et lui parler. Tu vas la nourrir, la confier à une nourrice du village.

La bonne se tord les mains de désespoir.

— Aucune femme n'acceptera de nourrir une créature du démon. Crois-moi, il serait beaucoup plus miséricordieux de la laisser mourir. Ne crains rien, elle ne souffrira pas.

Son cœur se met à battre plus fort, il serre les poings et grince des dents : est-ce cela, la colère ?

— Femme, si cet enfant meurt, alors toi, tu mourras aussi. Et ne crois pas que l'affection retienne mon bras. Cette chose est ma sœur. Tout ce qui reste de ma pauvre mère. Qu'elle la rejoigne et je laverai son petit corps avec ton sang !

La femme se recule comme si elle avait vu le diable. Elle se signe.

— Le sang de ton père parle en toi ! Jamais le petit garçon que j'ai connu n'aurait proféré de telles monstruosités.

Calmement, il s'empare d'un grand couteau destiné à la découpe des volailles, plaque la main de la bonne sur la table et, avant qu'elle n'ait pu pousser un cri ou se débattre, lui tranche un doigt.

— Maintenant, tu sais ce qui t'attend. Veille sur elle et dissimule-la aux yeux du père, je viendrai la voir tantôt.

La légende de Yehonathan (suite).

Il marcha longtemps dans la campagne désertée : en ce temps-là, il existait beaucoup de bandes comme celle du duc et les paysans avaient fui leur village.

Il rejoignit la route qui menait à Nassau et, en la suivant, finit par parvenir à une auberge située dans une clairière au milieu d'une épaisse et noire forêt, habitée par seulement quelques bûcherons et infestée de loups. L'endroit exsudait la désolation et la mélancolie.

En voyant ce jeune et beau garçon, bien vêtu, qui lui lança de l'or pour avoir un peu de nourriture et un lit, l'aubergiste se trouva fort aise, car l'homme et sa femme, une méchante gourgandine, avaient pour habitude de détrousser les voyageurs. Il mangea et but, puis alla se coucher dans la meilleure chambre de l'auberge, qui, il l'ignorait, dissimulait un passage secret.

Cependant, les aubergistes avaient une fille. Très jeune et très belle. Elle n'aimait pas que ses parents tuent d'innocents voyageurs et éprouva une grande pitié pour ce jeune et beau garçon, si naïf.

Ainsi donc, elle se glissa dans sa chambre pendant la nuit, avant que le couple infernal ne commette son crime.

« Levez-vous, monseigneur. Fuyez, c'est la mort qui vous attend, ici ! »

Et elle expliqua en quelques mots quel sort affreux serait le sien, s'il restait ici. Bien vite réveillé, Yehonathan rassembla ses affaires et la suivit en dehors de l'auberge jusqu'à la sombre forêt de la vallée de la rivière Lahn.

Assise à côté de lui sur une colline qui dominait la route et la vieille bâtisse de l'auberge, elle lui parla de son enfance, de la brutalité de ses parents qui avaient perdu au fil des années tout sens moral, uniquement préoccupés par l'argent.

« Ils me tueraient aussi, s'ils pouvaient en tirer le moindre avantage », soupira-t-elle. Il l'écoutait à peine et la regardait furtivement. Elle ressemblait à sa mère avec sa chevelure défaite et la longue chemise blanche dont elle s'était couverte.

Sa mère. Disparue avec son père dans les limbes de l'autre monde. Et s'il existait un moyen de communiquer avec eux ? La fille était gentille, sans doute lui rendrait-elle ce service. Quant à la vie, qu'avait-elle à en espérer avec de tels parents ?

Il fouilla dans son sac et en sortit le poignard qu'il avait trouvé planté dans la poitrine de son père. Se rapprochant de son amie, il lui passa la main dans les cheveux et, alors qu'elle tournait la tête pour se rapprocher de lui, enfonça la lame dans son cœur.

Elle mourut presque tout de suite. Il la coucha confortablement sur la mousse de la forêt et attendit un instant avant de lui parler.

Ce fut elle qui commença la première :

« Pourquoi m'as-tu tuée ? J'étais jeune et je crois que je t'aurais aimé si tu avais permis que je vive.

— Mes parents sont morts. Tant que leurs corps ont gardé un peu de chair sur les os, j'ai pu leur parler, mais maintenant ils ne sont plus que deux squelettes blanchis. Je veux que tu les retrouves dans l'autre monde de telle manière que je puisse leur parler à travers toi.

— Tu as abusé de moi. Je n'ai pas l'intention de t'aider. »

Yehonathan fronça les sourcils.

« Si tu ne m'aides pas, je tuerai tes parents. »

Le cadavre de la jeune fille aurait frémi s'il lui était encore resté quelque vie.

« Et les retrouver dans l'au-delà ? Non, je préfère qu'ils vivent le plus longtemps possible, ce qui me permettra de les tourmenter à ma guise. »

Ainsi, le garçon put de nouveau parler à ses parents. Les aubergistes s'enfuirent de leur auberge hantée par un fantôme et Yehonathan put donc y vivre tranquillement en compagnie du corps de la jeune fille.

Hélas, le corps de celle-ci ne tarda pas à se corrompre, malgré les efforts du garçon, et bientôt ce nouveau contact fut rompu.

Il ne lui resta plus comme ressource que de prendre la suite du couple infernal et d'assassiner nuitamment les voyageurs qui se présentaient pour demander gîte et couvert.

La fin de l'histoire de Yehonathan, le garçon ne la connaît pas. Sa mère n'a pas eu le temps de la lui raconter. La vie reprend au château et les mois succèdent aux mois. La servante tient sa promesse. La petite chose a survécu et continue ses petits gémissements qui ne ressemblent pas aux pleurs d'un bébé.

Lorsqu'il vient la visiter dans la métairie où elle est dissimulée, la vieille femme ne se gêne pas pour grommeler :

— Obligée de nourrir un enfant du démon, moi qui n'ai jamais péché plus que raisonnable de ma vie. Saint Joseph, mon saint patron, que t'ai-je fait pour mériter ce sort ? Un maître brutal et ivrogne, et son fils qui n'est rien d'autre qu'un serpent à la morsure encore plus dangereuse.

Et elle se signe.

Mais le garçon n'en a cure : il examine la petite chose. Son crâne s'est presque refermé mais laisse encore entrevoir l'intérieur. Quelques cheveux poussent autour de l'affreuse plaie. Ses membres difformes ne lui permettront jamais de se déplacer. Quant à son visage, le menton prognathe, les yeux dissymétriques sur son visage de rongeur lui donnent l'apparence de quelque gargouille sortie du ciseau d'un sculpteur dément. Ses yeux voient à peine, ils sont perpétuellement rougis et suintent un liquide qui les rend collants et visqueux.

Néanmoins, il aime la petite chose et décide de la nommer Anna-Sigynn, du nom de la vieille déesse païenne, femme de Loki, le trompeur dieu du Feu dont les serfs racontaient les exploits lorsqu'ils savaient que ni leurs maîtres ni les curés ne les écoutaient.

On enterre la mère dans le caveau de famille et, alors que la pluie tombe et que le pasteur récite mécaniquement les textes bibliques, le garçon examine son père. Il boit beaucoup, ses traits et ses yeux sont gonflés, rougis. Il boit du matin au soir et peine à attraper son fils pour le corriger. Mais ce dernier se méfie, l'homme possède encore de la vigueur et il le hait. Le regard qu'ils échangent lorsqu'on descend le cercueil dans le gouffre sombre ne laisse aucun doute à ce sujet.

Maintenant que la mère est morte, il n'a plus grand-chose à faire dans le château. Il ne s'y rend guère que pour dormir et manger. Et encore se réfugie-t-il souvent dans la forêt pour réfléchir à la fin du conte de fées. Yehonathan a-t-il continué à tuer des voyageurs pour le bonheur de parler à ses parents ? Lui est-il arrivé d'autres aventures ? Il ne le saura jamais, aussi s'amuse-t-il à imaginer les fins les plus folles. Et si, s'aidant du corps de ses victimes, il était parvenu à les ramener à la vie ? Ce serait beau. Non, il faudrait qu'il soit médecin ou quelque chose comme cela. Mais l'un des voyageurs capturés pourrait être médecin ou physicien. Il le tuerait puis écouterait ses sages conseils pour concocter un philtre. Non, pas de philtre, voilà bien longtemps que leurs squelettes sont tombés en poussière. Il faudrait trouver des victimes qui leur ressemblent et leur insuffler la vie des êtres qui lui sont chers.

Il imagine la fin : « Maman, papa, je vous ai trouvés ! » Et il les serre très fort dans ses bras.

Mais ce ne sont que des cadavres et ils finiront par dégouliner de pourriture, comme les autres.

Pendant qu'il réfléchit et réfléchit encore, il passe de plus en plus de temps dehors. Les paysans commencent à avoir peur de lui : il ressemble à un petit sauvage. Il s'en moque. Lui, contrairement à Yehonathan, possède encore quelque chose de sa mère : Anna-Sigynn. Il vient régulièrement la visiter, vérifie que la bonne la soigne avec diligence. Il s'amuse avec la petite créature. Il la met par terre et la regarde remuer ses petits bras et ses jambes tordues, impuissante à se déplacer. Il caresse le petit corps contrefait, souffreteux, et reste longtemps les yeux plongés dans les siens, rougis et clignotants. Il l'écoute pousser les cris les plus étranges et les plus repoussants. Il ne connaît nulle créature de Dieu capable de vagir de la sorte.

— Ce n'est pas humain, ce n'est pas humain, marmonne la femme qui a entouré le berceau de crucifix et de buis trempé d'eau bénite.

Cette situation le remplit d'un certain bonheur : entre ses souvenirs et sa petite sœur, eût-elle l'apparence d'un démon repoussant sorti de l'enfer, il est heureux. Tout du moins, c'est ainsi qu'il conçoit ce concept jusque-là si étranger.

Et puis, un soir tout bascule. Il est allé se promener dans les bois comme d'habitude et joue à être Yehonathan. Pris d'un brusque désir de voir sa sœur, il se rend à la métairie. Une haute silhouette se dresse sur le seuil.

Aussitôt, le garçon se dissimule derrière un buisson.

Son père.

L'homme paraît en colère, mais plus encore surpris. Il tient d'une main la chétive créature qui pousse des cris à fendre l'âme, et de l'autre son épée, pointée sur la vieille qui gémit en se traînant sur le sol boueux de la cour.

— Hélas, Seigneur, ayez pitié. C'est votre fils. C'est un démon. Il m'a forcée. Il m'aurait tuée si je n'avais pas nourri cette monstruosité. Pitié, épargnez-moi !

Le père ne bouge pas.

Le garçon sait ce qu'il doit faire. Cela lui apparaît comme une évidence. Il prend une pierre et la lance.

Un cri. Son père se retourne, étourdi. Le projectile l'a frappé au crâne et il ne doit qu'à son tricorne de ne pas avoir été assommé. Son fils est là, devant lui. Une autre pierre à la main.

— C'est toi qui as fait cela ? jette l'homme. C'est toi qui as nourri cette chose sortie de l'enfer et qui a tué ta mère ? À genoux ! Repens-toi. Sinon, je jure devant Dieu que ce bon acier te transpercera le cœur.

Il n'écoute plus : la deuxième pierre vole. Le père bascule en arrière et tombe.

Il se précipite, prend sa petite sœur et la dépose un peu plus loin. Puis, à deux mains, il prend une pierre encore plus grosse, qui sert à délimiter une plate-bande. Il la soulève, sous l'effet d'une force qu'il ne se connaît pas. Pourtant, il est calme. Pas de colère, cette fois-ci. Juste le sentiment de faire exactement ce qu'il faut faire.

Il brandit la pierre et la laisse retomber lourdement sur le crâne de l'homme qui tente vainement de se relever, gêné par ses vêtements et abruti par l'ivresse.

Un bruit comme celui d'une jarre de terre cuite remplie de lait qui se brise. La cervelle se répand sur le sol de la cour. Le corps de la victime, dont on ne distingue plus le visage écrasé, tressaute, agité de mouvements convulsifs qui le font ressembler à un pantin désarticulé, puis s'immobilise enfin.

La vieille femme, horrifiée, se remet à gémir.

— Hélas, Seigneur Jésus, Vierge Marie, pourquoi ai-je assisté à une telle abomination ?

Il est toujours calme et prend l'épée tombée par terre. Sans précipitation, il passe la lame à travers la poitrine de la bonne, qui pousse une sorte de hoquet de surprise et s'écroule à côté du corps de son père.

La scène n'a duré que quelques instants. Il regarde les corps, sans éprouver de sentiment particulier. Il ramasse sa sœur et la rapporte jusqu'à l'intérieur.

Au soir, il prépare un bagage léger, vole tout l'or paternel et part à cheval, tenant, à l'abri de son manteau, le monstre vagissant. Lorsqu'il s'évanouit dans la forêt, en route vers l'ouest, il ne se retourne même pas pour contempler les flammes qui commencent à dévorer le château. Comme Yehonathan, son aventure ne fait que débuter.

19

Un homme libre peut pardonner à son ennemi,
s'il ne lui présente que la mort ;
il ne lui pardonnera jamais
s'il ne lui présente que des fers.

Maximilien de ROBESPIERRE

Toute l'histoire du meurtrier, elle venait de la vivre, et cette vision lui laissa un goût amer dans la bouche. Derrière les portes qui se succédaient le long du couloir de ses rêves, elle n'avait distingué que la souffrance la plus extrême… Exactement comme les drames qui avaient ponctué la vie de l'inconnu.

« Comment peut-on vivre après cela ? » s'était-elle demandé. On ne peut pas vivre, du moins pas de la manière dont chacun pense que les hommes doivent vivre. La porte, celle qui menait à l'âme de son ravisseur, elle ne l'avait qu'entrouverte. Un tout petit peu. Elle ne voulait pas en voir plus. L'idée même la révoltait.

Où était-elle exactement ? Juste devant la dernière porte. Elle la sentait, elle était là. Celle derrière laquelle elle ne pouvait rien voir. La porte qui menait à sa propre mort. Elle restait désespérément muette. Juste une impression d'étouffement et de peur panique lorsqu'elle tentait de s'y projeter.

« Je ne dois pas. »

Mais elle restait là, omniprésente. Inévitable. Il lui suffisait de tendre la main et d'ouvrir…

« Sibylle, écoute-moi. »

Une voix venait de résonner tout près d'elle. L'épais tissu qui lui avait recouvert le visage avait disparu, et pourtant elle ne voyait pas. Elle n'était pas aveugle, comme elle le crut d'abord, mais plongée dans l'obscurité la plus totale. Même dans une pièce parfaitement fermée on distinguait un trait de lumière, même ténu, même infime. Mais là, il n'y avait rien.

« Je suis peut-être dans un souterrain », songea-t-elle.

La voix ne lui était pas familière : trop déformée, trop rauque et inhumaine. Elle réprima un mouvement de panique. Aucun lien ne limitait plus ses mouvements et elle aurait pu s'enfuir. Mais où courir lorsqu'on n'y voit plus rien ? Qui sait quels pièges affreux dissimulait cette nuit totale ?

Celui qui avait parlé devait être tout proche. Mais il ne devait pas y voir plus qu'elle. Cette idée la rasséréna quelque peu. Elle décida de se lever. Et, debout, tremblante, elle lança d'une voix mal assurée :

— Qui êtes-vous ?

Un pas de côté. Si son ravisseur tentait de la frapper, son arme ne rencontrerait que le vide. Elle ne ressentit aucun mouvement, par contre la voix reprit :

« Je suis hier, je suis l'aube de ce jour et je suis le lendemain. Je suis le maître des naissances, la nature mystérieuse. Je suis le créateur des dieux qui procurent leurs aliments aux habitants de la Terre. Je suis le grand nautonier oriental, je suis celui qui possède deux visages. Je suis le maître de l'aube, dont les rayons de soleil montent au ciel et redescendent jusqu'au crépuscule pour que s'opère la mystérieuse alchimie de la mort. Tu sais qui je suis. Peut-être ne te le rappelles-tu pas, mais au fond de toi, je sais que tu le devines. »

Le flot de paroles la désorienta. L'homme, quel qu'il fût, s'exprimait dans un langage volontairement abscons. Elle ne devait pas tenter de comprendre. Juste se concentrer sur sa faculté de prescience. Que voyait-elle ? Il lui était délicat de se concentrer dans un tel environnement. Juste le noir, le noir total et la vision de l'ultime porte accompagnée de cette sensation d'étouffement. Parler révélerait sa position exacte. Aussi, elle se tut et tenta de ralentir sa respiration. Mais l'inconnu ne parut pas se soucier de ses efforts. Il continua :

« Je suis celui qui ressort intact et dont le nom est inconnu. Je suis celui qui ouvre les portes du ciel et qui règne sur le trône. Ma vraie forme est cachée en moi car je suis l'Inconnaissable, Sibylle. Je suis la voix de ta conscience, ou plus exactement la voix de la conscience des enfers. »

« L'Inconnaissable » ? Où avait-elle déjà entendu cet étrange qualificatif ? Mais oui, dans une de ses visions. Si seulement elles n'avaient pas été si floues et incertaines.

« Tu es venue jusqu'à moi comme tout être humain le fait un jour ou l'autre. Tu as franchi les rives de l'Orient pour me rejoindre et te présenter à moi. Tu cherchais mais tu n'as pas trouvé. Ta quête est désormais terminée. Tu es parvenue jusqu'à l'ultime rive. Tu es morte, Sibylle. »

Elle frissonna. Morte, non, elle ne l'était pas encore. Cette succession de phrases étranges ressemblait à un rituel. Les francs-maçons, pour atteindre un degré supérieur d'initiation, devaient passer par l'expérience d'une mort symbolique. Mais le rituel qu'elle était en train de vivre ne ressemblait à rien de connu. D'ailleurs, la mort évoquée par l'inconnu pouvait très bien ne pas être symbolique.

Non, elle ne devait pas se laisser aller à l'effroi. C'est sans doute ce qu'on espérait d'elle et elle ne leur ferait pas ce plaisir. D'ailleurs, rien n'indiquait qu'elle allait mourir dans les prochaines minutes. Elle changea de tactique et décida de tenter un dialogue avec la voix.

— D'accord, vous êtes l'Inconnaissable et je suis morte. Pouvez-vous me dire en quel lieu je me trouve ? En enfer ?

Il y avait presque de l'ironie dans la réponse qui lui parvint presque immédiatement :

« Tu n'es pas encore aux enfers, Sibylle. Mais tu n'appartiens plus au monde des vivants. Tu es en quelque sorte dans un lieu intermédiaire. »

La voix s'était déplacée : l'individu pouvait voir et bouger dans la plus totale obscurité. À moins qu'il ne connaisse très bien les lieux, ce qui lui parut l'hypothèse la plus vraisemblable.

— Vous savez que je vois l'avenir. Et je ne crois pas que vous me tuerez. Pas ici.

Un ricanement fit écho à cette déclaration un peu péremptoire.

« Bien, Sibylle, tu ne manques pas de courage. Tu es ici pour y être jugée. »

Alors elle se souvint d'anciens écrits, de textes remontant à la plus grande Antiquité, de récits de voyages de géographes grecs dans les mystérieux temples d'Égypte. Le jugement des morts !

« Tu es ici au Tribunal des âmes. Je vais décider de ton sort futur. Soit un séjour honorable dans l'immortalité, soit un châtiment permanent. L'enfer. »

C'était cela. L'homme tentait de l'effrayer en singeant les anciens cultes qui avaient régné sur les bords du Nil, bien des millénaires plus tôt. On disait que Pythagore lui-même avait reçu l'initiation des prêtres d'Amon, de Seth, d'Isis et d'Osiris.

Il fallait le provoquer, l'amener à se trahir.

— Mon âme n'est pas plus noire que celle de la plupart des gens, par contre, la vôtre, si j'en crois ce que mes dons m'ont appris, se débat dans les plus extrêmes souffrances. Est-ce pour vous racheter de vos propres fautes que vous vous plaisez à tourmenter vos semblables ?

Mais il ne se départit pas de son ton solennel :

« Sibylle, tu n'as pas encore compris. Ton âme va être pesée, jaugée. Le moindre de tes actes, la moindre de tes pensées seront posés sur la balance. J'abomine la mauvaise conduite et je n'ai aucune considération pour elle. Je crois en Maât, fille de Rê, qui a pour royaume la justice et la vérité. Prends garde, Sibylle, car ses jugements sont inflexibles. Sa balance ne se trompe jamais. Chacun de tes péchés pèse lourd comme le plomb et tes bonnes actions possèdent la légèreté de la plume. Elle est là, à côté de toi, prête à te dévorer et à te faire subir des tourments bien plus grands que ceux que tu viens de connaître. »

Une brève lueur, juste à côté d'elle, lui fit cligner les yeux. Elle s'attendait à distinguer quelque monstre venu de l'enfer, mais non. Il n'y avait à ses pieds qu'un puits noir insondable. Il n'y avait rien dans ce puits, pourtant elle tomba à genoux, saisie d'une peur sans nom.

La porte était là. L'ultime porte, celle de toutes les abominations et de tous ses cauchemars.

L'obscurité revint immédiatement et la voix entonna un hymne, soufflé d'une voix rauque, sinistre.

« Maât est venue pour demeurer sans cesse avec toi.

Maât est toute la place qui t'appartient pour que tu te reposes sur elle.

Tu rajeunis à sa vue, tu vis du parfum de sa rosée.

Maât est placée comme porte-bonheur à ta poitrine… »

Elle n'osait pas bouger, de crainte de tomber dans l'abîme. Elle savait maintenant, elle savait ce qu'il dissimulait. C'était la somme de toutes ses peurs. Ces visions noires qui la hantaient depuis l'enfance. Depuis que son père était mort, avalé par ce même puits sans fond.

« Ton œil droit est Maât.

Ton œil gauche est Maât.

Tes chairs et tes membres sont Maât.

Les souffles de ton instinct et de ton intelligence sont Maât.

Ta nourriture, c'est Maât.

Ta boisson, c'est Maât. »

— Qu'est-ce que vous voulez ? balbutia-t-elle. Dites-moi ce que vous voulez !

« C'est bien, Sibylle. Tu acceptes ton sort. Tu reconnais la puissance de l'Inconnaissable. Je suis content de toi, maintenant ton âme va pouvoir se libérer. »

Elle tremblait tellement qu'elle tenait à peine debout.

— Dites-moi, continua-t-elle. Ce que vous voulez. Vous aurez tout, je ferai tout ce que vous me direz. Tous les secrets que j'ai entendus, je vous les révélerai.

Je sais comment faire tomber Barras et Tallien. Je sais comment les faire arrêter. Ils ont tous un secret… ou plusieurs. Mais moi, ils ne peuvent rien me cacher. Vous pourrez devenir le maître absolu de la Convention avec tout ce que je sais. Ils vous suivront, qui que vous soyez, car ils auront peur… trop peur.

Elle ne parvenait plus à se contrôler et secouait la tête en prononçant des phrases hachées, presque inaudibles.

— Vous voyez, je vais obéir à tout ce que vous demanderez. Rien ne vous sera impossible. Vous serez puissant, bien plus que Robespierre, car vous connaîtrez les projets de vos ennemis avant même qu'ils ne songent à les mettre en œuvre. Dites-moi. Vite ! DITES-MOI CE QUE VOUS VOULEZ ! TOUT MAIS PAS CELA ! DITES-MOI… MAIS PARLEZ ! PARLEZ DONC !

Elle avait hurlé à pleine voix ces derniers mots. Elle était prête à l'insulter, à le griffer, à le gifler, pour qu'il parle, pour qu'il lui donne un ordre, n'importe quoi.

Mais pire que tout, elle savait que la porte était là, devant elle, et qu'en aucun cas elle ne pourrait y échapper.

La voix reprit, moins solennelle, presque compatissante.

« Tu es morte, Sibylle, je te le rappelle. Rien ne peut te sauver du jugement de Maât. La sentence est décidée. Maât a parlé. Tes dons de devin détournent de moi les âmes perdues. Ton impiété est trop grande pour que tu rejoignes le séjour des bienheureux. Mais tu t'es livrée à moi sans réserve. Ton cœur s'est ouvert et tout ce que je t'aurais demandé tu l'aurais accompli avec empressement. Tu as avoué ta bassesse, ta lâcheté, ta peur de la mort. Cela a été pris en compte. »

Elle se mordit les lèvres pour se calmer. Jusqu'à ce que la douleur la fasse gémir et qu'elle sente un filet de sang lui couler sur le menton.

— Oui, tout ce que vous voudrez…

« La déesse qui voit tout a lu dans ton cœur. Écoute sa sentence. »

Elle cessa de respirer un instant. Le pire était qu'elle savait… avant même que les mots ne fussent prononcés. La voix s'éleva une fois de plus, mais plus lointaine, au-dessus d'elle, comme descendue du ciel.

« Sibylle, tu mourras dans les pires tourments. La justice l'exige. Mais je suis compatissante, car je suis la justice. Tu renaîtras enfin libérée de tes tourments. Vis cette souffrance comme une délivrance, comme une purification. N'aie crainte car après la douleur viendront enfin pour toi le repos et le soulagement. Tel est le jugement de Maât. Il est sans appel. »

Elle poussa un cri et s'effondra sur le sol. Sa tête ne toucha pas le rocher et un léger courant d'air portant une indicible odeur de charogne lui caressa la joue. Elle était juste au-dessus de l'ouverture. Son bourreau parla de nouveau, mais cette fois-ci beaucoup plus près.

« Tu as entendu, Sibylle. Il m'appartient à moi, l'Inconnaissable, d'exécuter la sentence. Tu vas subir l'ancien supplice réservé aux menteurs et aux calomniateurs. Que ton cœur se rassure : la déesse l'a dit. Après la souffrance viendront le soulagement et le long repos. »

Des bras d'acier la saisirent, elle sentit qu'on lui glissait un sac de grosse toile sur la tête, elle voulut hurler, se débattre, mais un choc d'une violence inouïe la fit plonger immédiatement dans les ténèbres.

20

*Vous qui pleurez sur le cercueil d'un fils
ou d'une épouse, êtes-vous consolés
par celui qui vous dit qu'il ne reste plus d'eux
qu'une vile poussière ?*

Maximilien de ROBESPIERRE

Ils étaient tous là. Ceux dont elle avait prédit la mort et qui avaient franchi l'ultime porte. Depuis son père jusqu'au tyran Robespierre et tous ces anonymes, visages rencontrés furtivement au détour des rues de Paris ou en consultation dans son cabinet. Beaucoup portaient une affreuse cicatrice au cou, comme si la tête, détachée par une lame coupante, avait ensuite été recousue au reste du corps par un chirurgien maladroit. Des femmes aussi : les religieuses du couvent de son enfance, certaines, le ventre ouvert sur leurs organes internes, tenant dans leurs bras une progéniture interdite qui s'accrochait à leurs mères comme des goules. De nombreuses dames emperruquées, parfois jeunes et candides, sur le visage desquelles on lisait les affreux stigmates de la petite vérole ou de la syphilis.

Lorsqu'elle avança, tous s'écartèrent. Ils lui apparaissaient à divers stades de la décomposition, mais sur tous on distinguait, barrant leur figure comme une blessure, un hideux et sardonique sourire.

Ils lui ouvraient le passage et elle s'avança donc. Les morts se réjouissaient-ils que celle qui avait lu leur sombre avenir les rejoigne enfin ? Cherchaient-ils à se venger ?

Ils ne disaient rien. La vision était silencieuse. Totalement silencieuse. Elle n'avait rien à craindre d'eux, spectres impuissants, mais l'idée de les rejoindre lui était insupportable. Pourtant, il ne lui restait d'autre choix que d'avancer. L'Inconnaissable avait raison.

Elle était déjà morte.

Derrière la foule macabre il y avait la porte, la dernière porte. Celle-ci s'ouvrit et, alors que chaque pore de sa peau se hérissait de répulsion et d'horreur, elle la franchit.

Marie-Adélaïde tenta de se relever, mais son front heurta immédiatement une surface dure au-dessus d'elle. Elle essaya de bouger pour éviter l'obstacle, mais c'était impossible. Elle tâta au-dessus puis plus bas. Partout la même matière froide et lisse à seulement quelques pouces de son visage.

Elle connaissait maintenant son sort mais résista à la panique qui l'envahissait. Après tout, ce n'était peut-être qu'un mauvais rêve.

Et sur les côtés. Peut-être y avait-il une ouverture ?

Sur sa droite, elle rencontra le même obstacle.

À gauche… Ses mains sentirent quelque chose de mou. Une masse inerte. Elle la palpa avec frénésie. Puis ses doigts frôlèrent quelque chose qui s'effritait sous ses ongles. Et en dessous…

C'était humide, un peu poisseux.

Alors elle comprit. À côté d'elle, presque collé contre son propre corps, il y avait un cadavre. Ce qu'elle avait senti était sans doute une blessure sanglante et, en dessous de la croûte de sang séché, la chair dégoulinante de pus…

L'odeur qui l'assaillit était celle de la mort. Mais avec aussi quelque chose qui rappelait celle de la terre, comme au fond d'une cave.

Elle avait franchi la dernière porte, celle de l'ultime abomination : on l'avait enterrée vivante.

Le cri qu'elle poussa fut rapidement étouffé, de même que ses coups frénétiques sur le métal de son cercueil.

Durant un moment dont elle ne put apprécier la durée, elle ne fut plus qu'un animal en pleine terreur panique. Hurlant, frappant les parois jusqu'à se faire mal. Toute raison la quitta et il n'y eut plus que l'horreur.

« Sibylle… »

La voix était faible, lointaine. Presque inaudible, mais bien présente. Le cœur battant à se rompre, elle se força à arrêter les cris qui se perdaient dans la masse de terre qui la recouvrait de toutes parts.

« Allons, vous n'allez pas renoncer maintenant. Pas vous. J'attendais un peu plus de courage de votre part. »

Elle tenta de répondre, mais une boule énorme lui enserrait la poitrine, rendant sa respiration sifflante. Elle cherchait l'air.

« Respirez plus calmement. Vous n'étoufferez pas. Ce serait trop rapide. J'ai prévu une ouverture. Oh, n'allez pas espérer que vous pourrez sortir vivante de ce tombeau. Votre cercueil de fer a été placé tout au fond de ce puits que vous avez distingué tout à l'heure. Je l'ai ensuite recouvert de roc et de terre. Il y en a bien trente pieds. Trente pieds d'un remblai que j'avais soigneusement amassé au-dessus, ce qui explique pourquoi la bière qui refermera votre corps est en métal renforcé. Je voulais éviter tout risque d'écrasement. Jamais vous ne pourrez remonter à la surface et, à supposer que quelqu'un vous entende, il faudrait à des ouvriers bien équipés de barres à mine, de pelles et de pioches plusieurs jours pour vous sortir de là. Mais cela n'arrivera pas. Ce puits est lui-même creusé profondément sous le sol de Paris. Pour y accéder, il faut emprunter des caves et des souterrains que moi seul connais et dont j'ai dissimulé toutes les ouvertures… Hormis celle qui me permettra de revenir à la lumière du jour. Vous n'aurez pas cette chance. Calmez-vous et apprêtez-vous à mourir sereinement. Si vous me donnez satisfaction, peut-être hâterai-je votre trépas. Vous vous demandez peut-être comment je puis vous parler. Un minuscule tuyau de plomb part de la surface et traverse l'épaisseur rocheuse qui nous sépare pour arriver jusqu'à vous. C'est grâce à lui que j'ai le loisir de vous parler et de vous entendre et aussi que vous pouvez respirer, assez mal apparemment, car il n'est pas bien large. Inutile de chercher l'ouverture. Elle n'est pas plus grosse que votre petit doigt. Amusant, n'est-ce pas ? Le seul lien qui vous relie encore au monde et dans lequel vous ne pourriez même pas glisser votre index. »

Il y avait comme de l'amusement dans sa voix. Aucune commisération d'aucune sorte. Aucune considération pour sa terreur ou ses souffrances.

« Si je me mets à hurler, il se lassera et me laissera mourir. »

Elle tenta de mettre de l'ordre dans ses pensées chaotiques. Il y avait eu la maison de Nicolas Flamel, l'église Saint-Jacques.

« Héphaïstos saura que je suis ici. Il viendra à mon secours. »

Elle se força à ralentir sa respiration. L'air se raréfiait et une nouvelle crise de panique l'épuiserait rapidement.

Mais sans doute pas assez pour mourir.

Son ravisseur avait tout prévu. Elle s'accrocha à son don : la raison pour laquelle elle n'avait pas pu prévoir ce supplice lui apparut avec évidence.

Son esprit avait refusé l'horreur de son sort. Le professeur Gall lui avait parlé de cette faculté de l'âme humaine de se dissimuler les vérités trop cruelles. Elle se rappela une de ses leçons.

« On raconte l'histoire de femmes ayant perdu leur enfant nouveau-né. Après un moment de prostration, il semble que leur raison refuse cette tragique issue. Alors elles font comme si l'enfant était toujours vivant, s'occupent de lui, nettoient ses langes, le nourrissent, l'embrassent, le couchent à côté d'elles. C'est une grande tristesse de les voir ainsi prodiguer les soins les plus tendres à un petit cadavre que la décomposition commence à transformer en objet d'horreur. »

Voilà l'explication. Une nouvelle vague de désespoir fut près de l'envahir. Si seulement il avait été là. Si seulement elle avait pu discuter avec lui comme ils le faisaient en Angleterre.

Son don. Que lui montrait-il ? Maintenant qu'elle connaissait la plus grande abomination qu'un esprit humain puisse concevoir, pourquoi lui dissimulait-il l'avenir ? Une horreur pire que celle-là l'attendait-elle ? Non, ce n'était pas possible.

Une vision s'imposa à elle. Une image d'une netteté stupéfiante, presque douloureuse.

Un visage de mort. Émacié, cynique, dénué de la moindre pitié.

Il la contemplait avec curiosité.

Fouché.

Elle ne parviendrait jamais à l'attendrir. Pas un homme qui avait envoyé tant d'innocents à une mort horrible.

« Sibylle, vous ne dites plus rien ? »

Toujours la voix. Il fallait qu'il reste là, à parler avec elle. Elle devait lui obéir en tout. Gagner du temps. Alors, en un immense effort, elle parvint à articuler :

— Dites ce que vous désirez, maître. Je vous obéirai.

« Voilà qui est mieux. Je n'en attendais pas moins de vous. Je veux que vous me parliez, Sibylle. Que vous évoquiez ce tombeau ainsi que toutes les affres qui vous procurent l'horreur que vous exprimiez il y a quelques instants. Pouvez-vous faire cela ? »

— Oui, maître. J'étouffe, j'ai peur. Et il y a ce corps à côté de moi. J'ai passé mes mains sur ses plaies, mes ongles ont arraché des croûtes de sang à peine séchées…

« Dégoûtant, n'est-ce pas ? Mon cher Roland joue en ce moment un rôle bien sordide. Un rôle de comparse mais qui a son importance. Jusqu'à présent vous ne sentez presque rien car il est mort il n'y a que quelques heures, mais d'ici une journée ou deux, vous verrez, ce sera abominable, surtout dans un lieu aussi confiné. Je me demande de quoi vous mourrez, de soif ou empuantie par les gaz issus de la décomposition de ses organes internes. »

Elle faillit vomir à cette idée et griffa les parois métalliques. La douleur la ramena quelque peu à la raison.

Le faire parler. Il fallait le faire parler !

— Pour… pourquoi ce supplice ? On ne tue pas les gens de cette manière.

Il répondit avec une certaine légèreté.

« Bien sûr que si. Savez-vous que les Romains enterraient vivantes les vestales qui avaient fauté avec un homme ou qui avaient laissé s'éteindre le feu sacré ? Leur statut de prêtresses les rendait intouchables. Ainsi, elles mouraient non de la main de leurs bourreaux mais par la volonté de la déesse elle-même. Ce genre de châtiment a souvent été répété par le passé : on pouvait ainsi prolonger à loisir la vie de ceux dont on voulait se débarrasser mais en la leur rendant infernale. En vérité, un tel sort est bien pire que l'enfer. »

Une idée lui traversa l'esprit et elle se rappela ce qu'elle avait lu, juste avant sa rencontre avec l'homme masqué.

— Mais ces malheureuses n'étaient pas enterrées dans un cercueil, comme moi.

Un léger ricanement lui répondit, incongru à trente pieds sous terre dans l'atmosphère moite et puante de son tombeau.

« Vous avez raison. Cependant, en procédant à des recherches, il m'est arrivé d'ouvrir des tombes creusées depuis seulement quelques semaines. Vous ne pouvez pas vous imaginer comme c'est intéressant. Il semblerait que la mort possède bien des mystères car nombre de corps n'avaient manifestement pas encore rejoint l'autre monde au moment de leur mise en bière. »

— Mais c'est impossible. Il y a des signes. La mort est constatée par un homme de l'art…

« Théoriquement oui, mais souvent la vie n'a pas quitté celui qui semble être mort. Et il se réveille, quelques heures, quelques jours plus tard, au fond de son caveau. Imaginez-vous son réveil. Oh, excusez-moi, vous pouvez parfaitement l'imaginer puisque c'est ce que vous êtes en train de vivre. »

Couchée dans sa prison de fer, séparée du monde des vivants par trente pieds de roches et de sédiments, il lui parut absurde de continuer à parler. Elle eut la tentation de se cogner la tête contre la paroi supérieure du cercueil et de hâter ainsi une mort inévitable. Sa raison, bien défaillante en un si cruel moment, ne lui montrait que cette issue-là. Elle n'imaginait pas rester ainsi plusieurs jours, alors que le corps de ce malheureux qui la touchait malgré ses efforts pour se recroqueviller du côté opposé à celui qu'il occupait pourrissait lentement. Pourtant, elle ne se voyait pas mourir ainsi. Il n'y avait que l'affreuse figure de Fouché.

À moins qu'une fois de plus son esprit ne refuse de lui dévoiler toute la cruauté de son sort.

Parler. Il fallait continuer à parler. C'était le dernier lien qui la rattachait encore au monde des vivants. Un lien tellement ténu, tellement fragile.

— Co… comment pouviez-vous savoir qu'ils s'étaient réveillés dans leur tombeau ?

« Un œil exercé peut facilement en reconnaître les signes. En premier lieu, il y a le bois du cercueil, le couvercle. On distingue assez facilement les marques laissées. Des griffures extrêmement caractéristiques. Elles ne sont guère profondes car l'individu ne possède que ses mains. On y trouve des traces de sang et aussi des ongles arrachés et fichés dans le bois. Au niveau des genoux, des sortes de bosselures, car le mort vivant tente de toutes ses forces de briser les murs de sa prison. Ce sont là les traces pitoyables d'efforts désespérés et vains, bien entendu. L'examen du cadavre montre aussi nombre de traces tout à fait claires. Mains aux extrémités rognées presque jusqu'à l'os, genoux éclatés, presque aplatis. Il n'est pas rare non plus que le mort vivant, poussé par une faim irrépressible, ait dévoré une partie de son corps. Je me souviens d'un cimetière en Allemagne. Une femme enceinte de huit mois était passée pour morte. Lorsque j'ai ouvert son cercueil, huit mois après son décès, j'ai constaté que, sortie des ténèbres de la mort, elle avait accouché. Bien entendu, le nourrisson n'a pas survécu, d'autant que la femme avait dévoré une partie de sa progéniture. »

Une vision assaillit la jeune femme. Elle était dans ce même cercueil décrit par son bourreau, elle frappait, frappait encore jusqu'à se briser les extrémités : les pieds, les coudes, jusqu'à s'arracher les ongles, se briser le crâne. Un bref moment, elle se vit avec dans les bras une petite créature agonisante alors que la faim lui déchirait les entrailles.

— NON !

C'était plus qu'elle n'en pouvait supporter et elle chassa ces images atroces de son esprit. La panique la gagnait de nouveau.

« Bon, je vois que vous vous laissez aller. Vous êtes courageuse, malgré tout, Sibylle. Plus d'un individu au caractère plus trempé aurait déjà perdu la raison à ce stade. »

— Faites-moi mourir, je vous en prie.

Un ricanement lui répondit.

« Non, pas encore. Je crois que vous pouvez encore m'apporter de nombreux enseignements. Je vais vous laisser ici un jour ou deux. Je reviendrai alors vous visiter. Peut-être la raison vous aura-t-elle définitivement quittée, mais il est possible que vous m'en appreniez un peu plus. »

Un jour, deux jours ! Jamais elle ne pourrait tenir aussi longtemps. Il n'y avait qu'un océan de ténèbres autour d'elle et le corps de son infortuné compagnon commencerait à pourrir…

— Ne partez pas !

« Allons, à bientôt, Sibylle. J'ai eu plaisir à cette conversation. »

— Ne voulez-vous pas connaître la fin de l'histoire de Yehonathan ?

Les mots étaient sortis de sa bouche presque malgré elle. L'idée lui était venue soudainement, sans qu'elle y ait même réfléchi.

Un silence d'abord lui répondit. Puis la voix reprit mais sur un ton différent. Elle y sentit de l'étonnement et peut-être un peu de colère aussi.

« Comment pouvez-vous savoir cela ? »

Elle avait touché un point sensible et elle décida de profiter de la faille qu'elle avait décelée.

— Je vous connais. Beaucoup plus que vous ne l'imaginez. Je sais pour votre sœur, la malheureuse Anna-Sigynn. Je sais pour votre mère, pour votre père aussi.

« Laissez ma mère et ma sœur en dehors de tout cela. Je vous interdis… »

Elle prenait de l'assurance. Maintenant il crachait sa colère comme un serpent.

— Il y a un avantage et un inconvénient à m'avoir enterrée aussi profond. Je ne peux sortir ni bouger, mais vous ne pouvez rien contre moi. Laissez-moi mourir et vous ne saurez jamais ce que je sais exactement. Vous ne saurez jamais comment j'ai su…

« Vous ne savez rien ! »

— Vous avez laissé ce pauvre Yehonathan dans l'auberge et n'avez pu que supposer ce qu'il adviendrait de lui. Moi, je possède la vérité. La fin de l'histoire.

« Vous mentez ! »

Maintenant, il criait presque dans l'étroit conduit.

La légende de Yehonathan (suite).

Yehonathan était de nouveau seul et il ne pouvait que contacter épisodiquement ses parents en tuant et en tuant encore. Ils lui conseillèrent de trouver une femme belle et jeune. Une femme qu'il aimerait et qu'il épouserait. Mais lui ne savait pas parler aux vivants. Un soir, une princesse se présenta dans son auberge. Elle était accompagnée de quelques serviteurs car son cortège s'était perdu dans la forêt…

Elle continuait d'une voix hachée. Inventait-elle le récit au fur et à mesure ou était-ce la véritable légende ? En vérité, elle n'en savait rien. Les mots lui venaient comme si une voix intérieure les lui dictait.

Comme à son habitude, il tua tous les voyageurs, mais, se penchant sur le corps de la princesse qu'il venait d'étrangler sur sa couche, il la trouva jeune et belle. Exactement comme la lui avaient décrite ses parents. Alors il embrassa le corps et lui demanda : « Belle princesse, voulez-vous m'épouser ? » Le cadavre au visage bleui lui répondit : « Yehonathan, tu m'as rendu un grand service. Mon père, le roi, m'avait promise à un homme que je n'aimais pas. Grâce à toi, je ne l'épouserai jamais. Tout ce que tu voudras, tu l'obtiendras de moi. »

Le jeune homme transporta le corps délicat dans sa propre chambre, là il le para de ses plus beaux atours. Comme elle était belle dans la mort, couchée sur la couche nuptiale qu'il avait ornée de fleurs. Il ne manquait qu'un prêtre. Il assassina un moine de passage, attacha sa dépouille au plafond de manière qu'il se tienne debout devant le lit et lui ordonna de prononcer le sacrement. D'abord le saint homme refusa, prétextant que c'était péché d'unir un vivant et une morte, mais Yehonathan le menaça de profaner son corps de manière que son âme ne puisse rejoindre les limbes éternels. Alors le moine accepta de prononcer la bénédiction et Yehonathan put enfin se coucher auprès de sa belle. Là, il s'unit à elle. Peu après, dans son sommeil, il revit tous ceux qu'il avait tués. Tous acclamaient la noce et félicitaient la jeune épousée, mais ce n'était qu'un rêve qui disparut avec l'aube. À son réveil, il sut ce qu'il avait à faire. Il pria de toutes ses forces : « Seigneur, la vie me sépare de tous ceux que j'aime. Faites que je puisse les rejoindre. » Alors le miracle s'accomplit. Son âme quitta son corps et rejoignit tous ceux qu'il aimait, la princesse, ses parents et tous les amis qu'il avait envoyés dans le monde des morts. Quelque temps plus tard, des voyageurs trouvèrent deux cadavres l'un contre l'autre dans la chambre laissée à l'abandon. Ils étaient dans l'attitude des amants au moment où la passion la plus vive les rapproche. Un des corps était celui d'une jeune femme étranglée. Quant à l'autre, on ne sut jamais comment il avait pu mourir, mais on lisait sur l'expression de son visage quelque chose comme de la félicité.

Le silence retomba dans le cercueil de plomb. Elle n'entendit plus de bruit.

— Vous êtes là ?

Pas de réponse.

« Il m'a abandonnée. »

C'était la fin, elle le savait. Son ravisseur, l'Inconnaissable, était parti, la laissant mourir dans son tombeau. Plusieurs visions lui revinrent à l'esprit : des hurlements déchirants et étouffés, de vains coups portés sur l'impitoyable couvercle du cercueil. Ces morts vivants qui se dévoraient eux-mêmes. Elle se vit arracher de ses dents des morceaux de chair appartenant à la dépouille qui gisait à côté d'elle. Et pire, elle entendit ses propres cris. Interminables, suraigus, insupportables. Pour se rendre compte qu'ils n'existaient pas que dans son imagination.

C'était elle qui hurlait ainsi, bien qu'enterrée à trente pieds sous terre au fond d'une cave soigneusement dissimulée. Personne ne pouvait lui venir en aide.

À ce moment, la folie commença à la gagner et elle frappa de toutes ses forces la plaque de métal sans que la douleur puisse l'arrêter. Dans son délire et sa frénésie, elle distingua à peine le léger grattement qui résonnait au-dessus de sa tête…

21

Il faut prendre de loin ses précautions
pour remettre les destinées de la liberté
dans les mains de la vérité qui est éternelle,
plus que dans celles des hommes qui passent.

Maximilien de ROBESPIERRE

Cela devint plus pressant, plus insistant. Comme si… Comme si une bête monstrueuse fouissait dans la terre non loin d'elle. Cela se rapprochait… et se rapprochait encore. Tétanisée, elle arrêta ses cris. Un bref instant elle imagina quelque chose comme une taupe gigantesque. Des crocs acérés, des yeux aveugles, et cela brisait les parois du cercueil en y aspirant tout ce qui s'y trouvait, comme une goule, une créature des profondeurs. Une vision : toujours ce visage penché au-dessus d'elle, telle la mort contemplant sa vitrine. Ces traits émaciés, sinistres.

Un coup résonna sur le couvercle, la faisant sursauter, lui arrachant un nouveau cri. Et… brusquement, sans que rien l'ait préparée à cela, le couvercle se souleva et une lumière l'aveugla. Ses yeux larmoyants ne voyaient rien. Elle tenta de se protéger avec ses mains, mais c'était inutile. La lueur d'une intensité inconcevable lui brûlait la rétine. Lorsqu'elle put distinguer quelque chose, une peur sans nom la submergea.

Le visage était là, exactement comme dans sa vision. Le visage de la mort. Fouché se pencha au-dessus d'elle et, d'un geste maladroit, elle tenta de le repousser.

— Laissez-moi, laissez-moi !

— Vous laisser dans votre cercueil ? Vous y étiez donc si bien ?

Il n'y avait nulle colère dans sa voix, nulle menace non plus. Juste un peu d'amusement. Les membres agités d'un tremblement qu'elle ne contrôlait pas, elle parvint à bafouiller :

— Que… que me voulez-vous ?

L'autre lui tendit la main, elle ne la prit pas tout d'abord, recroquevillée au fond de son tombeau. D'un geste du menton, il désigna quelque chose à côté d'elle.

— Vous êtes en bonne compagnie, à ce que je vois. Pauvre Roland. Un être pétri de vices, sans parole et sans scrupules… mais j'aurais de la joie à tuer celui qui lui a fait subir un tel sort.

Elle se tourna et faillit hurler de nouveau. Le cadavre de l'homme de la tour Saint-Jacques était juste à côté d'elle, couvert de sang et d'humeur, mutilé… Et puis soudain l'évidence lui apparut.

— Alors ce n'est pas vous qui…

En prononçant ces mots, elle comprit. Fouché n'était pour rien dans toute cette affaire. Il était la proie et le tueur s'était servi d'elle et du malheureux qui gisait en sa compagnie pour l'attirer là.

— Aussitôt que j'ai compris que les compagnons de Jéhu ne représentaient pas de grand danger pour moi, mais que quelqu'un d'autre était à ma poursuite, je me suis rendu moi aussi à Saint-Jacques, continua-t-il sur un ton léger. J'y ai trouvé votre mot sur l'autel. Il ne m'était pas destiné, mais je ne suis pas du genre à me formaliser pour si peu. Je dois dire que je n'ai pas perdu mon temps, puisque j'ai enfin trouvé la cachette de celui qui me poursuit avec tant d'acharnement.

Curieusement, la jeune femme eut l'impression que l'obscurité disparaissait enfin de son esprit. Elle s'était remise à penser, à réfléchir… elle voyait de nouveau.

— Prenez garde, souffla-t-elle. Il n'est pas loin.

— Je le sais bien, grommela-t-il. Allez-vous enfin vous décider à sortir de votre trou ?

Cette fois-ci, elle accepta la main tendue. Ses yeux commençaient à s'habituer à la lumière de la lanterne sourde accrochée au-dessus d'elle aux poutres du plafond. Regardant autour d'elle en essayant d'éviter le corps, elle découvrit un sous-sol. La lumière de l'aube pénétrait par un soupirail étroit. Le cercueil de plomb avait été posé au fond d'un trou qui ne devait pas faire plus de deux pieds de profondeur. Son ravisseur l'avait trompée et la terreur avait fait le reste. Un goût affreux dans la bouche, elle parvint enfin à se mettre debout. Fouché ne se préoccupait guère de son sort, il avait sorti une arme de dessous son gilet. Un pistolet d'ordonnance dont il arma le chien. Elle aperçut également un long coutelas, de ceux dont se servent les bouchers et les équarrisseurs, passé à sa ceinture.

— Une torture bien raffinée que celle qu'il a utilisée sur vous, Sibylle, commenta-t-il simplement. Quelques heures là-dedans en compagnie d'un cadavre pourrissant et n'importe quel individu, aussi courageux soit-il, y aurait laissé sa raison.

Toujours frémissante et peu assurée, elle secoua son habit plein de terre. Elle commençait à comprendre. Fouché avait trouvé son mot. C'était certes lui qui avait attiré les compagnons de Jéhu dans un traquenard, mais il n'était pas l'Inconnaissable. C'était un scélérat mais pas le meurtrier de Roland ni des malheureux retrouvés dans les souterrains de Lyon.

De qui s'agissait-il ? Elle avait passé un long moment à sonder l'esprit torturé du tueur. Elle n'y avait trouvé que mort et souffrance. Mais elle ne connaissait toujours pas son visage.

— Ces souterrains ressemblent à l'antichambre de l'enfer, grommela Fouché.

Il montra une succession de portes qui suivaient la galerie. Exactement comme dans son rêve. Elle aperçut, entassés çà et là, différents accessoires de théâtre : rideaux, machineries à l'usage incertain mais inquiétantes.

— J'y ai trouvé un bon ennemi, continua-t-il. Ce pauvre Frèrejas, embroché comme un poulet, avant que vos cris ne m'attirent jusqu'ici…

Et puis tout s'éclaira pour elle.

— Vite, montons !

Son sauveur fronça les sourcils.

— Monter, où cela ?

— Dans la chambre, là-haut. Il y a une petite fille. Une infirme. Vite, dépêchez-vous, c'est important.

Maintenant, les images se bousculaient en elle. Le fugitif lui lança un regard énigmatique mais obéit. Il courut vers la sortie de la cave et, rapidement, emprunta l'escalier qui menait au rez-de-chaussée. Elle le suivit tant bien que mal, sans un regard en arrière sur le lieu où elle avait vécu ce qui lui apparaissait maintenant comme un long cauchemar.

— Vite, vite !

Elle savait ce qu'il allait advenir, elle le devinait. L'auteur de tous ces crimes était là-haut, avec la fillette. En lui racontant la fin de l'histoire de Yehonathan, elle avait déclenché quelque chose en lui. Une force l'animait et, elle le savait, ce n'est pas l'arme de son libérateur qui l'arrêterait. C'était...

Déjà Fouché grimpait les escaliers quatre à quatre. Du bas, elle entendit un coup de feu, puis un cliquetis de métal. On se battait !

Elle s'agrippa à la rampe pour monter elle aussi. Deux hommes ferraillaient là-haut.

Une voix familière l'accueillit.

— Marie-Adélaïde ! Dieu merci, vous êtes vivante.

Héphaïstos Müller, une épée à la main, résistait aux assauts de l'ancien envoyé de la Convention.

— Aidez-moi, je vous en prie, c'est lui, le tueur. Appelez dehors, il y a sans doute des gardes nationaux non loin.

Elle s'appuya contre le mur du palier, épuisée.

— Non, Héphaïstos. Je ne le ferai pas. Arrêtez maintenant, cela ne sert à rien.

Les deux adversaires suspendirent le combat. Ils l'examinaient avec surprise, tout en se surveillant l'un l'autre du coin de l'œil.

— Héphaïstos. Je sais qui vous êtes.

Fouché eut un ricanement méprisant.

— Pas besoin d'être voyant ! Celui-là, je le connais bien. Un des sbires au service de Collot d'Herbois lorsque ce cabotin s'était proclamé roi de Lyon et y faisait régner la tyrannie. Il se prétendait médecin, mais je ne crois pas qu'il ait un jour soigné un malade. Il se glissait dans les prisons, tel un démon nocturne, et examinait les prisonniers, il leur donnait le faux espoir d'une libération prochaine ou d'un jugement équitable. Mais c'était pour mieux les supplicier. Savez-vous que c'est lui qui a eu l'idée des fameuses canonnades dont on m'attribue à tort la paternité ?

Elle plongea ses yeux dans ceux du jeune homme, qui soutint son regard. Comment avait-elle pu le trouver séduisant ? Désormais, elle lisait en lui comme dans un livre ouvert. Derrière la porte, il n'y avait qu'horreur et souffrance. Était-ce l'amour qui l'avait empêchée de distinguer au-delà des apparences ou simplement la peur d'y trouver l'abomination qu'il représentait ? Elle ressentit une profonde lassitude, un épuisement nerveux. Parviendrait-elle à dormir en paix, sans que les cauchemars vécus dans cette cave viennent la tourmenter ?

— Oui, je comprends tout, souffla-t-elle. Il trouvait dans un tel contexte tous les moyens d'assouvir ses penchants. Ensuite, après la chute de Robespierre, il lui a fallu se débarrasser des témoins gênants. Vous étiez sur la liste, citoyen Fouché. Il vous a pourchassé jusqu'à Paris, se servant des compagnons de Jéhu pour ne pas être inquiété. Il a loué secrètement cette maison et vous a suivi, traqué, tout en trompant ses malheureux compagnons... et moi par la même occasion.

Elle s'adressa directement au tueur :

— N'avez-vous donc rien à ajouter ? N'avez-vous aucune explication à fournir ? Aucun regret à formuler ?

Héphaïstos Müller eut un geste dédaigneux.

— Aucun, Sibylle. Si ce n'est celui de n'avoir pu prolonger mon expérience avec vous. Elle était passionnante et aurait pu encore se poursuivre plusieurs jours si le hasard n'en avait décidé autrement.

— Je vais te tuer, gronda Fouché en faisant un pas en avant.

— Arrêtez !

La jeune femme s'était interposée. Elle se tourna vers son sauveur.

— Vous ne le tuerez pas, pas ici. Il doit aller vers son destin.

L'autre grommela en lui jetant un regard furieux :

— Vous n'êtes pas dans votre cabinet de voyance. Ne comptez pas m'impressionner comme un cocher naïf ou une comtesse évaporée. Fouché n'a jamais obéi à personne d'autre qu'à Fouché.

Elle posa une main sur son bras.

— Je vous en prie, faites-moi confiance.

Il y eut un long moment de silence. La tension qui régnait sur le palier de la maison de Nicolas Flamel était presque palpable. Finalement l'homme baissa son coutelas.

— Soit ! Qu'il parte. De toute manière, il n'en a pas pour très longtemps. Mes hommes l'élimineront discrètement. Ils doivent déjà sillonner le quartier.

Elle lança à Müller :

— Vous avez entendu ? Prenez Anna-Sigynn et partez.

Le médecin hésita un instant, puis sans un mot entra dans la chambre pour en sortir aussitôt, portant un paquet indistinct sur ses épaules. Ils entendirent un vague gémissement sous l'étoffe. Il ne leur adressa pas un regard et descendit l'escalier.

Fouché, se ravisant, lui emboîta le pas mais s'arrêta au rez-de-chaussée.

— Au nom du diable ! Pourquoi vous ai-je écoutée, sorcière ? Il est descendu dans la cave. Il doit exister un passage.

Elle le suivait beaucoup plus lentement, se tenant à la rampe, prise de vertiges et de nausées causés par la fatigue et la faim.

— Vous n'entendrez plus jamais parler de lui. Il ne sortira pas de ces souterrains.

— Ah oui, et comment le savez-vous ?

Elle se laissa tomber sur une chaise.

— Donnez-moi un peu d'eau, s'il vous plaît. Du vin, si vous en trouvez.

Il fouilla dans les rares meubles qui garnissaient la pièce principale et en sortit une bouteille.

— Du bourgogne, et de ma réserve personnelle, en plus ! Ce coquin m'en avait dérobé une partie.

Il l'ouvrit et servit deux verres. Elle but d'un trait et presque tout de suite l'alcool lui tourna la tête. Elle avait besoin d'ivresse pour se détendre, ne serait-ce qu'un instant. Pour que son esprit arrête de lui faire revivre sans cesse les moments qu'elle venait de passer.

— Je suis la Sibylle, je connais le sort qui l'attend. Vous savez, depuis quelques semaines je ne voyais plus rien, à part la peur, la torture et cette affreuse impression d'étouffement. Il est très difficile de vivre sans voir l'avenir lorsqu'on y est habitué. Je me demande comment vous faites…

Il haussa les épaules et avala à son tour une large rasade.

— L'avenir n'est pas très compliqué à prévoir avec un peu de jugement et de la volonté. Puisque nous en sommes à l'heure des prédictions, comment voyez-vous le mien ?

Elle l'examina avec attention et réprima un frémissement de dégoût.

— Je connais votre passé, Fouché. Je sais des choses que peu de gens savent. Vous pourrez faire croire à qui vous voudrez que vous avez été victime des circonstances et que c'est Collot d'Herbois qui a commandité tous les crimes commis à Lyon. Mais pas à moi, Fouché, pas à moi ! Ne vous inquiétez pas, je n'irai pas révéler vos débordements à la Convention. D'ailleurs, ils ne m'écouteraient pas. Ils ont trop peur de vous… et trop besoin aussi. D'ici peu Barras vous trouvera un poste et vous sortirez de la clandestinité. Votre destin est de tirer la ficelle de la comédie qui se jouera à Paris dans les années à venir et cela, même si je le voulais, je ne pourrais pas l'empêcher.

Il reposa son verre sur la table et s'essuya la bouche.

— Enchanté d'aussi bonnes nouvelles communiquées par la voyante la plus illustre de Paris. Je vais sans doute regretter de ne pas vous avoir laissée au fond de votre trou. À défaut de prédiction, écoutez donc mon conseil : ne vous mêlez pas de mes affaires, Sibylle. Que je ne vous voie pas tourner autour de moi ou raconter le moindre ragot à mon sujet. Vous me connaissez suffisamment pour savoir de quelle manière je me débarrasse de mes ennemis.

Sur ces mots, il remit son chapeau et quitta la maison sans lui jeter un regard.

La Sibylle finit son verre et s'en resservit un autre.

« Il ne faut pas trop que je boive, se dit-elle. Il faut que je rentre et le chemin est long. »

Cette pensée lui avait à peine traversé l'esprit qu'elle s'endormait sur sa chaise, plongée dans un sommeil qu'elle n'avait pas connu depuis des semaines.

22

Cet homme se promène avec l'air d'un assassin qui médite un crime. Il semble poursuivi par l'image de l'échafaud et des furies.

Maximilien de ROBESPIERRE

Héphaïstos Müller progressait avec assurance à travers les égouts. C'était un simple conduit d'à peine trois pieds de hauteur où, jusqu'à mi-cuisse, coulait une eau souillée. Il régnait dans cet endroit une odeur pestilentielle qui aurait fait défaillir quelqu'un de moindre constitution. Le médecin s'était enroulé un foulard autour du visage et avançait, insensible à la puanteur. Sa lanterne sourde éclairait fort mal le boyau et il devait prendre garde à ne pas heurter les irrégularités de la voûte taillée grossièrement. Nul ne connaissait la topographie de ces cloaques. Tout au plus pouvait-on affirmer qu'ils descendaient des hauteurs du village de Ménilmontant pour se jeter dans la Seine, charriant une partie des déjections rejetées par la capitale.

Müller n'éprouvait nulle répugnance. Au contraire, loin des hommes, ne distinguant plus d'eux que leurs excréments, il se sentait libre, délivré pour un instant de l'enfer qui brûlait nuit et jour dans son propre esprit. Sur son dos, Anna-Sigynn bougeait un peu. L'infirme devait souffrir des vapeurs méphitiques dans lesquelles baignaient les deux fuyards. Il ne s'en souciait guère.

— Ce n'est que partie remise, jeta-t-il comme pour lui-même. Fouché ne pourra m'échapper éternellement. Je le prendrai lorsqu'il s'y attendra le moins. Je le visiterai la nuit, comme un incube, je hanterai ses cauchemars, car il doit bien rêver, lui aussi. Ce n'est qu'un homme. Il n'a pas ma force. Quant à la Sibylle… rien de plus facile : elle se réveillera dans une tombe mieux dissimulée et inaccessible. Elle connaîtra la pire mort qui soit. Elle souffrira longtemps car je laisserai dans son cercueil de l'eau et du pain pour que son supplice en soit prolongé. Il reste encore tellement de morts différentes à explorer, à étudier. Une fois cela fini, nous irons en Espagne. C'est un pays où l'on pratique toujours les anciennes formes de torture. Ces scélérats d'inquisiteurs, qui me jetteraient volontiers dans leurs fosses, se différencient bien peu de moi. Sans doute apprendrai-je beaucoup de leurs anciennes traditions…

Il soliloquait ainsi. Le rayon de lumière émis par la lanterne éclairait des immondices qui surnageaient au-dessus de l'eau croupie.

Il se sentait chez lui dans la sentine et les bas-fonds.

— Ma petite Anna-Sigynn, pardonne-moi pour cet inconfort, mais nous irons dans un endroit où tu seras bien. Je te le promets, nous serons heureux. Tous les deux. Rien d'autre ne compte, rien que toi et moi !

Il distinguait parfois une paire d'yeux furtifs et rougeoyants : les rats avaient établi leur royaume dans ces lieux. Paris n'avait guère changé depuis l'époque où les fosses d'aisances s'ouvraient à ciel ouvert, où les excréments coulaient dans les ruisseaux, à la surface, propageant la peste et le choléra comme une traînée de poudre en feu lors des épidémies. Comme les jours de grande pluie et d'inondation, lorsque les matières jaillissaient de dessous la rue en flots fétides et épais pour se répandre jusque dans les maisons, il sortirait des profondeurs, et la mort et la peur viendraient de nouveau pétrifier les humains ordinaires, ceux qui ne voyaient ni n'entendaient rien. Ceux qui n'avaient pas connu son destin et son sort exceptionnel.

— Je leur apprendrai ce qu'est la mort. Je terminerai mon traité et le monde entier ne pourra qu'admirer mon œuvre. Ils sauront enfin ce qui les attend au moment de passer dans l'au-delà. Ils sauront ce que c'est que mourir.

« Qu'est-ce que mourir ? »

Une voix rauque, à peine audible, venait de résonner juste derrière lui, à hauteur de ses épaules. Il tourna la tête.

— C'est toi, Anna-Sigynn ? Tu sais que je n'aime pas quand tu parles.

« Tu l'as tuée ? »

— Qui ?

« La femme ? »

Une sourde rage le prit.

— Elle ? La Sibylle ? Tu as écouté ce qu'elle t'a dit ? C'est une perverse, comme la plupart des femmes. Elle a empoisonné ton esprit. Ne parle pas et oublie-la ! Il n'y a désormais plus que toi et moi.

« Tu l'as tuée ? »

Il réprima un geste de colère.

— Je vais le faire, elle va mourir. Je la tuerai en ton honneur.

La voix rauque se tut. Héphaïstos Müller ne sentit pas dans son dos une main contrefaite qui descendait jusqu'à sa ceinture.

Lorsque sa sœur s'empara du poignard de sa main valide, il s'arrêta, un peu surpris, puis soudain une douleur énorme, comme si on lui arrachait la colonne vertébrale, le plia en deux. Il s'écroula dans la vase en poussant un cri.

Il resta un long moment à gémir. Il lui était impossible de bouger les jambes. Il se tâta le dos avec beaucoup de difficulté et ramena sa main couverte d'un sang poisseux. Sa lanterne avait roulé sur le côté, sur un monticule de déchets qui surnageaient au-dessus du ruisseau. Elle répandait une lueur fantastique à travers le boyau.

Il prit enfin conscience du geste de sa sœur.

— Pourquoi as-tu fait cela ?

« Veux mourir. »

Elle était là, tout contre lui. Écrasée sous son poids, la plus grande partie du corps recouverte d'eau croupie. Elle ne tenait sa tête contrefaite que par un effort surhumain. Malgré la douleur, il sentit ses muscles faibles et ses membres tordus se tendre. Elle allait mourir avec lui, cela ne faisait aucun doute.

Il songea qu'il lui restait tellement de supplices à explorer, tellement d'humains agonisants à examiner, tellement de pages de son traité à noircir. La lame lui avait tranché la moelle épinière. Il en était certain. Si seulement il avait pu noter les effets d'une telle mort. Non, on ne mourait pas de reins brisés, pas tout de suite. On s'écroulait sans pouvoir bouger et on attendait la mort, souvent bien longue à venir. Il tenta, à l'aide de son bras libre, de récupérer le volume qu'il portait dans sa sacoche. En vain. Il ne pourrait pas noter ses ultimes observations.

Alors lui revinrent à l'esprit les dernières péripéties du conte de Yehonathan. Bien entendu, c'était tellement évident. Tel était son destin. Mourir au côté de l'être qu'il aimait le plus au monde. La seule créature pour qui il avait éprouvé un quelconque sentiment autre que de la curiosité et du dégoût. Mourir pour retrouver celle qui l'attendait depuis toutes ces années dans l'au-delà. Sa mère.

Il se laissa aller et sentit Anna-Sigynn se contracter sous lui. La tête plongée dans la fange, elle étouffait.

Il ne fallut pas longtemps à l'infirme pour expirer. Elle se débattit un peu, agita ses membres tordus. Puis tout s'arrêta. Elle était morte.

Il ne lui restait plus qu'à la rejoindre. Il attendit.

Mais la mort fut longue à venir. Robuste malgré sa blessure, Héphaïstos Müller restait parfaitement conscient. Il envisagea d'utiliser l'huile de la lanterne pour brûler son corps, mais elle était trop loin. Le poignard planté dans son dos était inaccessible. Resterait-il des jours et des jours à mourir de faim ? Un bruit furtif attira son attention. Des dizaines de petits yeux brillaient dans la semi-obscurité du tunnel.

Les rats. Le visage de l'homme s'éclaira. Cette mort, il l'avait expérimentée sur des sujets enfermés dans une cage. L'odeur du sang les attirait. Certes, en le dévorant petit à petit, ils mettraient beaucoup de temps à atteindre un organe vital, mais il avait déjà tellement attendu ce moment. Que signifiaient quelques heures de plus ou de moins ?

Lorsqu'il sentit les premières morsures, il se rappela la Sibylle et ses étranges déclarations au moment où il était parti. « Il doit aller vers son destin. »

Tout de suite après résonnèrent ses premiers hurlements, dont les échos se perdirent à travers les égouts jusqu'à la Seine, où le ruisseau infâme se déversait enfin à l'air libre, après avoir couru des kilomètres et des kilomètres sous la capitale.

23

Élevons nos âmes à la hauteur des vertus républicaines et des exemples antiques. Thémistocle avait plus de génie que le général lacédémonien qui commandait la flotte des Grecs.

Maximilien de ROBESPIERRE

Marie-Adélaïde marchait en direction du pont National. On était en octobre, déjà. En vendémiaire, comme on continuait encore à l'écrire sur les registres officiels de la Convention et sur tous les documents administratifs.

Dans sa poche, la lettre du professeur Gall. Il lui écrivait de Vienne.

Ma chère Adélaïde,

Je ne sais pas si ce courrier vous parviendra un jour. Les correspondances entre la France et l'Autriche étant bien perturbées par la rigueur des temps. Sachez tout d'abord que vos récents déboires ne remettent pas en cause, à mon sens, les théories dont nous nous sommes entretenus en Angleterre. Comme vous me l'avez fait justement remarquer, les frayeurs de votre avenir proche ont pu obnu-

biler votre don si précieux. Savez-vous que je me demande si la prescience ne fonctionne pas comme la mémoire ? Or cette dernière, vous le reconnaîtrez, ne représente pas la relation objective, exhaustive et ordonnée des faits auxquels on a assisté par le passé. L'esprit humain sélectionne ce qu'il juge important et laisse le reste de côté. Il déforme, minimise ou au contraire développe ce qui a pu plaire ou navrer. Votre don, à ce qu'il me semble, utilise les mêmes procédés, mais à l'envers. Si je peux m'exprimer ainsi : vous vous souvenez d'événements qui ne se sont pas encore produits. Vous excuserez le caractère péremptoire de ces propos car, à vrai dire, j'aimerais tant de nouveau tâter les aspérités de votre crâne délicieux et reprendre les conversations que nous avions parfois si tard dans la nuit.

Il continuait encore longtemps sur ce ton, mais l'essentiel était dit. « Le souvenir d'événements qui ne se sont pas encore produits. » Jamais on n'avait aussi bien défini les visions de la Sibylle.

Sortant de ses pensées, elle leva la tête. Les quais de Paris étaient noirs de monde.

Les sections de l'Unité, du Théâtre-français, de Fontaine-Grenelle, du Bon-Conseil s'étaient rassemblées là et s'apprêtaient à rejoindre les sections royalistes de l'intérieur pour attaquer la Convention.

Marie-Adélaïde s'inquiétait : elle songeait à son ami Quatremère, en grand danger, comme elle en avait eu la vision. Ce jour-là se produirait un événement considérable, elle l'avait pressenti. Quelque chose qui la concernait elle aussi. La foule se pressait : tous convergeaient vers les anciennes Tuileries.

— Quinze sections se sont soulevées ! cria un royaliste exalté. Elles se sont déclarées en insurrection, c'est la fin de la révolution !

— Les gardes nationaux se sont joints à elles, rajouta un autre. Barras et sa clique vont devoir fuir.

— Mais où pourront-ils aller ? demanda en riant une femme qui portait un lys blanc à sa coiffure. Toute l'Europe les honnit.

Tous marchaient quai Voltaire en direction du pont National. De véritables bataillons armés de fusils y défilaient plus ou moins en ordre, tous portaient une fleur blanche à leur gilet. Mais s'y pressaient aussi beaucoup de femmes, de badauds venus du faubourg Saint-Germain, sympathisants de la cause royaliste, avides de pillage, ou simplement curieux de savoir si cette Convention qui tenait le pays depuis maintenant un peu plus de trois ans allait résister à la révolution blanche. Elle aperçut même des enfants, des vendeurs itinérants. Parfois, on assistait à des bagarres sporadiques entre petits groupes : Jacobins coiffés du bonnet phrygien contre royalistes vêtus de noir. De simples agitateurs, venus pour en découdre. Marie-Adélaïde ne se faisait aucune illusion : elle savait très bien que cette contre-révolution ne changerait rien à la situation de la France. Il n'y aurait pas de retour de la monarchie, pas dans l'immédiat. Barras veillait.

Mais où était donc Quatremère ?

Les premiers bataillons hésitaient à s'engager sur le pont National. Au-delà, c'était l'inconnu. Les liaisons entre les différentes sections s'avéraient malaisées. Lafond, le chef de la troupe, attendait des nouvelles de Danican, qui tenait l'église Saint-Roch. Les deux groupes prenaient le palais national en tenailles, un au nord et un au sud. Le plan était parfait.

On entendit une vague rumeur de coups de feu de l'autre côté de la Seine et les trois mille royalistes sous les ordres de Lafond poussèrent de grands cris belliqueux. Partis du restaurant de Vénua, les premiers tirs venaient de viser la Convention.

Ce fut le signal de l'attaque.

La foule immense, armée ou non, entreprit de traverser la Seine. Ce fut une ruée irrépressible. Aux cris de « À bas la tyrannie ! » ou « Mort aux tyrans ! », des milliers d'hommes se ruèrent sur le pont restauré au temps de Louis XV. Marie-Adélaïde resta prudemment sur le quai avec la plupart des badauds. L'héroïsme de ces hommes lui donnait envie de pleurer, d'autant qu'elle savait que ce déploiement de bravoure et de témérité ne mènerait à rien.

La charge avait maintenant atteint la moitié du pont. Soudain, on aperçut des canons de l'autre côté.

« Hourra ! cria Lafond à l'intention de ses troupes. Ce sont les pièces des Sablons. La section Lepeltier s'en est emparée. Courage, mes amis ! »

Les troupes galvanisées accélérèrent encore le pas, pressées de retrouver leurs amis.

Malheureusement, la section Lepeltier était arrivée trop tard. Joachim Murat, à la tête de trois cents cavaliers, les avait pris de cours et quarante pièces avaient été disposées aux endroits stratégiques, permettant de protéger le siège de la Convention.

Marie-Adélaïde ferma les yeux lorsque le canon retentit pour la première fois. Lafond fut un des premiers à mourir, fauché par un boulet. Lorsqu'on ramassa son cadavre déchiqueté, on lisait paraît-il encore la surprise dans ses yeux.

Alors que la foule, prise de panique, refluait du pont, maintenant transformé en piège mortel, alors que le canon résonnait tel un carillon funèbre, alors que de toutes parts s'élevaient des cris de terreur ou d'agonie, alors que femmes, enfants, badauds couraient en tous sens, gênant la retraite des bataillons royalistes, alors qu'une fumée âcre, chargée d'odeur de poudre, étendait son linceul sur le pont National, la Sibylle pleurait.

Elle pleurait les espérances déçues de ses amis, elle pleurait ces vies gaspillées.

Au nord, la troupe avait repoussé les insurgés jusqu'à l'église Saint-Roch. En vain les royalistes tentèrent plusieurs sorties, chaque fois ils furent décimés par la mitraille et les tirs de ligne.

Accablée par la mort qui régnait partout, la jeune femme emprunta le pont jonché de corps et de blessés que les plus valeureux ramassaient à grand-peine.

Il y avait quelque chose de l'autre côté de la Seine. Quelque chose qu'elle devait voir.

Les artilleurs et les bataillons vêtus de bleu ne jetèrent même pas un regard à cette silhouette fantomatique qui errait sur le champ de bataille. Elle tourna la tête vers le palais national qu'elle n'envisagea même pas d'approcher tellement les gardes y étaient nombreux. Elle se dirigea vers la rue Saint-Roch. Les rues, si familières, devenaient des lieux étrangers, sinistres, noirs de fumée, jonchés de blessés. De larges taches de sang éclaboussaient les pavés. Les fenêtres brisées béaient sur les incendies que les occupants tentaient de maîtriser. Et le bruit : canons, fusils, hurlements des vaincus, exclamations gutturales des officiers. Une véritable symphonie de guerre et de mort.

Là-bas, rue Saint-Roch, plusieurs batteries disposées en ligne tiraient à intervalles réguliers. Elle aperçut les insurgés repoussés, massacrés. La mitraille venait éclater sur les pierres de l'église.

Au milieu de ce chaos, une seule silhouette semblait conserver son calme. Un petit homme brun, en costume de général, lançait des ordres d'un ton sec. Des phrases courtes, précises. Rien, dans l'enfer qui tourbillonnait autour de lui, ne paraissait ébranler sa détermination et son flegme.

Elle le reconnut. N'était-ce pas ce Corse que Joséphine hésitait à épouser ?

Alors elle sut. Ses visions lui avaient montré un nouvel Alexandre le Grand, la création d'un Empire tel que l'Europe n'en avait jamais connu depuis Charlemagne, les martèlements d'une armée innombrable, des peuples vaincus jusqu'en Afrique, jusqu'aux confins de la lointaine Russie.

Il était là, le conquérant. Devant elle. Petit général, responsable d'une action de maintien de l'ordre peu glorieuse, il s'élancerait jusqu'aux sommets.

La contre-révolution royaliste était vaincue mais la révolution aussi. Et elle ne le savait pas encore. Marie-Adélaïde resta longtemps à observer Napoléon Bonaparte, jusqu'à ce qu'un garde national lui intime l'ordre d'évacuer les lieux.

REMERCIEMENTS

À Michel, pour les tuyaux qu'il m'a fournis sur le supplice du pal,

À Valentine, qui bouillonne d'idées et n'hésite jamais à me les faire partager,

À Geneviève, pour cette atmosphère d'amicale confiance qu'elle entretient avec son petit groupe d'écrivains.

MIXTE
Papier issu de
sources responsables
FSC® C003309

10/18, une marque d'Univers Poche,
est un éditeur qui s'engage pour
la préservation de son environnement
et qui utilise du papier fabriqué à partir
de bois provenant de forêts gérées
de manière responsable.

Impression réalisée par

BRODARD & TAUPIN

La Flèche (Sarthe), 68358
Dépôt légal : mai 2012
X05203/01

Imprimé en France